Michael Innes
Der Fall Maiglöckchen

SERIE PIPER
Band 5566

Zu diesem Buch

»Wir befinden uns in einem Ragout aus Phantastik und konfusem Abenteuer, das gar kein richtiger Kriminalroman ist. Wir könnten von Michael Innes sein.«

»Innes? Ich habe nie von ihm gehört.«

So ignorant kann nur Inspektor Appleby sein, der Held der meisten Kriminalromane von Michael Innes, der zur Lösung des »Falles Maiglöckchen« in sein vielleicht phantastischstes Abenteuer geschickt wird. Denn der verschwundene Droschkengaul Maiglöckchen ist nur die Spitze des Eisbergs, das erste Indiz für ein global angelegtes Verbrechen. Oder wie anders will man es bezeichnen, wenn gleichzeitig eine Reihe medial veranlagter Frauen und ein komplettes Londoner Spukhaus »gestohlen« werden?

Tief im Inneren Südamerikas erst stößt Appleby auf die Lösung der Frage, was dahintersteckt, wenn jemand sich eine Sammlung mit den attraktivsten übernatürlichen Phänomenen der ganzen Welt zulegt. Um das Gespenst dieser Bedrohung auszuschalten, muß Appleby selbst zum Geisterspuk greifen.

Ein Meisterwerk englischer Kriminal- und Schauerliteratur – mit einem Schuß exotischen Abenteuers und einer kräftigen Prise nüchternen angelsächsischen Humors.

Michael Innes (eigentlich John Innes Mackintosh Stewart), geboren 1906 in Edinburgh. Professor für englische Literatur in Leeds, Belfast, Oxford sowie an australischen und amerikanischen Universitäten.

Schrieb Romane, Kurzgeschichten, Biographien und Essays. Unter seinem Pseudonym verfaßte er Radiosendungen sowie zahlreiche Kriminalromane.

Michael Innes

Der Fall Maiglöckchen

Kriminalroman

Aus dem Englischen von
Joachim Kalka

Piper
München Zürich

SERIE PIPER
SPANNUNG
Herausgegeben von Friedrich Kur

Von Michael Innes liegen in der
Serie Piper Spannung außerdem vor:
Appleby und Honeybath (5510)
Scheichs und Schlangen (5513)
Lord Mullions Geheimnis (5519)

Die Originalausgabe erschien 1942 unter dem Titel
»The Daffodil Affair« bei Victor Gollancz Ltd., London.

ISBN 3-492-15566-9
Deutsche Erstausgabe
Februar 1991

Umschlag: Federico Luci,
unter Verwendung einer Zeichnung von Jörg Extra
Gesamtherstellung: Clausen & Bosse, Leck
Printed in Germany

Stell Horoskope, prophezei aus Eingeweiden und
Kristallkugeln,
Lies Krankheit ab an Signaturen und beschwöre
Ein Leben aus den Falten einer Hand,
Tragödien aus den Fingern... Insbesondere
Wenn Unruhe herrscht unter den Nationen und Verwirrung,
Ob an den Küsten Asiens oder in der Edgware Road.

T. S. Eliot, *The Dry Salvages*

Hinweis

Alle Gestalten in diesem Buch sind reine Erfindung, es ist kein Bezug auf lebende Personen beabsichtigt.

1. TEIL

Die breite Straße

1

Das Zimmer war öde und ohne Leben; es war wie ein Zimmer in einem Schaufenster, aber größer und leerer; und der Mann, der an dem Schreibtisch saß, war nie auf den Gedanken gekommen, sich den Raum anzuverwandeln, den er jeden Tag betrat. Es gab keine Bequemlichkeit, ebensowenig etwas Unbequemes, aber hätte der Bewohner sich dazu herabgelassen, die reine Neutralität seiner Umgebung zu beschreiben, wäre es sicher auf »Strenge« hinausgelaufen. Das Frühlingssonnenlicht wurde durch die Scheiben der hohen, vorhanglosen Fenster kalt und funktional.

Die Fenster waren groß; der breite Schreibtisch lag als Insel in einem schleichenden Parallelogramm aus Licht; darüber hinweg, vor dem reglos dasitzenden Mann, lief schräg und langsam ein massiger Schattenbalken. Vielleicht zwanzigmal strich er hin und her, als pendle draußen in einem verlassenen Vergnügungspark ein großes Riesenrad. Der Mann erhob sich, verschränkte die Hände auf dem Rücken und ging zu einem Fenster – hoch droben im Neuen Gebäude von Scotland Yard. Er sah hinaus, unter ihm lag London, eine Stadt im Krieg.

Mit wissenschaftlicher Präzision war der Kran zwischen den Skelettresten eines großen Gebäudes aufgebockt; er führte geschickte Schläge oder schaufelte den so erzeugten Schutt einer halbzerstörten Architektur beiseite. Es mochte traurig stimmen, empören; viele, die durch diese Straßen gingen, entdeckten die biologisch nützlichere Möglichkeit des Zornes. Aber ein praktisch denkender Mensch konnte sich auf die beifällige oder kritische Beobachtung der Geschwindigkeit beschränken, mit welcher die Aufräumungsarbeiten durchgeführt wurden – und nach einem solchen sah der Mann am Fenster, oberflächlich betrachtet, aus. Seine Bewegungen waren knapp, unpersönlich, abstrakt. Sein Blick war nachdenklich, doch ungetrübt von spekulativer Besorgnis. Seine Stirn trug den Ausdruck starrer Konzentration; den hatte er vom Schreibtisch zum Fenster mitgenommen.

Hudspith sah hinaus und nahm alles wahr. Er sah es, und als praktischer Mann ordnete er es zu: Diese und jene Umstände waren zu befürchten, zu erhoffen, das nächste Mal. Und als Moralist nannte er es beim Namen: Seine Lippen formten ein Wort. Sündhaft. Zweifellos war es das. Doch war es böse? Er glaubte es nicht; er mochte der bloßen Wut und Blindheit dieses Absolutum nicht zugestehen. Seit fünfzehn Jahren führte Hudspith die Polizeiakten, die sich mit der Entführung und dem weiteren Schicksal schwachsinniger Mädchen befaßten. Hierher rührte sein Zorn, und als er jetzt über London schaute, erblickte er nur dessen Schatten. Jahr um Jahr hatte sich sein Zorn tiefer gegraben, bis er zum innersten Prinzip dieses Mannes geworden war. Er sah sich einer Sündhaftigkeit gegenüber, die zwiefach und überflüssig war. Denn unter den bestehenden gesellschaftlichen Verhältnissen war es nicht weiter schwierig, Mädchen zu verführen, zu verleiten, zu vertauschen, zu verkaufen, zu verleihen, die einigermaßen bei Verstand waren. Die Niederträchtigkeit, den Schwachsinnigen nachzustellen, war – nun, sie war ärgerlich. Das Böse war ärgerlich. Oder vielleicht war es eher ärgerlich, daß es so wenigen Menschen bewußt war.

Ihr Denken hört bei dem auf, was sündhaft ist, dachte Hudspith, als er über London schaute. Sie wissen viel von Gott, von der Unsterblichkeit, von der Vernunft, aber nichts vom wirklich Bösen. Und doch sind diese Dinge, wie einmal jemand gesagt hat, nur Überbau und Oberfläche, verglichen mit der Tatsächlichkeit des Bösen... Hudspith ging nicht in die Kirche, doch machte ihn sein Wissen um das Böse zu einem extrem religiösen Menschen. Er verfolgte die Obliegenheiten seines spezifischen Polizeidienstes, so schäbig und deprimierend sie waren, mit genau der gefährlichen metaphysischen Intensität, mit welcher Kapitän Ahab den weißen Wal verfolgte. Anderes zog an ihm vorbei, ohne einen Eindruck zu hinterlassen – wie sein Zimmer.

Und nun ging es um dieses Mädchen – das Mädchen mit

dem bizarren Namen: Lucy Rideout. Sie war einmal zu oft ausgeritten... Hudspith lächelte freudlos – ohne es zu bemerken, ohne zu sehen – in den freudlosen Sonnenschein.

Ein schwachsinniges Mädchen.

»Ein Pferd!«

Zwei Stockwerke tiefer sah John Appleby den alten Herrn, der vor kurzem wieder als Vizepolizeipräsident in den Dienst zurückgekehrt war, ungläubig an. »Ein Pferd?« wiederholte Appleby. Nie zuvor hatte man ihm aufgetragen, loszuziehen und nach einem Pferd zu suchen.

Der alte Herr nickte unschlüssig; er sah Appleby vorsichtig in die Augen. Es hatte sich einiges geändert. Es gab sehr viel mehr Sahibs in niederen Positionen und ein wenig mehr aus unteren Rängen aufgestiegene Leute als in den alten Zeiten. Ihm war das weiter nicht wichtig. Aber immer mal wieder konnte es etwas peinlich werden – wenn man nicht achtgab. »Ja«, sagte er, »ein Pferd.« Sein Tonfall war unentschieden, als müßte noch eine Erläuterung folgen. Er hielt inne, als suche er nach etwas, was er ohne Zögern aussprechen könnte. »Nehmen Sie Platz«, sagte er.

Appleby nahm Platz. »Wie wäre es mit Ambler«, schlug er optimistisch vor. »Soviel ich weiß, hat Ambler eine Menge Erfahrung mit Pferden. Als Crusader kurz vor dem Derby verschwunden ist, vor sechs, sieben –«

Der Vizepräsident schüttelte den Kopf. »Nein, nein; es ist nicht so ein Pferd. Kein wertvolles Pferd – durchaus nicht wertvoll. Und in gewisser Weise ist es auch keine offizielle Angelegenheit.« Er begann, sich zögernd am Kinn zu kratzen, ertappte sich dabei und hörte auf. »Tatsächlich ist es meine Schwester.«

»Ah ja.« Appleby fühlte seine Abneigung gegen dieses diffuse Pferdeproblem wachsen.

»Meine Schwester lebt in Harrogate. Eigenartiger Ort.« Der alte Herr machte eine vage entschuldigende Geste. »Kennen Sie vielleicht auch.«

»Eine Tante von mir wohnt dort, ja.«

»In der Tat.« Der alte Herr warf einen prüfenden Blick auf seine eigenen Schuhspitzen. »Könnte es sein«, er tastete sich behutsam voran, »daß sie zufällig –«

»Soweit ich weiß, kennt sie Lady Caroline recht gut.«

»Was für ein Zufall!« Bei dieser törichten Bemerkung betrachtete der Vizepräsident seine Zehen noch strenger als zuvor. Er war sich durchaus nicht sicher, daß dies die Sache einfacher machte. Er beschloß, es mit Humorigkeit zu versuchen. »Wissen Sie«, fragte er, »ob Ihre Tante eine Lieblingsdroschke hat?«

»Ich weiß es nicht. Aber ich halte es für durchaus wahrscheinlich.«

»Nun, Caroline hat eine – oder hatte eine. Sie hatte sich an einen besonders nüchternen Kutscher mit einem besonders ruhigen Pferd gewöhnt. Früher, wenn Miss Maidment beim Droschkenstall anrief – ich sollte vorausschicken, daß Maidment ihre Gesellschafterin ist – ich meine, ich sollte vorausschicken, daß *Miss* Maidment ihre Gesellschafterin ist –« Er hielt verwirrt inne. »Was wollte ich sagen?«

»Sie waren an dem Punkt angelangt, Sir, als Miss Maidment den Droschkenstall anrief.«

»Ganz recht. Nun, früher bestellte sie immer einen offenen Landauer, einen ordentlichen Kutscher und ein ruhiges Pferd. Aber seit einiger Zeit bestellte sie nur noch Bodfish und Maiglöckchen.« Der Vizepräsident machte eine Pause. »Bodfish und Maiglöckchen«, wiederholte er. »Ersterer war der Kutscher, letzteres das Pferd. Das versteht sich wohl von selbst. Man könnte sich zur Not einen Herrn Maiglöckchen vorstellen, aber noch nie hat jemand einem Droschkengaul den Namen Bodfish gegeben.«

»Nein, Sir.«

Dem Vizepräsidenten schien all dies äußerst peinlich. »Schauen Sie«, sagte er, »ich weiß, es hört sich töricht an. Aber hören Sie gut zu. Es kommt da noch eine Merkwürdigkeit.«

Appleby, der diesen alten Herrn recht gut leiden mochte, strengte sich an, mit heiterem Interesse zu lächeln. »Ich nehme an, Sir, daß Maiglöckchen das Pferd ist, welches verschwunden ist?«

»So ist es. Zuerst teilte man meiner Schwester mit, das Tier sei tot. Das bereitete ihr Kummer, denn sie schätzte das Pferd, und es war durchaus noch nicht alt.« Der Vizepräsident zögerte einen Moment. »Tatsächlich empfand sie wie der Dichter.«

Appleby lächelte – aufrichtig diesmal. »Ganz recht, Sir. Maiglöckchen, holdes, wie es schmerzt, sinkst du so früh dahin.«

Der Vizepräsident nickte mit großem Nachdruck, sehr zufrieden mit dem Erfolg dieses kulturellen Vorstoßes. »Genau. Genau – mein Lieber. Zuerst also sagten sie, das Pferd sei tot – offenbar aus dem Gefühl heraus, die Erwähnung von irgend etwas Kriminellem könne schlecht fürs Geschäft sein. Nun ist meine Schwester von hartnäckiger Neugier – ein höfliches Zeitalter nannte das einen Menschen von lebhafter Beobachtung. Sie ließ Bodfish kommen, um Näheres über den Tod des Tiers in Erfahrung zu bringen. Bodfish kam zu ihr und war, wie ich leider sagen muß, betrunken. Es hatte ihn übermannt. Caroline ließ sofort durch Maidment – Miss Maidment, sollte ich sagen – den Droschkenstall anrufen und eine geschlossene Kutsche, einen anständigen Kutscher und ein ruhiges Pferd bestellen. Sie fuhr Bodfish dann nach Hause, gab Mrs. Bodfish ein Rezept für eine besonders gesunde und delikate Art der Kakaozubereitung und fuhr fort, bei Maiglöckchens Besitzer bohrende Fragen zu stellen. Als sie erfuhr, daß das Pferd gestohlen worden war, da hat sie – nun, hat sie mir ein recht dringliches Telegramm geschickt. Offensichtlich fiel ihr als erstes Scotland Yard ein. Naheliegend, da sie dort einen Bruder hat – nehme ich an.«

»Sehr naheliegend, Sir.«

»Natürlich habe ich ihr geantwortet, daß die lokale Polizei zuständig ist. Also hat sie sich, bitte schön, aufgemacht und den Chief Constable aufgesucht und ihren Rechtsanwalt mitgenommen. Anscheinend war in der Maiglöckchen-Affäre nicht viel unternommen worden. Und der Chief Constable, der sich vor seine hart arbeitenden Beamten stellen mußte, hat Caroline ziemlich abgebürstet. Nicht zu Anfang: Er hat offenbar versucht, sie abzulenken, indem er ihr einige der anstehenden Fälle erläutert und sie in ein, zwei harmlose Staatsgeheimnisse eingeweiht hat, die den Krieg betreffen. Aber Caroline, die sogar noch hartnäckiger im besonderen ist als neugierig im allgemeinen, bestand auf ihrem Anliegen. *Aut maialis aut nullus.* Ich glaube, ihre Gründe waren ganz egoistischer und praktischer Natur: Maiglöckchen war das einzige Pferd in Harrogate, zu dem sie wirkliches Vertrauen hatte, und folglich war sie fest entschlossen, daß Maiglöckchen wieder beigebracht werden sollte. Zu fest entschlossen, wie ich höre, denn am Ende mußte der Chief Constable sie mehr oder weniger vor die Türe setzen lassen. Also ging sie nach Hause, dachte nach, diktierte Miss Maidment einen gravitätischen Entschuldigungsbrief – und war infolgedessen in der Lage, sich absolut unanständigerweise am nächsten Nachmittag wieder auf der Schwelle des armen Mannes einzufinden. Er war ein wenig ratlos.«

»Durchaus naheliegend, Sir.«

»In der Tat. Und anscheinend hat er es mit Ironie probiert – hat vorgeschlagen, sie solle es doch mit Scotland Yard versuchen. Caroline erklärte, sie stehe bereits mit mir in Verbindung. Ich fürchte, da ist er dann einfach eingeknickt und hat – äh – die Chose an uns weitergeschoben. Kurz – nun, es ist schwierig, wissen Sie.«

»Ja, Sir.«

»Meine Schwester lebt in bescheidensten Umständen. Als Peers betrachtet sind wir keine besondere Familie, wie Sie wissen.« Der alte Herr lächelte charmant. »Aber wiederum ist sie die Witwe von –«

»Ganz recht, Sir.«

»Was bedeutet, daß unter ihren Schwägern –«

»So ist es, Sir. Möchten Sie, daß ich hinfahre?«

Der Vizepolizeipräsident seufzte unbehaglich. »Es *ist* schwierig, nicht wahr? Und, wissen Sie, Sie sehen ziemlich abgespannt aus.« Dies war zwar unerhört, doch es stimmte.

»Sie können sich nicht immer nur mit diesen gigantischen Fällen abgeben. Ein Mann, der im Lauf von zwölf Monaten eine Schlacht im schottischen Hochland schlägt, auf einer einsamen Insel strandet –«

»Natürlich werde ich hingehen, wenn Sie es wünschen, Sir.«

»Für ein Wochenende ist es ein ganz angenehmer, ruhiger Ort.« Der Vizepräsident, der jetzt wohl den äußersten Grad von Unbehaglichkeit erreicht hatte, schob seine Zehen verzweifelt außer Sicht unter den Schreibtisch und sah Appleby mit unverhohlener Beklommenheit an. »Vielleicht *finden* Sie das Pferd ja sogar.« Er schüttelte irritiert den Kopf. »Caroline wäre hochzufrieden – aber wäre es taktvoll der lokalen Polizei gegenüber?« Er lächelte schwach. »Ich überlasse die Auffindung von Maiglöckchen ganz Ihrer Diskretion. Die Kreatur soll etwa fünfzehn Pfund wert sein. Und da fällt mir noch etwas ein.«

»Die Merkwürdigkeit, Sir?«

»Richtig.« Das Gesicht des Vizepräsidenten hellte sich auf. »Es ist wirklich recht bemerkenswert. Wie diese winzigen, aber beunruhigenden Rätsel, mit denen man zu Sherlock Holmes gegangen ist. Tatsächlich gibt es ein Rätsel in der Maiglöckchen-Affäre – und Rätsel gibt es hier nicht jeden Tag, was? Ozeane von Verbrechen inmitten von Inselchen tatsächlichen Geheimnisses.« Er hielt inne, unklar irritiert durch etwas an diesem Bilde. »Das Ganze nennt sich Droschkenstall. Das heißt ganz einfach eine Firma, bei der man Droschken mietet. Aber der Stall hat tatsächlich auch noch die traditionelle Funktion, daß man dort seine eigenen Pferde einstellen kann. Und das hat jemand getan. Captain Dingsda, der dort unten etwas mit Panzern zu tun hat, aber gelegentlich auch gerne einmal reitet. In einer Box direkt neben Maiglöckchen hatte er ein Pferd stehen, das Hunderte von Pfund wert war. Und dieses Vieh ist *zuerst* gestohlen worden.«

Appleby schaute abrupt auf. »Wollen Sie damit sagen –?«

»Ja. Diese wahnsinnig wertvolle Kreatur wurde nachts gestohlen. Am Morgen herrschte großer Aufruhr, und niemand hat sich besonders um Maiglöckchen oder den Pferdestall gekümmert. Das wäre ja auch gewesen, als wollte man die Stalltür abschließen, nachdem –«

»Ganz recht, Sir.«

»Und dann fuhr im Lauf des Tages ein Auto mit einem von diesen Pferdeboxenanhängern vor, brachte Captain Dingsdas Pferd zurück und nahm statt dessen Maiglöckchen mit – ohne daß irgend jemand wirklich klar war, was da vor sich ging. Offenbar hatte man beim ersten Mal einen Fehler gemacht. Maiglöckchen wollte man haben.«

»Und Maiglöckchen ist wirklich kaum etwas wert?«

»Anscheinend nicht – außer für das Sicherheitsgefühl meiner Schwester auf den Straßen von Harrogate und Umgebung. Nicht besonders alt, wie es scheint – aber schwachbeinig oder kurzatmig oder irgendwas.«

Appleby schüttelte den Kopf. »Ob Lady Caroline ihr Vertrauen in ein solches Pferd setzen sollte?«

»Mein Lieber, wahrscheinlich hat ihr sein Gesicht gefallen. Auf jeden Fall war Maiglöckchen kein wertvolles Pferd.«

»Um Züchtung, Stammbaum oder dergleichen konnte es nicht gehen? Als Deckhengst?«

»Um Gottes willen, Mann! Bodfish – ich meine Maiglöckchen – war nicht – hm – diese Art Pferd.«

»Wohl nicht.« Appleby stand auf. »Es hört sich wirklich etwas seltsam an. Ich nehme den ersten Zug am Freitag.« Er blieb neben der Tür des Vizepräsidenten stehen. »Es gibt sonst nichts, was Sie mir noch von Maiglöckchen erzählen könnten?«

»Doch, tatsächlich gibt es da noch etwas. Eine seltsame Sache, das von einem Pferd zu sagen. Aber es scheint – scheint trotz Carolines guter Meinung von dem Tier –, daß es, nun, ein ziemlich schwachsinniges Pferd war. Was, glauben Sie, kann damit gemeint sein? Kenne mich selbst nicht sehr aus bei diesen Tieren.«

Maiglöckchen, das schwachsinnige Pferd. Appleby wanderte die Korridore von Scotland Yard hinunter und sah – denn er war in der Tat abgespannt – eine lange Reihe solch zweifelhafter Kreaturen vor sich, wie sie im Frühlingswind sich hin und her wehen ließen, tanzten, sich gravitätisch vor einer ebenso langen Reihe von Captain Dingsdas wahnsinnig wertvollen Kreaturen verneigten... Da fliegen alle Sorgen fort, die Polizisten ha-aben...

Ein schwachsinniges Pferd.

2

Vergeblich ging die weiche, laue Luft über Superintendent Hudspith dahin; unbesänftigt marschierte er von einer Untersuchung zur nächsten. Es war Juni, und für einen anderen hätte Piccadilly Circus als von Blumengeistern erfüllt scheinen können – kleine Veilchensträuße, auf dem Oberdeck von Autobussen in ferne Vorstädte entführt; Rosen, in großen Bündeln in Limousinen fortgefahren; Nelken, die einzeln St. James hinabschlendern, dämmrig aus Frackknopflöchern im Erkerfenster von White's leuchten, Tweedanzüge im ländlichen Boodle's zieren und im Travellers Club mit der dort angemessenen Orchidee konkurrieren – jenem Versammlungsort tapferer Seelen, welche die Britischen Inseln bis auf eine Distanz von mindestens 500 Meilen verlassen haben, in Luftlinie gemessen. Doch diese Blumenphantome galten Hudspith nichts. Beiläufig gestattete er sich einen mißtrauischen Blick die Jermyn Street hinunter, ein ebenso beiläufiges, billigendes Nicken zum Athenaeum hinüber – und er stapfte die Treppenstufen hinab und weiter zum Park. Der Park war verschwenderisch grün, wie auf der Ladentheke eines Stoffgeschäfts ausgerollt, durchschossen vom Glanz eines langen Stücks blaugrauer Seide. Die Wasservögel waren wie gewöhnlich versammelt; Politiker hielten auf ihren Spaziergängen inne, um ihr Verhalten aufmerksam zu studieren; wachsame Polizeibeamte in Zivil, Hudspith entfernt bekannt, gingen ein Stück hinterher. Hudspith marschierte weiter. Sein Gesichtsfeld war inwendig und schattenhaft – nichts als ein schwebender Kranz von Gesichtern betrogener Mädchen.

Manchmal hatte man sie unter Drogen gesetzt, ihres Willens beraubt; manchmal waren sie fast völlig nackt ausgezogen ... Hudspith marschierte entschlossen vorwärts – als ob hinter Queen Anne's Mansions, unter der großen Uhr der Untergrundbahn, um die Victoria Station herum vielleicht irgendwo der weiße Wal sich in den Wogen wälzte.

Rideout: Es war, dachte Hudspith, kein besonders »guter« Name. Andererseits deutete die Adresse – ein komfortabler Wohnblock mit eigenem Service, hier am Rand von Westminster – auf Wohlstand hin; und wenn die Rideouts eine ansehnliche Familie waren, würde Hudspiths Strenge um so ansehnlicher sein. Er hatte noch keine Details erfahren; es war seine Gewohnheit, den ersten, oft verworrenen Bericht, welcher eintraf, zu ignorieren; doch hatte er gehört, daß es eine Mutter gab, eine Mrs. Rideout – und das bereitete ihm Vergnügen. Mütter, sofern es in einem solchen Fall welche gab, waren in der Regel höchst verantwortlich. Obwohl Mrs. Rideout kaum persönlich der Wal sein konnte, mochte es durchaus möglich sein, daß sie ein, zwei Harpunen reichlich verdient hatte. Hudspith war es gewohnt, sich auf diese Art in Form zu halten. Er beschleunigte den Schritt, bog um eine Ecke, und sein Ziel lag vor ihm.

Die Rideouts waren von bescheidenster Stellung: Darin lag eine gewisse Enttäuschung. Mrs. Rideout war als Putzfrau beschäftigt, ihre Tochter als Kellnerin, und normalerweise wohnten sie »außer Haus«. Vor kurzem aber war ihre Wohnung über Nacht einem Bombenangriff zum Opfer gefallen; dies hatte Mrs. Rideout veranlaßt, ihre Absicht anzukündigen, zu ihrer Schwester aufs Land zu gehen – worauf die Hausverwaltung, bei der sie beschäftigt war und die jene Dienste, welche die Rideouts der Welt leisten, dringend benötigte, geringen, aber hinreichenden Wohnraum im Hause zur Verfügung gestellt hatte. Durch das Souterrain, am Bügelzimmer und den beiden kleinen Lagerräumen vorbei fand man das derzeitige Domizil der Rideouts.

Nachdem Hudspith dies von einem melancholischen Portier erfahren hatte, der selbst im Fahrstuhl zu hausen schien, stieg er bedrohlich in die Kälte, das Dämmerlicht, das Düster hinab. Es war vertrautes Terrain. Wie der Dichter, aber vielleicht aus dringenderen beruflichen Gründen, kannte er die feuchte Seele der Zimmermädchen – er wußte, wie leicht das Verderben sich ihrem verzagten Aufblühen durch die Dienstboteneingänge näherte. Und er wußte – wie er sich selbst sagte – alles über Lucy Rideout, die schwachsinnige Kellnerin. Unstetes Leben, enge Wohnung mit einer verständnislosen Mutter, kein privater Lebensraum, der ständige Anblick des teuren oder doch zumindest wohlhabenden Lebens droben im Haus, der ständige Strom männlicher Gäste – selbst oft unstet und entwurzelt: In all dem – und in den Filmen, dem Glamour der Werbung, der sexy pulsierenden Musik – fand sich ihre Geschichte. Hatte er sie nicht schon Hunderte von Malen analysiert? Und Hudspith marschierte weiter, auf seine überreichen Erfahrungen vertrauend, seine oft erprobte Technik. Hudspith marschierte gegen die Dämonen; er ahnte nicht, daß auf eine seltsam buchstäbliche Weise weit in der Ferne Dämonen ihn erwarteten.

Mrs. Rideout hatte Freundinnen zu Besuch – beinahe hätte man, in der Sprache von droben, sagen können: Sie empfing. Denn zwei Damen gingen gerade, als Hudspith die Tür erreichte; eine dritte, die sich auf einer anderen Route durch diese unterirdische Welt genähert hatte, bat zeremoniell um Einlaß; drinnen hörte man Stimmengemurmel und das Klirren von Tassen. Hier jedoch gab es nichts, was den erfahrenen Detektiv hätte verwirren können: Es wäre eigenartig gewesen, wenn Mrs. Rideout ihren sensationellen Kummer allein genossen hätte.

»Guten Tag«, sagte Hudspith zu der anderen Besucherin. »Ein trauriger Anlaß ist das, Gnäfrau; äußerst traurig in der Tat.«

»Was mich interessieren würde«, sagte die Besucherin, »wo war denn da die Polizei?«

»Ah«, sagte Hudspith. »Wo in der Tat? Aber nun ist sie da, Missis.« Mit gebändigter Dramatik tupfte er sich auf die Brust. »Kommen Sie.«

Die Frau, die eben die Tür aufmachen wollte, blieb mit runden Augen stehen. »Toomer ist mein Name«, sagte sie. Ihre Stimme sank zu einem Flüsterton herab. »Hamse ihr denn die Ehre geraubt?«

Hudspith runzelte streng die Stirn. »Das wird sich zeigen.« Und er öffnete die Tür und schob Mrs. Toomer – sie war eine Frau mit schwachen, beinahe ausgelöschten Gesichtszügen – vor sich her in die Wohnung der Rideouts.

Man konnte auf einen Blick alles übersehen, was es zu sehen gab, man hätte es zumindest sehen können müssen, denn dieser eine Raum machte offensichtlich das ganze Territorium der Rideouts, Mutter und Tochter, aus. Er war lang, schmal und ziemlich umfangreich, erhellt von dem durch unsicher hoch unter der Decke schwebende Fenster hereingefilterten Licht; an jedem Ende stand ein Bett, in der Mitte ein Tisch und ein kleiner Küchenaufbau. Daran war wenig Bemerkenswertes. Doch Hudspith besaß einen geübten Blick für Wohnungen, und dieser Blick wurde geradezu falkenäugig, wenn er die einstige Umgebung entlaufener oder entführter Mädchen zu mustern hatte. Hier schienen reichlich Anhaltspunkte vorhanden. Der Einfluß von Lucy Rideout dominierte den Raum. Ihre Handschrift, sozusagen, charakterisierte nicht nur den eigenen Teil des Zimmers, sie zeigte sich auch unmißverständlich weit über das hinaus, was man noch als faire Grenze zwischen den zwei Bereichen hätte bezeichnen können, so daß man sofort Mrs. Rideouts Reich als eine Art belagertes Fort zwischen immer enger werdenden Verteidigungslinien erkannte. Nur hie und da sah man Spuren von vorsichtigen Gegenmanövern, zweifellos nach dem Fortgang der Tochter durchgeführt – ein Paar Stiefeletten hatten sich auf das Fußende von Lucys Bett vorgepirscht, eine leere kleine Flasche von der Art, in welcher Damen ihren Gin aufzubewahren pflegen, stand auf dem Möbelstück, das ihr als Frisierkommode gedient hatte; dicht daneben lag eine Zeitschrift, die dem Preis eines christlichen Herdes und Hauses gewidmet war. All dies ließ sich unmittelbar entziffern. Doch blieb ein Zug von Rätselhaftigkeit, den Hudspith bei einer raschen ersten Überprüfung nicht auflösen konnte. Und nun machte Mrs. Toomer, angenehm erregt von der Tatsache, daß sie sozusagen am Arm von Scotland Yard ankam, die Honneurs vor der versammelten Gesellschaft. »Mrs. Rideout«, sagte sie. »Da ist die Polizei!«

Mrs. Rideout war nicht viel über vierzig und gehörte zu dem vor Problemen hilflosen Typus, der sich mit einer Art massiver, zielloser Vehemenz durchs Leben schlägt. Sie stellte eine Teetasse hin und schaute von Mrs. Toomer zu Hudspith. »Richtig«, sagte sie, breit und vage. »Ja, das ist richtig.« Sie verströmte das sich wiederholende, betäubte Einverständnis, das einen so großen Teil der gesellschaftlichen Kommunikation des Volkes ausmacht. »Und da bin ich mir sicher, daß die etwas unternehmen sollten.«

»Richtig«, sagte Mrs. Toomer – und die zwei beleibten Frauen, die Mrs. Rideout flankierten, nickten zustimmend mit den Köpfen und den Busen. Das menschliche Sprechen ist im Grunde nicht mehr als der Ausdruck des Wunsches nach beruhigender Rückversicherung in einer einsamen Welt. Die Gebildeteren und Komplizierteren unter uns vermögen tröstende Andeutungen der Solidarität aus abweichenden Meinungen, Kontroversen und Argumentationen zu entnehmen; der Ungebildete zieht viel schlichtere Formen gegenseitiger Unterstützung vor. Wenn das Ritual zelebriert wird – bei solch einer festlichen Zusammenkunft, wie sie soeben bei Mrs. Rideout stattfand –, dann ist es ein Fauxpas, das breite Dahinströmen von Affirmation unterbrechen zu wollen. Und tatsächlich haben wir alle wenig übrig für den Mann, der unseren Hinweis, daß es ein hübscher Tag ist, daß es nach Regen aussieht oder daß es schön ist, mal wieder etwas Sonne zu sehen, mit einer einschränkenden Bemerkung versieht.

All dies wußte der geübte Hudspith. Er nickte gewichtig. »Ja«, sagte er. »Es muß etwas unternommen werden. Und ich bin hier, damit es unternommen wird.«

»Richtig«, sagte eine der beleibten Frauen. »Das sag ich auch.«

»Richtig«, sagte die andere beleibte Frau.

Mrs. Rideout drehte sich triumphierend zu Mrs. Toomer. »Das sagen Mrs. Thorr und Mrs. Fiddock auch«, sagte sie.

Mrs. Toomer, die sich auf der Suche nach der Teekanne umgewandt hatte, nickte geschickt nach rückwärts. »Richtig«, stimmte sie ihren Vorrednerinnen bei.

»Ganz richtig«, sagten Mrs. Fiddock und Mrs. Thorr.

Hudspith räusperte sich und drang vorsichtig in diesen Bannkreis ein. »Aufgrund«, sagte er, »der mir erteilten Instruktionen –« Die Damen stellten alle ihre Teetassen hin, sofort beeindruckt von diesem Fetzchen offizieller Beredsamkeit. Hudspith zog langsam ein Notizbuch hervor. Die Untersuchung hatte begonnen.

Mrs. Rideout rief Gott zum Zeugen an, daß sie eine gute Mutter gewesen war. Mrs. Thorr, Mrs. Toomer und Mrs. Fiddock respondierten in einer Art trinitarischem Chor. Hudspith sagte grimmig, daß es ihn freue, das zu hören, da es in den meisten Fällen ganz anders aussehe; er schien sich eine kurze Notiz über Mrs. Rideouts mütterliche Qualitäten zu machen, wie um das Thema später in Ruhe bearbeiten zu können. Mrs. Rideout bestätigte, daß Lucy immer eine gute Tochter gewesen war. Aber jedermann wußte ja, wie die Mädels heutzutage waren, man konnte sie nicht daheim halten, hinaus ging's, wann immer sie wollten. Hudspith hätte all dies schon vorher aufschreiben können; so war er in der Lage, einen großen Teil seiner Aufmerksamkeit auf eine weitere Musterung der Besitztümer des verschwundenen Mädchens zu verwenden.

Er sah die billigen Tanzschuhe; er sah an einem Nagel den rührend winzigen Wisch aus weißem Kaninchen, der eine Art Pelzcape darstellen sollte. Er sah die neben dem Bett an die Wand gehefteten Photographien – die üblichen Bilder, dachte er müde, aus den üblichen Filmmagazinen ausgeschnitten. Die Helden trugen heute oft Badehosen; sie lagen unter Sonnenschirmen am Strand und grinsten zu Mädchen empor, die bezaubert dasaßen, mit halbgeöffneten Lippen. Oder sie führten im Abendanzug und das Haar voller Brillantine ihre Damen durch exotische Restaurants, wo kleine Tischchen mit

Botschaftern und Herzoginnen einen bescheidenen Hintergrund für ihren Auftritt abgaben. Oder sie saßen, für einen Augenblick als gewöhnliche Sterbliche verkleidet (mochten sie auch Playboys mit Millionen sein), auf den Hockern im Drugstore einer Kleinstadt und löffelten Eisbecher, Nase an Nase mit der Geliebten. Hudspith knirschte bei ihrem Anblick mit den Zähnen. Nicht einmal der berühmte William Prynne, der zirca achthunderttausend Wörter darüber geschrieben hat, daß Theaterstücke nichts als der Pomp des Satans sind, hätte dieser Phantasiewelt übler gesonnen sein können als Superintendent Hudspith.

Es war ein Herr, der hier im Hause gewohnt hatte, meinte Mrs. Rideout. Ein Ausländer, meinte sie. Und seit einiger Zeit hatte sie bemerkt, daß Lucy da was trieb. Lucy war immer später nach Hause gekommen, als sie sollte. Woraufhin sie – Mrs. Rideout – gesagt hatte (und Mrs. Toomer würde bezeugen können, daß sie es gesagt hatte)...

Hudspiths Bleistift zog noch immer seine Linien übers Papier. Aber sein Blick streifte nun die anderen Wände. Über dem Kamin hing ein Seifenblasen pustendes Kindchen: Das dürfte Mrs. Rideouts Geschmack sein. Auf halbem Wege zwischen diesem Bild und Lucys Teil des Zimmers hing einer jener Farbdrucke, auf welchen schwachverhüllte Gestalten nachdenklich auf Marmorterrassen in gleißendem Mittagslicht ruhen; hinter ihnen ein sehr blauer See, hinter diesem sehr weiße Berge, hinter diesen obendrein noch der Effekt eines Sonnenauf- oder -untergangs. Hudspith hatte sich nicht ausführlich mit den Künsten beschäftigt, doch erkannte er, daß dieser Greuel und die Magazinphotos derselben Welt angehörten. Sein Blick ging weiter – und hielt auf einer anderen, kleineren Reproduktion verblüfft an. Mrs. Rideouts Monolog einen Augenblick lang ignorierend, ging er hinüber zu dem Bild. Eine Druckzeile auf dem Passepartout belehrte ihn, daß diese fernblickende, wunderschöne Person von einem gewissen Piero della Francesca gemalt worden war. Er schüttelte den Kopf, unklar beunruhigt.

Aber Lucy war einfach immer wieder weggeblieben. Und

das bei all den Verdunklungen. Und dann war sie vorgestern nacht weggegangen und nicht mehr zurückgekommen. Aber sie hatte einen Zettel im Kakaokrug gelassen, und auf dem stand...

Auf dem stand, dachte Hudspith, daß sie sehr glücklich sein würde und daß man sich keine Sorgen machen sollte. Er ging zu Lucys Bett hinüber, wo ein kleines Bücherregal stand. Drei Reihen Bücher, alle fast neu. Er beugte sich hinunter. *Sesam und Lilien, Geschichte des Verfalls und Untergangs des Römischen Reiches, Die Zeit nach London, Cowpers Briefe, Der Fortschritt der Wissenschaften, Madame Bovary*... Hudspith runzelte die Stirn und sah das nächste Fach an. *Familie Robinson auf der einsamen Insel, Kleine Hausfrauen, Mopsie in der fünften Klasse, Mopsie wird Schulsprecherin, Doktor Dolittles Reisen*... Die Bücher waren ebenso neu wie die anderen; Mopsies letzte Abenteuer waren erst im Vorjahr veröffentlicht worden. Hudspith drehte sich um, es wurde ihm bewußt, daß Mrs. Rideout etwas Ungewöhnliches gesagt hatte. »Kakaokrug?« sagte er. »Sind Sie sicher, daß es nicht die Teekanne war?«

Mrs. Rideout war sich vollkommen sicher und fand Unterstützung bei Mrs. Toomer, die dabeigewesen war.

»Es ist fast immer die Teekanne.« Hudspith machte eine Pause, mißtrauisch, scharf nachdenkend. »Wann trinken Sie Kakao, Gnäfrau?«

In der *ménage* der Rideouts wurde Kakao nur abends getrunken. Das also war es: nicht die Frühstücksteekanne, sondern der Kakaokrug des Abends – mit anderen Worten, gute vierundzwanzig Stunden Vorsprung. Dieses kleine Stücklein elementarer List stellte Lucy, auch wenn dies überraschen mag, sofort unter die intellektuelle Elite von Hudspiths jungen Frauen. Und doch hatte man ihm gesagt –

Das dritte Regalfach war beinahe in Bodenhöhe; Hudspith beugte sich hinunter, um es zu betrachten, und seine Stirn verfinsterte sich. Er kannte *diese* Bücher, und es war nicht seine Schuld, wenn der Innenminister sie nicht ebenfalls kannte. Sein Blick ging zweifelnd wieder zurück zu dem Bild von diesem Piero della Francesca, und es brauchte einen Augenblick, bis er bemerkte, daß Mrs. Rideout zu reden aufgehört hatte und daß nun die Person, die sich Mrs. Fiddock nannte, ihren Auftritt hatte.

Mit dem deutlichen Bewußtsein einer dramatischen Eröffnung hatte Mrs. Fiddock ihre Tasse weggestellt. »Hab sie gesehen und hab sie gehört!«

Es war eine Sensation. Mrs. Fiddock sah langsam in die Runde und genoß ihren Triumph. Dann schwenkte sie langsam einen Finger gegen die formlos schnaufende Mrs. Rideout.

»Hab gesehen und hab gehört, was nun meine Pflicht ist, wenn ich's hier in Gegenwart dieses Herrn von der hohen Polizei erzähle.«

»Richtig«, sagten Mrs. Toomer und Mrs. Thorr.

Und Mrs. Rideout nickte auch ihre umfassende Bestätigung dazu. »Ganz richtig«, sagte sie.

3

Hudspith leckte seinen Bleistift an und gratulierte sich zu seinen unkonventionellen Methoden. Es entsprach nicht der korrekten Vorgehensweise, auf diese Art in Mrs. Rideouts Teegesellschaft einzudringen, doch was bedeutet eine kleine Irregularität, wenn es Leviathan selbst ist, dem man nachjagt? Hudspith warf einen letzten Blick auf die schlimmen Bücher in Lucy Rideouts unterstem Fach und wandte sich erwartungsvoll an Mrs. Fiddock. »Ganz recht, Gnäfrau«, sagte er. »Sie müssen alles sagen, was Sie über das arme Mädel wissen.«

Mrs. Rideout fing zu schluchzen an – energisch und sehr rasch, als wolle sie etwas bisher Übersehenes nachholen, was ihr nun eben eingefallen war. Mrs. Toomer sah sich vergeblich nach einem Taschentuch um, gab ihr dann eins von den Küchentüchern. Mrs. Thorr sagte abwechselnd »Wird ja alles gut« und »So isses halt« und »Da sieht man's eben« zu den anderen. Das Tempo von Mrs. Rideouts Kummer veränderte sich; sie weinte tatsächlich; schließlich überraschte sie diese

Tatsache selbst derart, daß sie abrupt still war. Das Zimmer schaute erwartungsvoll auf Mrs. Fiddock.

»Das«, verkündete diese, »ist eine sehr schmerzvolle Angelegenheit für mich.«

»Da sieht man's«, sagte Mrs. Thorr.

»Und ich hoffe, niemand hier kann sagen, ich hätt getan, was ich nicht tun sollte. Weil ich tat nur meine Pflicht.« Mrs. Fiddock machte eine Pause. »Als Staatsbürgerin.« Sie schwieg wieder, um diesen linguistischen Triumph zu bewundern. »Es ist im Hinterzimmer von der Crown gewesen.«

»Im Hinterzimmer!« sagten Mrs. Thorr und Mrs. Toomer und Mrs. Rideout.

»Es war vor mehr als einer Woche«, fuhr Mrs. Fiddock würdevoll fort, »daß es sich so ergab, daß ich in den Straßenverkauf gegangen bin. Und wie jedermann weiß – oder jedermann, außer diesem Herrn hier –, gibt es eine Durchreiche dort, die in die Bar geht. Und die Bar hat eine Tür ins Hinterzimmer. Und manchmal sieht man ganz durch.«

Es gab eine Unterbrechung, während die Damen sich berieten, um diese topographischen Behauptungen zu klären. Verkommene alte Weiber, dachte Hudspith. Alkohol! dachte er. Man fängt mit so einem Fall an, und sofort ist der Alkohol da, gleich um die Ecke. Aber er nickte Mrs. Fiddock nachdrücklich mit erheuchelter Zustimmung zu. »Sehr scharf beobachtet, Missis«, sagte er. »Sehr gut.«

Mrs. Fiddock machte eine dankbare kleine Verbeugung. »Und da, Mrs. Rideout, saß Ihre Lucy mit dem aufgedonnerten, ausländisch dreinsehenden Mann aus Nummer neun. Gar nicht geniert hat sich der, und ich hab der Sache gleich nicht getraut.« Sie zögerte, ein wenig verwirrt. »Und da kam es mir, daß ich da eine Pflicht zu erfüllen hatte.«

»Ich kann mich gar nicht erinnern«, sagte Mrs. Rideout mißtrauisch, »daß Sie was davon gesagt haben.«

»Ich hatte eine Pflicht zu erfüllen«, wiederholte Mrs. Fiddock mit festerer Stimme. »Ich ging rüber ins Hinterzimmer, setzte mich hinter den Gummibaum und bestellte ein Glas Port.«

»Also jetzt!« sagte Mrs. Thorr. Ihre Bewunderung mochte sich auf Mrs. Fiddocks schamlose Neugier beziehen oder auf die finanzielle Solidität und die Weltläufigkeit, die der geschilderte Vorgang ausstrahlte.

»Und da hab ich gehört, was ich gehört hab! ›Hast du schon einmal‹, fragt er, ›von der Insel Capri gehört? Ich hab eine Insel, ganz genau so.‹ Das hab ich ihn sagen hören.«

Mrs. Toomer hob die Hände, sofort überzeugt. »Meine Güte!« sagte sie. »Stellt euch vor, eine Insel ganz allein hat er!«

»›Wo liegt sie?‹ fragt Ihre Lucy – das waren die ersten Worte, die ich von ihr gehört hab. ›Wo liegt sie?‹ ›Es läßt sich schwer beschreiben‹, sagt er, ›aber erst fährt man nach Südamerika.‹«

Die Spitze von Hudspiths Bleistift brach ab. Wut erfüllte ihn – auf diese entsetzlichen Frauen, auf die idiotische Lucy, auf die unsäglich fadenscheinige Einfachheit des berufsmäßigen Verführergeschwätzes. »Mrs. Fiddock«, sagte er wohlwollend, »das ist eine sehr wertvolle Information.«

»Und dann hat keins von beiden mehr was gesagt, und da hab ich's für das beste gehalten, mal um den Gummibaum herumzuschauen. Er hat sie angelächelt, so, wie wenn er sich seiner Sache sicher wär. Und Ihre Lucy hat nix gesagt. Hat bloß ihren Rock noch 'nen Zoll übers Knie hochgezogen.«

Hudspith preßte seine Lippen zusammen. Mrs. Toomer erzeugte vorne am Gaumen ein schockiertes Geräusch. Mrs. Rideout schluchzte wieder.

»Grade da hat der junge Mann den Port gebracht. ›Na, Oma‹, sagt er, ›beim Rennen gewonnen? Soll ich 'ne gute Zigarre bringen?‹ ›Junger Mann‹, sage ich, ›ich bin eine anständige Frau, und mit mir wird anständig geredet.‹ Also ist er wieder weg, und ich hab wieder gehorcht.« Mrs. Fiddock schwieg. »Und was ich diesmal gehört hab«, sagte sie dramatisch, »das kann ich kaum über diese meine Lippen hier bringen.«

Mrs. Thorr lehnte sich vor; die halbverwischten Züge von Mrs. Toomer wurden vor Erwartung schärfer; das Küchentuch in Mrs. Rideouts Hand blieb in der Luft schweben.

»Er hat sich zurückgelehnt und eine Zigarette angezündet.

Und dann ist es mir kalt über den Rücken gelaufen, als er sagt: ›Ich könnte zwei oder drei Lucys gebrauchen‹, sagt er – ›und genau das krieg ich ja auch!‹ Und dann lacht er, schlimm, als würd er sich über ein ganz privates kleines Geheimnis amüsieren.«

Ein Augenblick tiefen Schweigens folgte auf diese bedenkliche Eröffnung. »Ein Mädchenhändler ist das!« sagte Mrs. Toomer.

»Oder ein richtiger Blaubart«, sagte Mrs. Thorr.

Mrs. Fiddock, deren Phantasie von dem literarischen Erfolg befeuert wurde, welchen sie erzielt hatte, lehnte sich vor. »Glauben Sie«, fragte sie heiser, »daß er sie in der Badewanne ertränkt?«

Mütterliche Sorge ist eine entsetzliche Kraft. Mrs. Rideout, die sich erregt erhoben hatte, machte zwei Schritte seitwärts und drei zurück – und war so in der Lage, in Konvulsionen auf das Bett zu fallen. Mrs. Rideout brüllte; Mrs. Thorr und Mrs. Fiddock schnieften; Mrs. Toomer schlug sich sanft gegen die Brust und stieß keuchende Seufzer aus. Es ist entsetzlich, wenn man stirbt, umheult von Frauen – oder auch nur unter solchen Umständen eine polizeiliche Untersuchung durchführen muß. Der aufrechte Hudspith sah sich um; er hatte die konfuse Idee, mit Wasser zu spritzen oder ein Fenster zu öffnen. Sein Blick fiel sofort auf das leidenschaftlose Porträt von Piero della Francesca – und von dort wanderte er unwillkürlich zu *Sesam und Lilien* und den historischen Anstrengungen von Edward Gibbon. Einen Augenblick lang fühlte er sich wie ein Mann, der durch tiefe Wasser hinabsinkt. Dann stand er auf. »Seien Sie still!« rief er.

Mrs. Rideout hörte auf zu brüllen und schniefte. Woraufhin Mrs. Fiddock und Mrs. Thorr, wie empört über seinen Übergriff, tief Luft holten und schrien. Mrs. Toomer fuhr ungerührt mit ihrer asthmatischen Vorführung fort. Hudspith schlug mit der flachen Hand auf den Tisch. »Ruhe!« röhrte er. »Ruhe, im Namen des Gesetzes!«

Es herrschte augenblicklich Schweigen, als seien die

Frauen durch diesen Spruch von Teufeln befreit. Und Hudspith, der sich in der Dämonologie auskannte, fuhr streng fort: »Alles, was Sie sagen, kann aufgezeichnet und als Beweismaterial in dem Verfahren, welches der zuständige Richter anordnen mag, verwendet werden. Wir wollen nun zur Untersuchung des Charakters und der Gewohnheiten des verschwundenen Mädchens übergehen.«

Die Krise war vorüber. Selbst Mrs. Toomer hörte auf, sich an die Brust zu schlagen. Statt dessen nahm sie den Deckel von der Teekanne und spähte hoffnungsvoll hinein.

Lucy Rideout war neunzehn; soviel ließ sich von ihrer Mutter in Erfahrung bringen – die jedoch der Ansicht zu sein schien, daß diese Tatsache ihren gerechten Anteil an den Informationen ausmachte, welche die Versammlung beibringen mochte. Was die Interessen und Fähigkeiten ihrer Tochter betraf, so gab sie nur vage Antworten; von ihren Freundinnen wußte sie nur wenig; unter einer Reihe von Photographien in einer Schublade fand sie eine, bei der sie sich nach einer Beratschlagung mit ihren Nachbarinnen dazu überreden ließ, zu sagen, das sei Lucy. Oft, dachte Hudspith, ist unser Anspruch auf die Aufmerksamkeit selbst enger Verwandter überraschend brüchig und ungewiß. Trotzdem lag in der Beziehung dieser Frau zu ihrer Tochter etwas fast Pathologisches; es war beinahe, als sei das Kind ein intellektuelles Problem, vor dem Mrs. Rideout schon vor langer Zeit als einfachste Lösung einfach kapituliert hatte. Er betrachtete die Photographie mit prüfendem, professionellem Blick. Lucy Rideout war nicht hübsch. Aber – soweit er sehen konnte – sie besaß auch nicht eines der speziellen Merkmale von Nicht-Hübschheit, die für den einen oder anderen einen besonderen Reiz haben. Warum also Lucy? Vermutlich, weil sie schwachsinnig und deshalb besonders einfach davonzuschaffen war. Nur, dachte Hudspith, daß diese nicht besonders gute Photographie, wenn sie überhaupt etwas aussagte, ein Mädchen von beträchtlicher Intelligenz zeigte. Und dies stimmte überhaupt nicht mit seinen Informationen überein. Er wandte sich an Mrs. Rideout.

»Soweit ich weiß«, sagte er vorsichtig, »war Ihre Tochter nicht sehr gut in der Schule?«

»Richtig«, sagte Mrs. Rideout bereitwillig.

»Tatsächlich war für sie das Lesen und –«

»Das Lesen?« unterbrach Mrs. Toomer. »Na, gelesen hat sie ja nun ständig, das arme Ding.«

»Ganz richtig«, sagte Mrs. Rideout. »So war's.«

Mrs. Toomer nickte zum Regal hinüber. »Da können Sie's selber sehen. Die muß sie alle gekauft haben, seit Rideouts ausgebombt worden sind. Immer am Lesen, das ist die Lucy, aber schlecht in der Schule, wie Sie schon sagten.«

Hudspith runzelte die Stirn. »Wenn sie aber immer gelesen hat –«

»Deswegen war sie doch schlecht in der Schule.« Mrs. Toomer sah Hudspith mit einem merkwürdigen Blick an, als kämen ihr Zweifel an der geistigen Beweglichkeit von jemand, der diesen elementaren Zusammenhang nicht begriff. »Immer hat sie gelesen. Hat ihre Lehrer ganz wild gemacht.«

»So war's«, sagte Mrs. Rideout. Sie nickte, unbestimmt, doch entschlossen. Plötzlich sprach sie mit sehr viel größerem Nachdruck. »Das und die Vergeßlichkeit. Niemand außer mir kann wissen, wie vergeßlich das Mädel ist.«

»*War*, wohl eher«, sagte Mrs. Fiddock düster.

»Ganz richtig«, sagte Mrs. Rideout. »Manchmal wußte sie nicht einmal mehr, ob sie schon ihr Essen in sich drin hatte. Das ist schon chronisch mit Lucys Gedächtnis.«

»Das kommt vom Lesen«, schlug Mrs. Thorr vor. »Schon vom normalen Lesen, und dann noch das, was Ihre Lucy gelesen hat!« Sie wandte sich zu Hudspith. »Lord Bacon und Gibbon«, zählte sie ehrfürchtig auf. »Und Shakespeare und der deutsche Göthy.«

»Richtig«, fiel Mrs. Toomer ein. »Und Märchen auch, und Tiere, die reden. Einen halben Wochenlohn ließ Lucy immer liegen, wenn sie ein schönes großes Buch mit bunten Bildern im Schaufenster liegen sah.«

Und das Eigenartige ist, dachte Hudspith, daß das Bücherregal diese phantastische Verworrenheit von Zeugenaussagen bestätigt. Er wandte sich entschlossen an Lucys Mutter. »Nach meinen Informationen ist Ihre Tochter geistig minderbemittelt. Nicht was man, psychologisch gesehen –«

»Ganz richtig«, sagte Mrs. Toomer, ehe Mrs.Rideout antworten konnte. »Nicht psychologisch –«

»Die Psychologischen«, unterbrach Mrs. Thorr, »gehen mit dem Auto zur Schule. Das hat Lucy nie getan, obwohl ihr Vater es mal für sie versucht hat, als er noch am Leben war, armer Mann.«

»Richtig«, sagte Mrs. Rideout.

»Nicht psychologisch«, faßte Mrs. Toomer zusammen. »Nur etwas daneben. Man kann sagen: furchtbar ernsthaft.«

»Ganz richtig«, sagten Mrs. Rideout und Mrs. Fiddock und Mrs. Thorr. Es war seit längerem ihre erste chorische Leistung.

»Richtig kindisch«, sagte Mrs. Fiddock, als käme sie auf den nächsten Schritt einer wohlgeordneten logischen Sequenz zu sprechen. »Ganz unheimlich manchmal. Schüchtern und unschuldig und bißchen doof.«

Hudspith versuchte es anders. »Ihre Tochter ist zum Tanzen gegangen – solche Sachen?«

»Das ist sie«, sagte Mrs. Rideout. »Und wie, da gab's kein Halten mehr.«

Die Lippen von Mrs. Toomer, Mrs. Thorr und Mrs. Fiddock öffneten sich zu bestätigendem Sang. Hudspith wagte rasch einen neuen Sprung. »Was hatte sie für andere Interessen?«

»Dieses Theater immer«, sagte Mrs. Rideout.

»Ach ja? Sie ist ins Theater gegangen?«

Mrs. Rideout schüttelte energisch den Kopf, offenbar um anzudeuten, daß es einen Grad exzentrischen Benehmens gab, von dem man selbst ihre Lucy freisprechen mußte. »Sie hat's gespielt.«

»Gespielt?«

»Im Bett – bei Nacht. Seit wir hier sind, hat's mich fast zur Verzweiflung getrieben. Flüster, flüster, flüster.«

»Und was spielte sie da?«

Mrs. Rideout überlegte. »Diagramme«, sagte sie. »Diagramme, und manchmal noch eine dazu.«

»Sie meinen Theaterstücke mit zwei und manchmal mit drei Leuten? Was für Leute?«

»Sie haben komische Namen.« Mrs. Rideout rutschte unruhig auf dem Stuhl hin und her, als sähe sie sich gezwungen, über etwas nachzudenken, das sie schon seit langem lieber ignorierte. »Ein Name ist Mädi.«

»Ja?«

»Und Richtige Lucy und Kranke Lucy sind die anderen. Kranke Lucy weiß nie Bescheid. Die anderen erzählen ihr immer, was vorher war.«

Superintendent Hudspith war kein wissenschaftlich gebildeter Mann. Aber er hatte zu ein paar recht merkwürdigen Wissensgebieten die entsprechenden Handbücher durchgearbeitet. Und nun – fast wie geblendet von dem großen Licht, das ihm aufgegangen war – starrte er Mrs. Rideout und ihre Freundinnen blicklos an. »Also«, sagte er, »da will ich verdammt sein.«

»Ganz recht«, sagte Mrs. Toomer.

Hudspiths Nachforschungen dehnten sich noch weiter aus, und der Abend dämmerte, als er sich auf der Victoria Street nach Osten wandte. Wer ihn an den Army und Navy Stores hätte vorbeigehen sehen, hätte wohl zuerst Alkohol und dann Somnambulismus vermutet – denn er ging einher wie in Trance. Das war das Unerhörteste; es war der Gipfel, die ureigenste Signatur des Bösen, mit dem er zu kämpfen hatte. Er hielt sich für wohlbelesen, was alle Bizarrerien und Abwegigkeiten des Lasters betraf; seine Akten waren ein veritables Museum ausgefallener Sünden; er war vertraut mit Teufeln, die grotesker gestaltet waren als die, welche je dem Heiligen Antonius erschienen. Aber die Ingeniosität dieses … dieser Westentaschenpromiskuität, dieser handlichen Polygamie – das war ihm noch nicht untergekommen … So ging er knurrend die Victoria Street hinunter, beinahe bereit, zu bellen, möglicherweise auf der falschen Fährte.

Sesam und Lilien und *Familie Robinson auf der einsamen Insel* und die Bücher im untersten Fach. *Die Zeit nach London* (was das wohl sein mochte? fragte sich Hudspith, den leeren Blick fest auf die Westminsterabtei gerichtet) und *Cowpers Briefe* und *Mopsie in der fünften Klasse*... Und plötzlich enthüllte sich ihm die rein technische Schwierigkeit dessen, was sein Gegner hier vollbracht hatte, und rang ihm eine gewisse widerwillige Bewunderung ab. Hast du schon einmal von der Insel Capri gehört? Es war klar, daß dies auf keinen Fall die ganze Geschichte sein konnte. Aber vielleicht war es am Ende doch ein Fall schlichter Gewalt gewesen; vielleicht war das Mädchen, trotz des Zettels im Kakaokrug, entführt worden.

Hudspith sah zu Big Ben empor und fand keinen Trost darin, daß er dort noch die Zeit ablesen konnte. London glitt an ihm vorüber: hoch droben das letzte Blinken des Tages; um ihn Zeitungsjungen und Sandsäcke, Ruinenhöhlen und Menschenmengen; tief drunten die zielbewußte Eile der Untergrundbahn und der merkwürdig angenehme Geruch, der um die Bahnhöfe hängt, wenn man vorübergeht. Die Leute schauten zum Himmel empor; Hudspith schaute durch ihn hindurch und betrachtete irgendein endgültiges Schlachtfeld von Gut und Böse, vor dem der Himmel nur ein Schleier ist.

Fetischisten. Männer, die auf X-beinigen Frauen bestanden, auf O-beinigen Frauen, auf einäugigen Frauen... und nun dies. Hudspith stieg rasch eine Treppe nach der anderen empor, der kalte Schweiß war ihm plötzlich ausgebrochen. Er marschierte einen Korridor entlang – wurde durch eine offene Tür mit einer Begrüßung angerufen. »Eilig?« sagte eine geplagte Stimme. »Wieder hinter einer verschwundenen Dame her?«

Hudspith gab eine knappe bestätigende Antwort und schritt weiter. Doch die geplagte Stimme hielt ihn an. »Das ist noch gar nichts. Mich haben sie auf ein verschwundenes Haus angesetzt.«

»Ein verschwundenes Haus?« Hudspith drehte sich widerwillig um. »Was soll denn das heißen?«

»Das soll heißen, daß jemand ein Haus geklaut hat – ein

komplettes verdammtes Haus.« Die geplagte Stimme hob sich zu einem Ton äußerster Verbitterung. »Und ein vollkommen verrücktes Haus noch dazu.«

4

Die beste Verbindung ging über Leeds. Aber Appleby, dem das ganze als Erholungsurlaub aufgedrängt worden war, fuhr über York. Dort mußte er über eine Stunde auf den Anschluß warten und hatte Zeit für einen Spaziergang zur Kathedrale. Außerdem entsann er sich an einen Teashop mit bemerkenswerten Muffins; und obwohl es bei Muffins hauptsächlich auf die Butter ankommt, hatte er Hoffnung. Mit diesem wohlausgewogenen Programm spiritueller und materieller Genüsse verließ er den Bahnhof.

Die Stadtmauern standen noch. Natürlich – doch heutzutage ging man mit seltsamem Blick umher. Die Stadtmauern standen noch, und an manchen Stellen noch so neu, als erwarteten sie täglich den Anmarsch von Feldschlangen und Haubitzen. Cromwell, dachte Appleby vage, als er die Ouse überquerte. Äußerst schwierig, sich die Belagerung einer englischen Stadt vorzustellen. Doch ruhen die Dinge merkwürdig im Schoße der Zeit: Jede Menge Kleingeld aus den Taschen römischer Legionäre war ausgegraben worden, als man mit dem Bau des Bahnhofs begonnen hatte. Ein großes Massaker unter den Juden, dachte Appleby, als er die schweigsame Fassade des Yorkshire Club passierte. Sie hatten gerade noch Zeit, die eigenen Frauen und Kinder zu töten, dann war der Mob über ihnen. Das war achthundert Jahre her. Er sah die Coney Street hinab. Um diese Zeit war wenig Verkehr; Ladenbesitzer, die niemals Broschüren über wissenschaftliche Verkaufsgestaltung gelesen hatten, standen unter ihren Türen, müßig, ohne sich zu schämen; es war alles sehr ruhig, sehr gesichert. Laurence Sterne, dachte Appleby. Und müßig durch eine Stadt zu gehen, dachte er, hat etwas, das die Gedanken abwesend kreisen läßt und kreisen, wie bei Leopold Bloom.

Links ein Grüppchen von halbherzig kirchlichen Gebäuden. Rechts die unschöne, doch segensreiche Stadtapotheke von York. Und vor ihm die Kathedrale. Der Dichter Shelley hatte sie ein monströses und geschmackloses Überbleibsel der Barbarei genannt. Aber Shelley hatte auch ein schreckerregend rationales und wissenschaftliches Hirn. Und vielleicht hatte man ihm von den Juden erzählt... Appleby stieg die Stufen empor.

Als er wieder ins Freie trat, blieb er einen Augenblick blinzelnd im Sonnenlicht stehen. Ein Bäckerkarren klapperte vorbei; er hätte ihn an die Muffins erinnern können; statt dessen dachte er nur an Maiglöckchen und die dubiose Untersuchung, welche vor ihm lag. Warum, fragte er sich, sollte man einen ruhigen Droschkengaul der wahnsinnig wertvollen Kreatur von Captain Dingsda vorziehen? Nun, man mietete eine Droschke, und dann ging man zu einer Abendgesellschaft und ließ den Kutscher warten. Dann stahl man die Diamanten der Gastgeberin, wickelte sie geschickt in einen Wisch Heu und warf sie durch das Wohnzimmerfenster dem Tier vors Maul. Dieses verschlang sogleich die unerwartete Gabe und machte sich so zum Komplizen des Verbrechens. Dann mußte man nur noch –

Appleby schüttelte den Kopf über diese unprofessionelle Phantasie und bemerkte, daß er in jene schmale, gewundene Straße geraten war, in der die interessantesten Läden liegen. Diese Buchhandlung beispielsweise: *A Good Warm Watch Coat* – das war wieder Laurence Sterne; Francis Drakes *Eboracum* von 1736 – man müßte ziemlich wohlhabend sein, um das zu erwerben. Und dieser Antiquitätenladen – er überquerte die Straße. Diese Läden waren nicht mehr ganz das, was sie in den Tagen der wandernden Gelehrten waren, der legendären hornbebrillten Amerikaner der zwanziger Jahre. Vielleicht werden sie in den Fünfzigern wiederkommen, dachte Appleby und blieb stehen, um in den Laden zu sehen. Wärmpfannen, Beistelltischchen, Porzellanhunde. Er ging weiter und an einem zweiten Laden derselben Art vorüber: Porzellanhunde, Wärmpfannen und Beistelltischchen. Ein altes besticktes Bahrtuch. Der Pomp des Todes: Einst war die körperliche Auflösung ein behaglich solider Vorgang gewesen. Heute gab es Pappsärge und Leichentücher mit Reißverschlüssen. Er kannte einen Psychiater, der mußte in den ersten Monaten des Krieges nervöse Kinder in einem großen Raum behandeln, in welchem sich solche Gebrauchsgegenstände stapelten… Noch ein Laden. Diesmal starrte Appleby die Auslage erstaunt an. Dieselben Waren waren zum Verkauf ausgestellt. Doch in der Mitte über ihnen hing etwas anderes. Es war ein alter Besen – von der Art, die aus nichts anderem besteht als aus einem Bündel von Zweigen oder Ästchen, an einen Griff gebunden.

Zweifellos war es ein Hexenbesen. Und das plötzliche Auftauchen eines solchen Gegenstandes in einem Schaufenster erschien ihm wie der Beginn einer geschickt erzählten Spukgeschichte. Appleby, dessen Hirn vielleicht nicht weniger rational war als das von Shelley, runzelte mißbilligend die Stirn. Und dabei bemerkte er, daß ihn jemand ansah.

Es war ein zusammengeschrumpfter und staubiger Mann; er stand so abwesend und geduldig an der Tür wie etwas, das man zur Reinigung ins Sonnenlicht hinausgestellt hatte. Aber er betrachtete Appleby mit einer sich langsam sammelnden Wachheit, die stark an eine rostige Maschine erinnerte, die sich langsam zu drehen beginnt. »Guten Tag«, sagte er – und fügte milde hinzu: »Sind Sie ein Tourist?«

Das Wort hat eine etwas sinistre Bedeutung angenommen: Ist man ein Tourist, kann man rasch in den Verdacht geraten, daß man einen mit Tränengas präparierten Füllfederhalter oder einen im Hut verborgenen Kurzwellensender bei sich trägt. Und die große Irritation über Maiglöckchen und Bodfish und Lady Caroline lastete schwer auf Applebys Gedanken. »Nein«, sagte er streng; »ich bin Polizist.« Düster betrachtete er den Besen. »Wie«, fragte er, »sind Sie an das da gekommen?«

Die müßige Frage hatte eine unerwartete Wirkung. »Liebe Zeit, liebe Zeit!« rief der staubige Mann verzweifelt. »Ich wußte, daß etwas nicht stimmen konnte!« Er stolperte schlurfend einen Schritt zurück. »Sie kommen wohl besser mit und sehen sich auch den Kessel an.«

Appleby öffnete den Mund, um einzuwenden, daß ihn weder Besen noch Kessel interessierten; doch sein Berufsinstinkt erwachte, und er schloß ihn wieder. Laß nie die kleinste Merkwürdigkeit vorüber. »Gewiß muß ich den Kessel sehen«, sagte er scharf. »Und alles andere, was dazugehört.«

Der staubige Mann fuhr sich mit erregter Hand durchs Haar, entfernte dem Anschein nach eine Spinnwebe von seinem rechten Ohr und stieß einen schluckenden Laut aus, in dem sich Unterwürfigkeit und Unruhe zu mischen schienen. »Schauen Sie«, sagte er, »man muß sich immer umsehen nach etwas, das den Blick anzieht – etwas Echtem natürlich. Und in diesem Fall konnte über die Provenienz der Gegenstände kein Zweifel bestehen.«

»Kein Zweifel worüber?«

»Über ihre echte alte Geschichte, Sir, über die Hände, durch welche sie gegangen sind. Ich kenne die Familie recht gut. Aber ich hätte doch achtsamer sein sollen. Die ganze Angelegenheit war merkwürdig, ich gebe das zu. Ja, selbst das Pferd war seltsam.«

»Das *was*?«

»Das Pferd, Sir. Ganz eigenartig, in der Tat, hat sich dieses Pferd benommen.«

Appleby holte tief Luft. »Und darüber«, sagte er, »werden wir uns nun unterhalten.«

Die ersten wenigen Fußbreit versammelter Antiquitäten waren recht ordentlich gepflegt; dahinter war alles aufs melancholischste mit einer tiefen Staubschicht bedeckt. Die Waren drängten sich in schöner Vielfalt zusammen und waren mit einer Phantasie angeordnet, welche von der wirklich unbewußten Art sein mußte. Ein indisches Götterbild saß in einem Himmelbett und streckte unzählige Hände aus, als verlange es seinen Morgentee; einer Reihe von Hirschköpfen hingen georgianische Kaffeekannen und Löffelwärmer von den Geweihen; durch die halbgeöffnete Tür einer Standuhr spähte das Skelett eines Menschenaffen oder Pavians. Die ersten Surrealisten, dachte Appleby, waren sicherlich Leute, die auf beengtem Raum mit Antiquitäten handelten. Und man kann ähnliche Effekte erzielen, wenn man eine Bombe auf ein wohlgeordnetes Museum abwirft. Vielleicht ist eine psychische, infantile Bombe für die Bilder von Miró und Dalí verantwortlich. Vielleicht –. Er erinnerte sich, daß er eingetreten war, um einem Geständnis zu lauschen. »Das Geschäft geht recht schleppend«, sagte er in anklagendem Tonfall.

»*Sehr* schleppend«, sagte der staubige Mann. »Wirklich äußerst schleppend«, fügte er mit ängstlicher Offenheit hinzu.

»Immerhin haben sie zwei Porzellanhunde verkauft.« Auf einem sehr staubigen Tisch hatte Appleby zwei ovale Inseln entdeckt, wie sie die Hinterteile dieser Kreaturen bedecken würden.

»Wir werden beobachtet!« Die Stimme des staubigen Mannes hatte sich zu absoluter Verzweiflung aufgeschwungen. »Beschattet!« Er ließ sich auf einen Schemel neben der Standuhr fallen; die Tür fiel zu; drinnen klapperten trocken die Knochen, als wäre das Ganze ein alptraumhaftes Denkmal für Sterblichkeit und Zeit. »Nach dreißig Jahren ehrbaren Handels, zum großen Teil mit dem Adel und den Standesfamilien der Grafschaft – von Dekan und Domkapitel nicht zu reden. Das ist hart, Sir; wirklich hart.«

»Zweifellos.«

»Und man weiß, daß die Metcalfes sehr anständige Leute sind.«

»Ah ja.«

Der staubige Mann erhob sich schwerfällig, und im Inneren der Uhr rasselten wieder die Knochen wie eine gespenstische Äolsharfe. »Natürlich gibt es die alte Geschichte über sie. Ich bin selbst aus Haworth und kenne sie seit meiner Kindheit. Ich bin weit davon entfernt, die seltsame Berühmtheit leugnen zu wollen, welche sie genossen haben.«

»Würden Sie nicht sagen«, fragte Appleby ernst, »daß die Metcalfes, als Berühmtheiten von Haworth, ziemlich im Schatten der Brontës gestanden haben?«

»Die Brontës! Ich sage Ihnen, Sir, die Metcalfes waren schon im ganzen Riding berühmt, als die Brontës noch Kartoffeln in Irland gestochen haben. Es war immerhin 1772, als Hannah Metcalfe beinahe in ihrem eigenen Kessel gesotten worden wäre. Und das war gerade fünfzig Jahre nach der letzten Hinrichtung wegen Hexerei, welche die Annalen der Britischen Inseln verzeichnen. Was den Kessel angeht, so steht er direkt hinter Ihnen. Ich frage Sie: Können Sie es mir übelnehmen, daß ich für das Ganze fünf Pfund bezahlt habe? Als ein Mann aus Haworth, wohlgemerkt, der nicht gerne die Altertümer des Distrikts in einem Möbelwagen verschwinden sieht.«

Appleby drehte sich um und betrachtete prüfend den Kessel. Er war eine massiveiserne Angelegenheit und hätte zweifellos Hannah Metcalfe bequem aufgenommen; jedenfalls hätten Türkennasen, Eidechsenschwänze und ähnliche Rezeptingredienzien nur unbedeutende Blasen in seinen Tiefen geworfen. Appleby schaute ihn genauer an. »Es sieht mir aus«, sagte er rücksichtslos, »als wäre er vor etwa fünfzig Jahren in Birmingham gegossen worden.«

»Liebe Zeit, liebe Zeit!« Der staubige Mann war nun in noch größerer Besorgnis als zuvor. »Zweifellos müssen wir hier mit einem gewissen Element von Inszenierung rechnen. Das ist ja schließlich und endlich an solchen Orten nicht unüblich. Das Bett, in dem der große Mann geboren wurde, in dieser Art. Und wenn man eine berühmte Hexe in der Familie hat und die Leute regelmäßig ihren Sixpence bezahlen, um ihre Küche zu sehen, dann nimmt man natürlich von Zeit zu Zeit kleinere Erneuerungen vor. Nicht, daß ich nicht zugeben würde, daß ich hiermit eigentlich nichts zu tun haben sollte. Hannah Metcalfe – *diese* Hannah Metcalfe – ist nach allem, was man hört, recht merkwürdig. Sie sah merkwürdig aus in dem Pferdewagen. Und sie, und dann das Pferd –«

»Darauf müssen wir noch zu sprechen kommen. Nun frage ich mich« – und Appleby legte eine besänftigende Hand auf den Arm des staubigen Mannes –, »ob Sie mir nicht einfach die ganze Geschichte erzählen könnten? Ich neige durchaus nicht zu der Annahme, daß Sie in irgendeiner Weise unkorrekt gehandelt haben. Aber die ganze Geschichte wäre mir sehr hilfreich in einer Angelegenheit, wissen Sie, die mit dem Besen und dem Kessel gar nicht weiter zusammenhängt.«

Der staubige Mann sah erleichtert und verwundert drein. »Nun, es muß am Donnerstag eine Woche hergewesen sein, und ich nahm gerade die Läden herunter, als dieser pferdegezogene Möbelwagen die Straße herunterkam. Und das, wissen Sie, war schon an sich merkwürdig. Denn wir liegen etwas abgelegen, und wer hier durchkommt, sucht in der Regel eine bestimmte Adresse. Doch in diesem Fall schien das nicht so zu sein, nach dem zu urteilen, was folgte.«

»Ich verstehe. Aber wenn der Wagen möglichst unauffällig durch York fahren wollte – könnte das ein Grund gewesen sein?«

»Das ist durchaus denkbar, Sir. Jedenfalls fuhr dieses Ding in ruhigem Schritt hier vorüber, und vorne saßen zwei Männer, und plötzlich ruft einer etwas. ›Ich hab eine Idee‹, sagt er. ›Schau dir den Laden an.‹ ›Welchen Laden?‹ fragt der andere, und der erste antwortet: ›Da: Nummer neununddreißig‹ – was ich natürlich selbst bin. Und da war es, daß das Pferd – es sah ruhig genug aus – sich seltsam zu benehmen begann. Es hielt an (der Bursche hatte es dabei nicht gezügelt, soweit ich sah) und fing an, mit dem Kopf zu nicken wie ein Buddha. Es nickte und nickte, und die beiden Männer schienen sich zu streiten. Dann rief der eine: ›He, Sie da, hier ist was, was Sie interessieren müßte.‹ Nicht sehr höflich, aber in diesen Zeiten« – der staubige Mann schüttelte traurig den Kopf – »ist es schon etwas, wenn jemand überhaupt von einem Notiz nimmt. Also ging ich hinüber. ›Hören Sie her‹, sagte der Bursche, ›Sie haben wohl schon von Hannah Metcalfes Haus gehört? Na, das meiste davon ist hier und steht zum Verkauf.‹ Und er greift hinter sich und zieht den Besen hervor. ›Wir haben sogar die Hannah selbst dabei‹, sagte er, ›nur die ist bereits fest gebucht.‹ ›Sie ist vor hundertundfünfzig Jahren gestorben‹, sagte ich – weil ich dachte, es sei irgendein dummer Scherz. Und dann war drinnen eine Art wildes Auflachen zu hören, und die junge Frau streckte ihren Kopf heraus. Ich bin richtig erschrocken. Und natürlich war es tatsächlich Hannah Metcalfe – die junge. ›Guten Morgen‹, sagte sie. Und wenn ich mich richtig erinnere, Sir, dann war es genau in diesem Moment, daß das Pferd aufgehört hat – ganz plötzlich. Ich kann schon sagen, daß mir etwas eigenartig zumute wurde.«

»Durchaus.« Appleby fand es selbst etwas eigenartig. »Mit dieser Hexenhausgeschichte – wie sind da die Tatsachen? Ich nehme an, daß die alte Hannah Metcalfe eine berühmte Hexe war?«

»Genau so ist es, Sir. Und ihre Nachfahren haben immer dort gelebt und aus der alten Geschichte ein wenig Kapital geschlagen – obwohl es anständige Leute sind, wie ich schon sagte. Natürlich gibt es die Geschichte, daß die Hexerei oder was immer sich vererbt und von Zeit zu Zeit wieder durchschlägt. Es ist bemerkenswert, was die Leute alles glauben.« Der staubige Mann sah sich recht nervös nach dem Kessel um.

Appleby sah ihn aufmerksam an. »Ja«, pflichtete er ihm bei, »es ist bemerkenswert. Und diese jüngere Hannah hatte auch diesen Ruf?«

»Ja, Sir – unter den Ungebildeten natürlich. Und wie ich höre, hat sie es selbst geglaubt. Sie müssen wissen, sie ist die Letzte der Metcalfes und hat jahrelang allein in dem Haus gelebt, den Kessel gezeigt und so weiter. In einer solchen Umgebung, da werden Sie mir beipflichten, kann ein Mädchen schon auf unheimliche Ideen kommen. Jedenfalls saß sie da im Wagen, streckte den Kopf heraus und lachte, während sich diese beiden Burschen über etwas stritten; worüber, wurde mir nicht ganz klar.«

»Ah ja. Das ist schade.«

»Nun, Sir, in groben Zügen ging es um folgendes: Sie hatten den Auftrag, die junge Frau abzuholen, und anscheinend hatten sie eine ganze Menge von ihren Requisiten, sozusagen, auch mitgenommen. Nun hatte sich aber irgendwie herausgestellt, daß die nicht erwünscht waren, und als der eine den Antiquitätenladen sah, kam ihm die Idee, sich ein Stück Geld zu verdienen. Der andere schien zu argumentieren, daß sie so Schwierigkeiten bekommen würden – aber jetzt mischte sich die Hannah ein. ›Das ist schon recht so‹, sagte sie. ›Von mir aus könnt ihr das alles zu Bier machen. Ich geh jetzt fort, jetzt kommt was anderes.‹ ›Na bitte‹, sagte der, der den Handel wollte. ›Alles ehrlich und anständig, wie Sie sehen. Und Sie können alles für fünf Pfund haben.‹ ›Also gut‹, sagte der andere und nickte, daß er einverstanden war. Und, wissen Sie, Sir, das Pferd schien auch einverstanden, denn es fing an, mit einem Vorderhuf auf den Boden zu stampfen – ganz, als ob es applaudieren wollte.«

»Es klingt«, sagte Appleby ernsthaft, »als wäre das Pferd verhext.«

»Sehr gut, Sir – wirklich sehr gut.« Der staubige Mann lachte mit beträchtlicher Unruhe. »Und das ist die ganze Geschichte. Diese Miss Metcalfe hat sich wohl ein wenig seltsam verhalten, aber sie schien keineswegs nicht bei Sinnen, und ich wußte, daß sie die Besitzerin der Gegenstände war. So endete es damit, daß ich fünf Pfund für den Besen und den Kessel und zwei, drei andere Sachen bezahlt habe, die Sie sich noch ansehen können. Wenn das Metcalfe-Haus aufgelöst wurde, dann schien es mir kein Fehler, dabei einen Handel abzuschließen.«

»Durchaus nicht.« Appleby starrte nachdenklich auf einen Tisch, der mit Elefantenzähnen, Schnupftabakdosen und Dresdner Porzellanschäferinnen bepackt war. »Aber sagen Sie mir, haben Sie noch mehr mit Miss Metcalfe selbst gesprochen?«

»Nein – oder doch nichts mit irgendeinem Sinn. Nachdem die Sachen aus dem Wagen herausgebracht worden waren, habe ich versucht, ein wenig Konversation zu machen. ›Also wollen Sie sich nun die weite Welt ansehen?‹ habe ich gesagt, etwas in dieser Art. Und sie hat mich irgendwie spöttisch angesehen. ›Genau das ist es‹, sagte sie. ›Haben Sie schon einmal von der Insel Capri gehört?‹ Und damit ist sie in den Wagen verschwunden, und ich habe nichts mehr von ihr gesehen.«

Appleby runzelte die Stirn. »Die Insel Capri? Eine ganz

schöne Entfernung von Haworth. Und heutzutage nicht ganz einfach zu erreichen.«

»Ich glaube, Sir, sie kann in sozusagen metaphorischer Weise gesprochen haben.«

»Sehr wahrscheinlich.« Appleby sah auf die Uhr und entdeckte, daß er sich beeilen mußte, um den Zug nicht zu verpassen. Das wollte er nicht: Bodfish, Maiglöckchen und selbst die Schwester des Vizepolizeipräsidenten hatten in der letzten halben Stunde eine sehr viel lockendere Färbung angenommen. »Sie werden möglicherweise nichts mehr in dieser Angelegenheit hören.« Er sah den staubigen Mann an und wurde sich bewußt, wie dreist er ihm sein kleines Geheimnis entrissen hatte. »Und in der Zwischenzeit könnten Sie mir vielleicht – eine Teekanne verkaufen?«

Aber er traf seine Wahl abwesend. Die seltsame Geschichte von Miss Hannah Metcalfe hatte weitgehend Besitz von seinen Gedanken ergriffen.

5

Die Telephondrähte hoben und senkten sich, und dahinter zogen die Hügel vorbei, flüssige Formen, subtil sich rundend. Die weißen Bänder der Straßen und Feldwege waren es, auf die Appleby sein Auge gerichtet hielt – immer in der Erwartung, einen Wagen und ein kapriziöses Pferd zu sehen, die symbolhaft in der Ferne kleiner wurden. In der Erwartung lag wenig Vernunft. Doch davon hatte auch in dem, was in York geschehen war, wenig gelegen. Polizisten machen selten lange und teuere Reisen auf der Suche nach unwichtigen Vierbeinern. Sie stoßen für gewöhnlich nicht an vollkommen unerwarteten Orten und auf rein zufällige Weise auf die Spur des Gesuchten. Und die Hexerei hatte lange vor Sir Robert Peels Geburt aufgehört, ein ernsthaftes Problem darzustellen.

Die Hexen sind auf und davon, ohne Zurücklassung einer Adresse; die letzte verschwindet, immer kleiner werdend, in der Ferne und reist zu den Feldern von Amarant und Asphodil – mit Bodfishs Maiglöckchen als angemessenem Führer. Hannah Metcalfe ist verschwunden; in der Perspektive der sich entfernenden Straße ist sie kleiner und kleiner geworden wie einst die Elfen.

Soviel zur phantastischen Seite des Ganzen. Wie stand es mit der nüchternen Begründung? Man bricht von einem Ort auf, weil man plant – oder weil ein anderer plant –, daß man an einem anderen ankommt. Die Hexen treffen also ein – an Orten, deren Adresse noch festzustellen wäre. Und ebenso trifft Maiglöckchen ein, und das Problem ist, herauszufinden, wo. Denn hinter den Entführungen, dachte Appleby, stand Organisationstalent ebenso wie (vielleicht anstelle von) Laune des Augenblicks. Und Effizienz. War die Aneignung von Captain Dingsdas Tier danebengegangen, so war der Irrtum doch rasch und selbstbewußt korrigiert worden. Und wenn man ein nicht besonders auffälliges Pferd über Land schmuggeln will, ist es keine schlechte Idee, es im Geschirr eines Möbelwagens gehen zu lassen. Man braucht überhaupt sehr viele gute Einfälle. Denn England ist heute ein Land, in welchem sich selbst weniger geheimnisvolle Manöver nur höchst schwierig durchführen lassen. Oben im Turm dieser kleinen Kirche auf dem Hügel sitzt der Gutsherr oder der Wirt oder der Schmied, die Phantasie aufs äußerste erhitzt, um in allem, was irgendwie ein wenig ungewöhnlich ist, mißtrauisch eine heimtückische feindliche Aktion zu entdecken. Für die Störung von Lady Carolines Droschkentransport oder das Überzeugen von Yorkshiremaiden hinsichtlich des Weges nach der Insel Capri könnten die Zeitumstände ungünstiger nicht sein. Wenn also die Hexen und die schwachsinnigen Pferde *jetzt* eintreffen, muß es wohl irgendeinen besonderen Anreiz für eine solche Aktion geben... Appleby tastete diesem recht obskuren Schluß nach, als der Zug in Harrogate einlief.

Es liegt ein angenehmes Element des Ungewissen in der Annäherung an ein großes Hotel. Es beherbergt vielleicht einen Hofstaat im Exil, das Phantomdoppel eines Ministeriums, eine große Londoner Schule oder sogar tausend oder mehr Leute, die irgend etwas produzieren. Doch Appleby fand nur das vor, was ein solches Etablissement normalerweise bietet, und ein wenig später ging er über die Stray, etwas unsicher, wie er nun vorgehen sollte. Er mußte sich bei der lokalen Polizei vorstellen und taktvoll auseinandersetzen, er sei das Resultat des Bemühens, die Tochter eines Earls bei Laune zu halten, die unangemessenerweise die Dienste von Scotland Yard eingefordert hatte. Danach mußte er diese anspruchsvolle Dame selbst besuchen, und danach wiederum kam die ermüdende Aufgabe, Nachforschungen zu wiederholen, die sicherlich bereits äußerst gründlich durchgeführt worden waren. Schließlich konnte er Harrogate nicht verlassen, ohne vorher seiner Tante einen Pflichtbesuch abgestattet zu haben, einer Frau von ausgeprägtem Charakter, an die er frühe furchteinflößende Erinnerungen hatte.

Doch dies war nur der ursprüngliche, diplomatische Aspekt seiner Mission. Falls nicht – was schließlich durchaus sein konnte – das Pferd von Miss Metcalfes Wagen ein ganz anderes war als das Pferd von Bodfishs Landauer, falls dies nicht so war, so hatte der Fall eine gewisse Fülle angenommen, einen Reiz, eine ganz unerwartete Richtung. Appleby dachte nach und beschloß, das Geschäft der Vorstellungsgespräche zu verschieben, bis er sich über diesen vorrangigen Punkt Klarheit verschafft hatte. So befragte er sein Notizbuch und begab sich dann zu dem Droschkenstall, wo Maiglöckchen gestohlen worden war.

Der Stall gehörte – eine leise Absurdität, die, wie Appleby fühlte, mit der ganzen Sache in Zusammenhang stand – einem Mr. Gee; und Mr. Gee, ein älterer Mann von heiterem Aussehen, wurde in der Mitte eines Hofes angetroffen, wo er einen schlafenden Hund mit dem Ausdruck größten Wohlwollens betrachtete.

»Ein hübscher Hund«, sagte Appleby.

Immer noch wohlwollend dreinschauend fuhr Mr. Gee herum. »Ramsnase«, sagte er mit einer Stimme unergründlicher Schwermut.

»Ah ja«, sagte Appleby, etwas hilflos.

»Und faßbeinig.« Mr. Gee behielt seine höchst trügerische Miene bei. »Schweinskruppe, nicht wahr.«

»Nun ja – das stimmt wohl, das hat er ein wenig.«

»*Sie*.«

»Ah ja.«

»Kuhhessig. Ringelrute. Kippohr. Gewolkt.«

»Gewolkt? Das ist sie wohl. Aber dennoch –«

»Gewolkt ist das einzig Gute an ihr. Ramsnase. Ringelrute. Schweinskruppe. Faßbeinig. Was meinen Sie zu den Keulen?«

»Ich fürchte«, sagte Appleby bescheiden, »daß ich von Hunden nichts verstehe.«

»Das fürchte ich auch«, sagte Mr. Gee schwermütig. Er fuhr fort, eine Miene größter Fröhlichkeit zu zeigen.

»Tatsächlich bin ich im Augenblick eher an Pferden interessiert.«

»Sie sehen mir nicht danach aus, daß Sie von denen mehr verstehen. Taxis dürften wohl eher Ihre Sache sein.« Mr. Gee begann, in euphorischer Haltung davonzugehen.

»Und vor allem an einem bestimmten Pferd. Ich bin wegen Maiglöckchen hier.«

»Gotteswillen!« sagte Mr. Gee und beschleunigte den Schritt.

»Haben die zuerst versucht, Maiglöckchen zu kaufen?«

Mr. Gee hielt an. »Sie können vielleicht keinen Pudel von einem Chow unterscheiden«, sagte er. »Aber Sie sind ein vernünftiger Mann. Die anderen haben eine halbe Stunde gebraucht, bis sie da drauf gekommen sind. Und natürlich haben sie's versucht. Wo wäre der Sinn von dem ganzen Gemache, ein Pferd zu stehlen, von dem man weiß, daß es nicht mehr als 'ne Zehnpfundnote bringen kann? Sie haben mir dreißig geboten.«

»Und Sie haben das abgelehnt?«

»Natürlich hab ich abgelehnt. Glauben Sie, ich will mich da aus dem Fenster hängen? Das ist niemals im Sinne der Verordnung.«

Appleby, der zwar wenig von Pferden verstand, mußte notwendigerweise viel über die Gesetze wissen. Aber diese spezielle Form legislativer Weisheit war ihm neu. »Sie nahmen an, das sei illegal? Ich glaube kaum –«

»Es war nicht im Sinne der Verordnung.« Mr. Gee war unerschütterlich. »Zwanzig Pfund für nix *kann* nicht im Sinne der Verordnung sein.« Er sprach wie aus reicher, trauriger Erfahrung. »Da hätte man mich geschnappt. Wozu werdet ihr denn bezahlt? Um die Leute zu schnappen, wenn es nicht im Sinne der Verordnung war.« Mr. Gees leuchtendes Auge betrachtete Appleby klug. »Überall Polizei«, sagte er. »Gotteswillen.«

Appleby spürte, wie ihm Plattfüße wuchsen und ein schattenhafter Helm über seiner Stirn emporragte; er schloß, daß Mr. Gee ein Mann von beachtlichen Gaben war – er brachte es fertig, eine milde Manie mit einer exakten Menschenkenntnis zu verbinden. »Nun, Mr. Gee, sagen wir einfach, daß Sie das Gefühl hatten, die Sache sei etwas außer der Ordnung, und daß Sie nichts damit zu tun haben wollten. Und die Folge war, daß das Pferd verschwunden ist. Ich will nicht wissen, wie oder wann, weil das zweifellos alles schon besprochen worden ist. Aber ich möchte, daß Sie mir etwas über das Pferd selbst erzählen.«

»Über Maiglöckchen?« Mr. Gees fröhliches Gesicht verdunkelte sich, so daß man logischerweise annehmen konnte, es werde nun eine humorige Äußerung folgen. »Nun, ich hab mir immer gedacht, daß Maiglöckchen wohl ein Weber ist – obwohl, unter uns gesagt, er hätte auch ein Bügler sein können.« Und Mr. Gee beugte sich hinab und streichelte dem ramsnasigen Hund das Ohr.

Appleby setzte sich gemütlich auf eine Bank. »Mein lieber Herr, ich weiß zwar, daß ein kompetenter Hippologe wie Sie –«

»Jetzt einen Moment«, sagte Mr. Gee. »Immer schön höflich. Auf meinem Hof redet man so nicht daher.«

»Gut dann, ich sage gar nichts.« Appleby holte eine Pfeife hervor. »Aber ich bleibe hier, bis Sie mir eine vernünftige Beschreibung dieses Pferdes geben.«

Mr. Gee schaute bedächtig um sich und suchte ganz offenbar nach einem besonders gewichtigen Pfeil seines Witzes. »Das

Problem bei Maiglöckchen«, sagte er schließlich, »war immer der Vergaser. Und die Ventile haben mir auch nicht gefallen.« Und dazu lachte Mr. Gee so plötzlich und so laut, daß der gewolkte Hund sich erhob und davoneilte.

»Nun lassen Sie es gut sein.« Appleby stopfte seine Pfeife. »Scherz beiseite, Mr. Gee, und zu den ernsten Angelegenheiten. Aber ich möchte Ihnen sagen, daß ich den Gestank von Benzin hasse. Ich kenne mich nicht mit den Webern und Büglern aus – aber ich nehme trotzdem immer lieber eine Droschke.«

Die Wirkung dieser lügenhaften Darlegung war unmittelbar. Mr. Gee setzte sich höchst kameradschaftlich auf die Bank. »Ich will Ihnen was sagen«, sagte er – und senkte die Stimme. »Mir hat das Pferd nie richtig gefallen. Es gab alte Herrschaften, die hatten es gern und haben es regelmäßig bestellt. Die haben es fast für einen Menschen gehalten. Aber wenn es eins gibt, was ich noch weniger mag als 'nen fast menschlichen Hund, dann ist das ein fast menschliches Pferd.«

»Ich verstehe. Übrigens, wie kam Maiglöckchen ursprünglich in Ihren Besitz?«

»Von einem Mann.« Mr. Gee äußerte sich dunkel und vage. »Es wird wohl auf dem Markt von Boroughbridge gewesen sein, schätz ich.«

»Aber Sie wissen nichts über den früheren Besitzer?«

»Ich schätze, man hat mir's gesagt.« Mr. Gee schwieg düster. »Ich nehme an, Sie kommen aus London?«

»Ja.«

»Und ich nehme an, Sie haben von den Städten gehört, die der Herr wegen zehn Gerechter verschont hätte? Na, zählen Sie alle Lügen, die je in London erzählt worden sind, Mister, zu all den krummen Dingen, die es je in Sodom und Gomorrah gegeben hat – das ist ein Pferdemarkt. Sie können davon ausgehn, daß alles, was mir vielleicht drüben in Boroughbridge über Maiglöckchen erzählt worden ist, kaum das ist, was man Beweismaterial nennen würde. Ich kaufe seit vierzig Jahren Pferde, als Junge hab ich angefangen. Und ich schließ meine Ohren und mach meine Augen auf.«

Es war klar, daß zu dem, was der staubige Mann Maiglöckchens Provenienz nennen würde, wenig herauszufinden war. Appleby versuchte, anders anzusetzen. »Inwiefern war er beinahe menschlich? War er besonders intelligent?«

Mr. Gee schüttelte energisch den Kopf. »Auf keinen Fall. Ich glaube, ich hab noch nie ein Pferd gesehen, das weniger – nun, gesunden Menschenverstand hatte, wenn Sie verstehen, was ich meine. Und das hab ich auch der Polizei gesagt, als sie zuerst hier angerückt ist. ›Das Pferd war schwachsinnig‹, hab ich gesagt, ›und wenn's weg ist, steck ich meinen Verlust eben auch weg.‹ Und das sage ich jetzt noch. Denn wer möchte schon ein schwachsinniges, fast menschliches Pferd?«

Appleby sah Maiglöckchens ehemaligen Besitzer einigermaßen verwundert an. Mr. Gee schien dasselbe Verhältnis zwischen menschlicher Intelligenz und Pferdeintelligenz zugrunde zu legen, das Swift in seiner berühmten Fabel von den Yahoos zeichnet. Und doch war Mr. Gee weit davon entfernt, ein Mann mit literarischen Neigungen zu sein – noch drückte sich in der Qualität seiner kleinen Scherze ein besonderer Sinn für feinere Ironie aus. Appleby versuchte es noch einmal. »Es fällt mir schwer, mir dieses Tier genauer vorzustellen. *Wie* war es denn beinahe menschlich?«

Mr. Gee sah sich vorsichtig im Hof um – ziemlich genau in der Art, erinnerte sich Appleby, wie der staubige Mann sich nach dem Kessel umgesehen hatte. »Er konnte die Zahlen«, sagte Mr. Gee knapp.

»Wie eigenartig.« Appleby hatte Schwierigkeiten, seine Genugtuung zu verbergen. »Sie meinen, wenn man zum Beispiel eine Zahl in Maiglöckchens Beisein erwähnte, dann hielt er an und nickte oder klopfte mit dem Huf die entsprechende Anzahl von Malen?«

Mr. Gee nickte. »Sie haben's erraten. ›Wieviel bis Starbeck?‹ fragt ein Kunde den Bodfish. ›Fünf Shilling‹, sagt der. Und natürlich nickt Maiglöckchen fünfmal. Unnatürlich, sage ich.«

»Es hört sich an«, schlug Appleby fröhlich vor, »als wäre Maiglöckchen früher ein Zirkuspferd gewesen.«

»Aber das ist noch nicht alles.« Mr. Gee legte Appleby die Hand auf den Arm. »Jetzt hören Sie gut zu«, sagte er. »Heutzutag glaubt keiner mehr an was Übernatürliches, oder?«

»Gewiß nicht.« Die Behauptung war äußerst zweifelhaft, dachte Appleby; aber es war trotzdem diplomatisch, zuzustimmen.

»Also, wie erklären Sie sich dann das? Maiglöckchen hat die Zahlen gekannt, an die man *gedacht* hat – gradesogut wie die anderen. Er war sogar noch besser bei denen, sagte Bodfish. Es war immer so: Bodfish fuhr jemand nach John's Well, sagen wir mal. Und: ›Ich nehm ihr drei Shilling ab‹, dachte er bei sich. Und dann hielt Maiglöckchen an und pochte dreimal mit dem Huf oder nickte dreimal. Wenn er Maiglöckchen gefahren hat, dann mußte Bodfish sich alle Zahlen aus dem Kopf schlagen, hat er gesagt. Was sagen Sie jetzt dazu?«

Appleby hielt es für eigentlich weniger bemerkenswert als die erste Form von Maiglöckchens Begabung. Aber da eine Erklärung dieses Unterschieds eine kleine psychologische und physiologische Abhandlung erfordert hätte, hielt er es für besser, darauf zu verzichten. »Mr. Gee«, parierte er die Frage, »ist Ihnen nie der Gedanke gekommen, daß diese seltsamen Fähigkeiten Maiglöckchen zu einem ungewöhnlich wertvollen Pferd machten? Stellen Sie sich das Ganze in einem Zirkus vor. Besucher aus dem Publikum werden eingeladen, nach vorn zu kommen, Maiglöckchens Zügel zu halten und an eine Zahl zu denken. Und dann gibt Maiglöckchen sie mit dem Huf an. Die Nummer würde jedem Zirkuskünstler ein Vermögen einbringen.«

»Zufällig«, sagte Mr. Gee mit Würde, »bin ich kein Zirkuskünstler. Aber wenn Maiglöckchen so wertvoll ist, wie Sie sagen, dann wissen Sie auch etwas über den vorherigen Besitzer. Er war kein Mann vom Zirkus, sonst hätte er Maiglöckchen nicht weggegeben.«

Appleby erhob sich. »Mr. Gee, Sie hätten meinen Beruf ergreifen sollen.«

»Es gibt Komplimente, die kann man erwidern«, sagte Mr. Gee, »und es gibt Komplimente, da geht's nicht.«

6

Ein Volltreffer, sagte sich Appleby auf seinem Weg zurück zum Hotel. Und, was den heutigen Abend betraf, auch ein *coup de grâce*: Reizvoll war die Affäre mit Maiglöckchen und den Hexen, aber er hatte für diesen Tag genug davon.

Es war die violette Abendstunde, und die Stray entlang rollten die letzten Krankenstühle nach Hause. Muschelhöhlungen gleich schlichen sie dahin und illustrierten in ihrer geregelten Verschiedenheit die wundervolle gesellschaftliche Komplexität Englands. Die Kulifunktion übernahmen meist schäbige alte Gestalten aus den verschiedenen Schichten der anständigen und weniger anständigen Armut; es gab jedoch auch eine Anzahl von günstig aufgelesenen Privatbediensteten. Die letzteren, bemerkte Appleby, neigten dazu, den Rollstuhl zu schieben, während die schäbigen Alten zogen. Ziehen ist eine effektivere Technik, doch sind die sich ergebenden Assoziationen vierbeinermäßig und herabsetzend; nur im Schieben läßt sich eine gewisse Dignität und aufrechte Haltung bewahren. Mit Zug und Schub mühten sich die schäbigen Figuren und die Bediensteten ihren Zielen entgegen: Bad und Hotel, Gästehaus, Pension, Appartement, Ferienwohnung, möbliertes Zimmer. Und auch die Stühle hatten ihre Hierarchien und Ordnungen; weniger ein Kasten- als ein Klassensystem, in welchem es immer die inspirierende Möglichkeit eines raschen Aufstiegs und die weniger heiter stimmende Möglichkeit eines langsamen Abrutschens gibt. Hier und dort hatte ein unternehmungslustiger Vermieter sein Gefährt etwas herausgeputzt; doch meist waren diese Fahrzeuge schon ziemlich heruntergekommen – der Lack gesprungen, das Korbgeflecht stoppelig, die Schutzhaube abblätternd, Roßhaar und Kapok in Strähnen zutagetretend. Und durch diese Szenerie stummen Kampfes bewegten sich die hochmütigen Aristokraten der Gattung – Stühle mit Türchen und komplizierten Windschutzscheiben aus Holz und Glas, so daß die Benutzer, schwach erkennbar, wie abgegriffene Kupferstiche in deprimierenden Mahagonirahmen dasaßen. Die

Rollstühle trugen, wie die Speichen eines Rades von den Zentren ausgehend, ausschwärmend wie eine motorisierte Militärkolonne, von den Bädern und Trinkhallen alte Damen hinweg, die Leihbüchereiromane umklammerten, elfenbeinerne Stöcke, triumphierend erbeutete Pfefferminzschokoladepralinen. Und auf den Gehsteigen, höflich zur Seite tretend, standen alte Herren, respektabel gekleidet und mit angestrengt konservierten Bankkonten; sie führten Hunde aus, wanderten auf der Suche nach Abendzeitungen und Tabak umher, warfen mit ihren alten Augen professionelle Blicke auf die vielfältigen Zeichen, daß selbst Harrogate unter Waffen stand. England hielt stand.

Und Appleby eilte zum Abendessen. Er würde eine zeitige Mahlzeit einnehmen und ins Kino gehen und sich dort etwas hübsch Albernes ansehen – albern genug, daß Maiglöckchen und Hannah Metcalfe am nächsten Morgen, wenn er sich ihnen wieder widmen würde, im Vergleich ganz vernünftig wirkten. Heute abend wollte er nichts mehr von ihnen wissen.

»John«, rief eine gebieterische Stimme hinter ihm, »komm her.«

Er drehte sich zur Straße, und beim Anblick dessen, was er vor sich sah, sank ihm das Herz. Es war – es mußte ein offener Landauer sein. Zwei ältere Damen saßen breit nebeneinander auf der Sitzbank. Ihnen gegenüber und – obwohl sie genügend Platz hatte – in mehr zusammengekauerter Stellung saß eine weibliche Gestalt mit mausfarbenem Hut. Und auf dem Kutschbock, eng in verschiedene Decken gewickelt wie die Kinder gewisser wilder Stämme, hockte ein dicker Mann mit feuchtem, von vielen Kneipenbesuchen glänzendem Auge.

»Guten Tag, Tante!« sagte Appleby. »Ich war gerade auf dem Wege, dir einen Besuch zu machen.«

»Zweifellos.« Die Ungläubigkeit von Applebys Tante war ungekränkt und nüchtern. »Lady Caroline, ich darf Ihnen meinen Neffen vorstellen – John.«

Lady Caroline verneigte sich. Sie stand vor dem Dilemma

derer, die würdevolles Auftreten mit einer starken Erkältung verbinden müssen; Nase und Augen waren unangenehm gerötet, und sie hatte ihre Kleidung offenbar so ausgesucht, daß sie dazu paßte: Dies verlieh ihr ein alarmierend entzündliches Aussehen. »Maidment wird Platz machen«, sagte Lady Caroline gebieterisch.

»Miss Maidment«, sagte Applebys Tante höflich, »machen Sie bitte Platz?«

Die Dame mit dem Maushut zog sich noch weiter in ihre Ecke zurück, und es wurde Appleby mit Schrecken klar, daß man erwartete, er würde zusteigen. Der Landauer roch nach Pferd und Staub und Eukalyptus; er setzte sich knarrend in Bewegung.

»Miss Appleby«, sagte Lady Caroline, »glauben Sie nicht, daß Bodfish mit diesem Pferd besser die James Street meiden sollte?«

»Miss Maidment«, sagte Applebys Tante, »Lady Caroline meint, daß Bodfish besser die James Street meiden sollte. Das Pferd.«

Miss Maidment verdrehte sich auf ihrem Platz und sprach nach vorn. »Bodfish«, sagte sie streng, »Sie meiden mit diesem Pferd besser die James Street.«

Bodfish hob, ohne etwas zu sagen oder sich umzuwenden, eine Hand und lüftete seinen Hut ein paar Zoll über den Kopf. Lady Caroline richtete einen prüfenden Blick auf Appleby. »Wir haben kein Zutrauen zu diesem Pferd«, erläuterte sie. »Insbesondere nicht Miss Maidment. Sie hatte ein Erlebnis mit einem Pferd. Als sie jung war. Maidment – meine Tasche.«

Es begann die Suche nach Lady Carolines Tasche. Miss Appleby beteiligte sich nicht. Doch schließlich sprach sie: »Meine Liebe, bedenken Sie, wie oft Sie sich –«

»Bodfish«, rief Miss Maidment mit scharfer Stimme, »halten Sie an.«

Der Landauer wurde zum Stehen gebracht und Lady Caroline ein paar Zoll von ihrem Sitz gehievt. Die Tasche war in der Tat unter ihr gelegen. Sie zog ein Taschentuch hervor und schneuzte sich. Die Equipage fuhr weiter. »Mr. Appleby«, fragte Lady Caroline streng, »Sie kommen aus London?«

»Ja. Ich bin heute hergefahren.«

Lady Caroline schneuzte sich nochmals. »Eine starke Verstopfung«, sagte sie.

»Ja. Aber es war schon schlimmer.«

Lady Caroline runzelte die Stirn. »Junger Mann, ist es an dem, daß Sie Arzt von Beruf sind?«

»Lady Caroline«, erklärte Applebys Tante, »bezieht sich auf ihre Bronchien.«

»Verzeihen Sie bitte.« Das Mißverständnis wirkte enervierend auf Appleby. »Ich bin Polizist. Ich bin wegen Maiglöckchen hier.«

»Sie sind der Mann« – Lady Caroline sah Miss Appleby an und hustete – »Sie sind der Beamte, den mein Bruder herschicken sollte?«

»Ja, Lady Caroline.«

»Liebe Zeit. Meine Liebe« – sie wandte sich an Miss Appleby – »ich glaube, Bodfish sollte besser gut zuhören.«

»Miss Maidment, Lady Caroline meint –«

»Bodfish«, sagte Miss Maidment drohend, »geben Sie acht.«

Bodfish lüftete den Hut. Die ruhigeren Straßen von Harrogate holperten mit jener Ruckartigkeit vorüber, die man nur in Droschken und ungeschickt projizierten Filmen erleben kann. Appleby, der Hüfte an Hüfte mit der Gesellschafterin der Schwester des Vizepolizeipräsidenten dahinruckelte, dachte, daß es kein völliger Widerspruch war, wenn man davon sprach, auszufahren, um sich etwas Bewegung zu verschaffen. Und Lady Caroline, die sich wiederum geschneuzt hatte, beugte sich vor und klopfte Appleby mit einem züchtig behandschuhten Finger aufs Knie. »Ich muß Ihnen sagen, daß sich die Tierschutzgesellschaft mehr Mühe gegeben hat als die Polizei.«

»Der Tierschutzgesellschaft«, sagte Miss Appleby, »zahlt man seinen Beitrag.«

»Zweifellos. Aber für die Polizei zahlt man seine Steuern.«

Und Lady Caroline heftete ihren Blick mißbilligend auf Applebys Krawatte, ein teures Exemplar aus der Burlington Arcade. »Wir unterhalten die Polizei.«

»In gewisser Weise«, sagte Appleby milde, »unterhält die Polizei Ihren Herrn Bruder. So gleicht es sich wieder aus.«

Miss Maidment gab einen nervösen Kehllaut von sich. Und Lady Caroline lehnte sich abrupt zurück. »Meine Liebe«, sagte sie, »ich glaube, Ihr Neffe hat etwas von Ihrem Witz. Daß er auch Ihren Sinn für Schicklichkeit besitzt, möchte ich im Augenblick nicht auf mich nehmen zu behaupten. Und nun – was ich sagen wollte: Die Tierschutzgesellschaft war äußerst aktiv. Und sie sind bis jetzt bei der bemerkenswerten Summe von einhunderteinundachtzig Pfund angelangt.«

Appleby sah verwirrt drein. »Ich fürchte, ich begreife nicht, was Sie meinen.«

»Sie haben Maiglöckchen bei einer ganzen kleinen Odyssee, wie man sagen könnte, verfolgt.« Lady Caroline hielt inne, wie um der Angemessenheit ihrer Wortwahl noch einmal nachzulauschen. »Durch die Kreuz- und Querzüge einer ganzen Parforcejagd«, verbesserte sie sich. »Es scheint, daß in der gegenwärtigen besonderen Lage – Bodfish, geben Sie auch acht?«

Bodfish lüftete den Hut.

»Es scheint, daß in der gegenwärtigen besonderen Lage –«

»Im Krieg«, sagte Miss Appleby freundlich.

»Danke, meine Liebe. Es scheint, daß im Augenblick der heimliche Transport eines Pferdes durch das Land eine Angelegenheit von größter Schwierigkeit ist. Das hat es ermöglicht, Maiglöckchen wenigstens ein Stück weit zu verfolgen. Und sehr hohe Kosten scheinen dabei involviert. Fahrzeuge wurden gekauft und zurückgelassen, als Teil eines sorgsam ausgearbeiteten Planes. In dieser Art. Wie man mir mitteilt, wurden mindestens hunderteinundachtzig Pfund auf diese Weise ausgegeben, ehe Maiglöckchen Bradford erreichte.« Lady Caroline sah Appleby mißtrauisch an. »Doch dies sind Informationen, welche die Polizei bereits besitzt.«

»Ich war hier noch nicht bei der lokalen Polizei; ich hatte

beschlossen, zuerst *Sie* aufzusuchen, Lady Caroline.« Appleby hielt dies für ein recht glückliches Manöver; er erlaubte sich die Andeutung eines Blinzelns zu seiner Tante hinüber. »Aber es überrascht mich, daß das Tier nach Bradford gebracht wurde. Ich weiß sicher, daß es später in York aufgetaucht ist – und das ist ziemlich genau die entgegengesetzte Richtung.«

»Maiglöckchen wurde nach Bradford verfolgt, und von dort ein Stück weit die Straße nach Keighley entlang.«

»Keighley?« fragte Miss Appleby plötzlich. »Das ist nicht uninteressant. John, dir ist zweifellos klar, weshalb nicht.«

Appleby sah seine Tante mißtrauisch an; es lag etwas in ihrem Ton, was ihn an ausführliche Überprüfungen seiner historischen und geographischen Kenntnisse vor langer Zeit erinnerte. »Ich fürchte«, sagte er, »ich kann an Keighley nichts besonders Bedeutsames entdecken.«

»Es gibt auch nichts dergleichen. Was bedeutsam ist, ist die Tatsache, daß man zuletzt von Maiglöckchen auf dem Weg von Bradford *in Richtung* Keighley gehört hat. Denn dies, wie du weißt, würde das Pferd unmittelbar in die Nähe von Haworth bringen.«

»Haworth!« Appleby setzte sich so abrupt zurück, daß sein Ellenbogen Miss Maidment beinahe in die Rippen stach.

»Ganz genau. Es freut mich, daß du siehst, worauf ich hinaus will.« Und Applebys Tante wandte sich zu Lady Caroline. »John ist es natürlich gewohnt, verschiedene Indizien zueinander in Beziehung zu setzen. Das ist sein Beruf. Und wenn er über unseren bedauerlichen Verlust nachdenkt – über Bodfishs bedauerlichen Verlust –«

Bodfish lüftete seinen Hut.

»–, dann fragt er sich sogleich, was denn an Maiglöckchen Besonderes ist. Und die Antwort lautet: Maiglöckchen ist ein *eigenartiges* Pferd. Ein *begabtes* Pferd. In der Tat ein *seltsames* Pferd.«

»Ich kann Ihnen nicht beipflichten, Miss Appleby«, sagte Lady Caroline würdevoll, »daß Maiglöckchen ein *seltsames* Pferd ist. *Begabt* jedoch – sicherlich.«

»Sagen wir also, daß Maiglöckchen ungewöhnliche Fähigkeiten besitzt. Und Maiglöckchen verschwindet. Nun beachte man, was John tut. Er verknüpft seine Indizien, wo er kann. Er konsultiert seine Akten – Scotland Yard ist, wie Ihr lieber Herr Bruder Ihnen erzählt haben wird, voller Akten – und sucht nach irgendeinem *Kontext*, in welchen sich das Verschwinden von Maiglöckchen stellen ließe. Mit anderen Worten: Sind in letzter Zeit ähnlich seltsame oder begabte Pferde verschwunden? Und wenn keine Pferde, dann seltsame und begabte Kreaturen anderer Art? Er macht eine bedeutsame Entdeckung. Vor kurzem, und in diesem Distrikt, ist ein junges Mädchen plötzlich und unerklärlicherweise aus ihrem Haus verschwunden – wir haben alle, Sie wissen es, in der Lokalzeitung davon gelesen. Ein begabtes und wirklich seltsames Mädchen. Tatsächlich eine Hexe.«

Lady Caroline schneuzte sich. Miss Maidment gab ein Geräusch leichter Beunruhigung von sich. Appleby starrte nur seine Tante an.

»Und diese junge Frau mit ihren ungewöhnlichen Begabungen lebte bei Haworth. Wie stark mußte es also John beeindrucken, als er hörte, daß Maiglöckchen zuletzt gesehen wurde, als er sich in diese Richtung bewegte!«

Lady Caroline runzelte die Stirn. »Dies ist höchst merkwürdig. Und geht gewiß über Bodfishs Begriffe.«

Miss Maidment wandte sich um. »Bodfish«, sagte sie gemessen, »wir benötigen Ihre Aufmerksamkeit nicht länger.«

Bodfish lüftete den Hut.

»Aber dies«, fuhr Miss Appleby gemächlich fort, »ist nur das erste Stadium von Johns Untersuchung. Er hat seine Kollegen hinzugezogen, Hilfskräfte haben Zeitungsausschnitte durchstudiert« – plötzlich öffnete Miss Appleby ihre Tasche –, »was ich, wie ich sagen darf, selbst ebenfalls getan habe.« Sie machte eine Pause, und Appleby war sich kurz eines unendlich ironischen Blickes bewußt. »Besonders hat sich John für den Fall einer gewissen Lucy Rideout interessiert, eines jungen Mädchens, das vor kurzem verschwunden ist – entführt, wie es den Anschein hatte, zu Zwecken der Unmoral.«

»Maidment«, sagte Lady Caroline, »diese Dinge sollten Ihre reiferen Jahre nicht mehr in Verlegenheit setzen.«

»Und an diesem Mädchen gibt es nun etwas besonders Seltsames.« Miss Appleby zog den ersten ihrer Zeitungsausschnitte zu Rate. »Es stellte sich als Ergebnis von ausführlichen Untersuchungen heraus, die mit großem wissenschaftlichem Geschick von einem Superintendent Hudspith durchgeführt wurden, daß Lucy Rideout ein bemerkenswerter Fall einer dissoziierten Persönlichkeit ist. Sie ist nicht so sehr eine Person als vielmehr zwei – oder drei – Personen; und sie muß – hm – entsprechend schwierig zu verführen gewesen sein. Doch verführt wurde sie, indem man ihr zu verstehen gab, daß sie nach Capri gebracht werden sollte – einem unangenehmen Reiseziel, das jedoch im Bewußtsein der Unterklasse romantische Assoziationen auslöst.«

Appleby sah seine Tante mit großen runden Augen an – so, wie Sherlock Holmes seinen Bruder, den distanzierten und quintessentiellen Detektiv, betrachtet haben mag. »Capri«, sagte er. »Sicherlich. Und sagtest du Dissoziation?«

»Ja. Was man manchmal Persönlichkeitsspaltung nennt.«

»Dr. Jekyll und Mr. Hyde«, sagte Lady Caroline. »Oder nehmen wir Miss Maidment. Maidment, stellen Sie sich vor, daß Sie leidenschaftlich einen Ihnen untersagten Genuß begehren.«

Miss Maidment rutschte auf ihrem Sitz hin und her – doch ganz und gar nicht so, als ob es ihr gelänge, der Aufforderung Folge zu leisten.

»Und stellen Sie sich ferner vor, daß Sie zur gleichen Zeit ein Gewissen besitzen, das Ihnen einen solchen Genuß verbietet. Sie werden von widersprüchlichen Kräften hin und her gerissen. Sie sind wie die Seelen der Toten in den alten Kirchenfenstern: Die Engel zerren an Ihren Haaren und die Teufel an Ihren Zehen. Sie können mir folgen, Maidment?«

Miss Maidment gab einen unentschiedenen Ton von sich; er trug dem theologischen Tenor der Bemerkungen ihrer Arbeitgeberin dadurch Rechnung, daß er ein wenig fromm klang.

»Die Belastung ist groß, und Sie geben nach. Sie geben in der Mitte nach, und wo zuvor eine Maidment war, sind es nun zwei.« Lady Caroline runzelte die Stirn; sie schien den Gedanken unangenehm zu finden. »Aber natürlich haben Sie nach wie vor nur einen *Körper*. Die beiden Persönlichkeiten teilen sich ihn, und jede ergreift zeitweilig ganz Besitz davon. Auf diese Weise wechseln sich die dissolute und die puritanische Maidment ab, und ein gewisses Ausmaß von nervöser Belastung entfällt damit. Sie verstehen, Maidment?«

Miss Maidment gab wieder einen Ton von sich; dann fand sie – unerwartet – Worte. »Ich verstehe es nicht, nein. Es hört sich für mich eher an, als wäre man von bösen Geistern besessen.«

»Lady Carolines Beschreibung des Zustandes ist hervorragend«, sagte Miss Appleby. »Doch auch Miss Maidment hat einen wesentlichen Beitrag geleistet. Ich bezweifle nicht, John, daß du den Fall berücksichtigen wirst. Er hat ganz offensichtlich seinen Platz in diesem Zusammenhang – wie auch eine andere Meldung, über welche du gewiß informiert bist. Ich meine die Affäre in Bloomsbury.«

»Ah ja«, sagte Appleby.

»Was die Zeitungen« – Applebys Tante studierte wieder ihre Ausschnitte – »das ›Geheimnis des Durchgebrannten Hauses‹ nennen.«

»Miss Appleby«, sagte Lady Caroline streng, »Häuser brennen nicht durch. Unehrliche Dienstboten brennen durch. Sie sind verwirrt.«

»Ich glaube nicht, liebe Lady Caroline. Dieses Haus ist jedenfalls *verschwunden* – und möglicherweise nach Capri. Außerdem ist es ein Spukhaus. Ein sehr solides Haus aus dem achtzehnten Jahrhundert an einem Platz in Bloomsbury. Dr. Johnson hat dort einst eine Geistererscheinung untersucht. Und nun ist es gestohlen worden.«

»Häuser können nicht gestohlen werden, liebe Miss Appleby. Die Vorstellung ist absurd.«

»In gewöhnlichen Zeiten wäre dies zweifellos so. Aber im Augenblick läßt es sich durchaus bewerkstelligen, ein Haus zu stehlen. Dieses Haus wurde in Abschnitten gestohlen. Eines Nachts war es noch intakt; am nächsten Morgen war das Dach verschwunden. In London sind augenblicklich solche Vorkommnisse durchaus nicht ungewöhnlich. Am nächsten Morgen fehlte der größte Teil des obersten Stockwerks. Und so weiter. Die Leute bemerkten, daß es ein ungewöhnlich vom Pech verfolgtes Haus war – es wurde mit schöner Regelmäßigkeit abgetragen. Doch als das Erdgeschoß zu verschwinden begann, machten sich die Leute schließlich Gedanken. Es gab so bemerkenswert wenig Schutt. Dann verschwand eines Nachts das Souterrain, und nichts blieb zurück außer einem Loch. Man stellte Nachforschungen an, und es ergab sich die unbezweifelbare Tatsache, daß das Haus gestohlen worden war. Anscheinend herrscht während der Luftangriffe eine Menge Lärm und Verwirrung. Gebäude stürzen ein, Lastwagen fahren rasch hin und her und sogenannte Abrißkolonnen sind am Werk. Die Gelegenheiten zum Diebstahl eines Hauses sind ganz hervorragend. Aber es muß teuer sein. Der Diebstahl von Maiglöckchen erscheint vergleichsweise geringfügig.«

»Maiglöckchen«, sagte Lady Caroline, »ist ein *Pferd.*«

»In der Tat. Aber ein seltsames Pferd. Und Lucy Rideout ist ein seltsames Mädchen. Und dieses Haus, von welchem ich erzählt habe, ein seltsames Haus. Und alle sind sie innerhalb weniger Tage gestohlen worden.« Miss Appleby steckte die Zeitungsausschnitte weg und schloß ihre Tasche. »Ich bin froh, John, daß du die Angelegenheit unter Kontrolle hast.«

»Ja, Tante«, sagte Appleby.

2. TEIL

Walpfade

1

Der Ozean war leer und unbewegt; er war wie der Himmel, nur leerer – denn über den Himmel zog manchmal eine kleine, hohe Wolke. Der Ozean war immer leer. Alle vierundzwanzig Stunden, und mit verwirrender Plötzlichkeit, wechselte das Schiff aus dem langen schwarzen Tunnel der Nacht in diese andere, himmelblaue Leere über; alle vierundzwanzig Stunden, ohne ein Fünkchen protestierenden Lichts, verschwand es wieder. An eine genauso monotone Reise erinnerte sich Appleby von einem Jahrmarkt seiner Jugend: eine Strecke in einem sich windenden Papiermachétunnel, eine Strecke treibend unter einer Art Kuppel, grell von unten beleuchtet.

Mit abgesperrten Decks und verschlossenen Bullaugen schob sich das Schiff durch die Nacht, in seiner Mitte ein dröhnendes Schüttern und ein Pochen und Zischen, ein Pochen und Zischen und ein unablässiges Sichneigen. Und immerwährend konnte man am Tage den Bug sich heben und senken sehen, sich heben und senken gegen die Linie eines Horizonts, auf den das Schiff mit einer Energie zufuhr, die täglich geheimnisvoller wurde in ihrem offensichtlichen Überschreiten jeglicher in bloß menschlichen Maßstäben zu messender Anstrengung. Der Bug hob und senkte sich. Und immer hielten zwei Männer Ausschau, unbeweglich vor dem Himmel, vor dem Meer. Sie waren auf Ausguck nach U-Booten. Und über lange Strecken des Tages hinweg stand Hudspith neben ihnen – Hudspith, der auch Ausschau hielt, doch mit einem Blick, der weder nach Backbord noch nach Steuerbord schweifte. Hudspith, der geradeaus sah, der Gott weiß was anstarrte. Buenos Aires, dachte Appleby, Rio de Janeiro, schwindulöse gesellschaftliche Experimente am Oberlauf des Paraná, von denen vage Berichte eingingen. Hudspith gehörte zu den Leuten, auf deren Nervenkostüm das Meer einen deutlichen Einfluß hat. Appleby würde froh sein, ihn wieder an Land zu sehen. Man möchte keinen Kollegen dabeihaben, der unterwegs wunderlich geworden ist, wenn man einem so überaus bizarren Fall wie dem gegenwärtigen auf der Spur ist.

Wir haben einen Droschkengaul aus Harrogate über den Äquator verfolgt, sagte sich Appleby, und haben keine Ahnung, wohin er uns führen wird. *Wohin der Weg? Kein Weg! Ins Unbetretene.* Das war Mephisto, und es müßte eigentlich etwas für Hudspith sein – vor dem der Teufel jederzeit in sichtbarer Gestalt erscheinen zu wollen schien... Appleby ging zur Reling und sah auf die See hinab. Den Walpfad, hatten die alten Angeln sie genannt. Aber der Pfad war unsichtbar; es gab keinen Pfad; das Schiff fuhr einem geheimen Ziel entgegen, das der unmittelbaren Reichweite der Sinne entzogen war. Und das war mehr oder weniger auch diese Jagd hinter Maiglöckchen her.

Für Appleby war es die Affäre Maiglöckchen – zweifellos deshalb, weil Hudspith darin so monomanisch den Fall Hannah Metcalfe und Lucy Rideout sah. Aber eigentlich, dachte Appleby, war es die Affäre mit dem Spukhaus. Darin lag das Versprechen zukünftiger Berührung mit einem einigermaßen komplizierten Hirn. Denn das »Durchgebrannte Haus« war nicht nur ein dekoratives Ornament, eine zierliche kleine Abschweifung. Sein Raub mußte unvergleichlich mehr gekostet haben als die Entführungen von Hannah, Lucy und Maiglöckchen zusammen. Nicht, daß es besonders schwierig gewesen wäre. Nur teuer.

Es hörte sich an, sagte Appleby zu sich selbst, während er auf dem Deck umherging, wie eine der unmöglichen Aufgaben, die den Helden im Märchen gestellt werden. Stiehl ein großes Haus in Bloomsbury und verlasse damit England – im Krieg. Aber der Krieg wiederum hatte den Diebstahl leicht gemacht; wenn ganze Straßenzüge verschwinden, vermißt niemand ein einzelnes Haus. Und daß man das Land damit verlassen konnte, hing auch vom Kriege ab. Was geschieht, wenn ein englischer Hafen bombardiert wird? Der Schutt wird als Ballast nach Amerika verschifft und dort als Fundament für neue Docks und Kaianlagen verwendet – eine nüchterne Tatsache von solcher Phantastik, daß man zögern würde, sie in einer Abenteuergeschichte zu verwenden. Kirchen werden bombardiert und werden zu Rampen, über die Flakgeschütze auf die wartenden Frachter rollen. Es ist sehr seltsam; und es schafft die Möglichkeit für eine ingeniöse Person – beziehungsweise doch gewiß eine Organisation – mit einem Gebäude durchzugehen, das einst von Dr. Johnson inspiziert worden ist. Warum aber ein angebliches Spukhaus stehlen? Appleby konnte nur einen möglichen Grund erkennen. Und der hing mit seiner gegenwärtigen Theorie – oder sollte er sagen: mit der seiner Tante? – nicht besser zusammen als mit der von Hudspith.

Von irgendwoher am Heck erklang ein Kornettsignal. Hudspith drehte sich um und schritt über das Vorderdeck. Immerhin aß er noch etwas. Appleby starrte wieder auf den leeren Horizont. Man konnte leicht die Orientierung verlieren. Als triebe man, wie es so schön heißt, auf hoher See. Zuinnerst wünschte er sich den Anblick einer vertrauten Küste – als nützte dies etwas. Der Tafelberg, am Himmel hängend wie Swifts schwebende Insel. Der Schwarm gigantischer Buchstaben an den Piers von Manhattan; Brooklyn Bridge; Liverpool und seine monströsen Hotels. Die flach sich wellende, saurierbraune Küste, die Australien in den Indischen Ozean gleiten läßt. Wenn ihn das Schiff nur eines davon sehen ließe – so sein absurdes Gefühl –, dann könnten sich die unverständlichen Fragmente der Geschichte in seinen Gedanken zusammenfügen. Aber was vor dem Schiffsbug lag, war Südamerika, und von Südamerika wußte er nichts. Noch war er sich sicher, daß diese Jagd in Südamerika enden würde.

Der Salon war leer; er setzte sich und ließ die Wochen ermüdender Untersuchungen durch sein Gedächtnis rieseln. Das Spukhaus war nach Boston gegangen und von dort nach Trinidad; danach war es verschwunden. Von Hannah Metcalfe und Maiglöckchen hatte man zuletzt in Montevideo gehört. Aber Lucy Rideout war, wie ein – wenn auch unsicherer – Bericht meldete, in Valparaiso gewesen, und vielleicht lag darin Bedeutung. Er schaute auf, als Hudspith sich düster neben ihn auf den Stuhl fallen ließ. »Was würden Sie«, fragte er, »zu Robinsons Insel sagen?«

»Gebratenes Haselhuhn«, sagte Hudspith ernst. Aber dies galt dem Steward.

»Juan Fernandez«, fuhr Appleby fort. »Ist man da besonders unmoralisch? Weil es so aussieht, als könnte dort am Ende unser Rendezvous stattfinden.«

Hudspith schüttelte den Kopf und sagte nichts. Bodfish persönlich, fiel Appleby ein, wäre ein ebenso unterhaltender Begleiter. Tatsache war, daß Hudspith, kundig in den Perversitäten und Verwerflichkeiten, eine neue erfunden hatte – und unter der zusätzlichen Bürde zusammenzubrechen drohte. Die Verführung schwachsinniger Mädchen hatte er seit Jahren ertragen, doch die Verführung eines Mädchens mit verschiedenen Identitäten war zuviel für ihn. Lucy Rideout war, wie er glaubte, von jemand verschleppt worden, der so lasterhaft war, daß er es genoß, eine Mätresse zu besitzen, die einmal diese Frau war und dann wieder eine andere. Man könnte wahrscheinlich alle Bücher durchgehen, welche die Buchhändler diskret als »Curiosa« bezeichnen, ohne auf etwas ähnlich Abartiges zu stoßen – und Hudspith war von der Sache besessen, als sei das eine unüberbietbare, endgültige Manifestation des Bösen. Appleby wartete, bis vor Hudspith dessen Teller stand, und versuchte dann, vernünftig mit ihm zu reden. Denn ihm schien erstrebenswert, daß Polizisten vernünftig sind – vor allem die, die man mit einer detektivischen Mission betraut und für teures Geld um den halben Erdball schickt.

»Hören Sie, ich gebe zu, daß Ihre Hypothese angemessen und ausreichend wäre, wenn Lucys Fall allein stünde. Aber er tut's nicht. Er steht in Verbindung mit Hannah Metcalfe – für den Anfang einmal schon durch das eine Wort ›Capri‹. Und Hannah Metcalfe hängt mit dem Pferd zusammen; sie ist mit ihm gereist. Geben Sie nur das zu, und dann fragen Sie sich: Wie paßt das Pferd zu Ihrer Theorie vom Mädchenhandel?«

Hudspith, der mit großer Konzentration aß, hielt kurz inne. »Ich könnte Ihnen einiges über Pferde erzählen«, sagte er düster. Sein Blick war weit weg; er hätte mit den Schatten von Caligula und Heliogabal Zwiesprache halten können.

Appleby seufzte. »Lucy und Capri. Capri und Hannah. Hannah und das Pferd. Hannah kommt aus einer Familie mit einer Hexentradition. Lucy zeigt die Symptome eines Syndroms, das frühere Zeiten als dämonische Besessenheit interpretiert hätten. Das Pferd besitzt eine Form von Hyperästhesie, die man als die unheimliche Begabung des Gedankenlesens erklären kann. Und sie alle, und dazu ein Spukhaus, werden in England aufgesammelt und in Richtung Südamerika abtransportiert. Das sind die Tatsachen, und ich bitte um Ihre Erklärung – vor allem um eine für das Haus.«

Hudspith studierte die Speisekarte mit nahezu pathologischer Intensität. »Natürlich hängen sie zusammen«, sagte er. »Niemand bestreitet das. Und ich nehme an, wenn einer Geschmack an wahnwitzigen Konkubinen findet, dann entspricht es vielleicht auch seinem Geschmack, sie in einem verrückten Haus unterzubringen. Sie wissen nicht, was diese degenerierten Millionäre alles inszenieren. Sie sollten die Filme sehen, die sie privat drehen lassen. Sie sollten einmal sehen –« Hudspith brach ab und starrte zornig auf irgendeine innere Vision. Dann begann er, mit einer langsamen, beunruhigenden Gier, zu essen. Nicht mehr ganz da, dachte Appleby. Sankt Simeon auf seiner Säule, umtanzt von der Phantasmagorie aller Fleischessünden. Ein großer Fehler, Hudspith all die Jahre in dieser Abteilung zu lassen – besonders wenn er soviel Geschmack daran fand. Man müßte ihn für Fälschungen interessieren. Für Unterschlagungen. Zu spät.

»Hudspith –« begann er, und unterbrach sich. Die anderen Passagiere waren eingetreten; mit Verbeugungen und gemurmelten Worten nahmen sie an dem schmalen Tisch Platz. Das Schiff gehörte zur Klasse der schnelleren Frachtdampfer, welche Plätze für sechs, acht Passagiere bereithalten, die ihre Ruhe haben wollen – für Menschen, die schwimmende Hotels nicht schätzen und eine Abneigung gegen Tanzabende und Sportturniere haben. Im Augenblick waren da: Miss Mood, Mrs. Nurse, Mr. Wine und Mr. Wines Sekretär, Mr. Beaglehole.

»Warm«, sagte Mr. Beaglehole, »durchaus warm. Kein Tag für wollene Kleidung, Mr. Appleby.«

Alle Passagiere lachten diskret. In Kriegszeiten werden Reisende um die Welt für gewöhnlich zu Leuten, die in einer Mission unterwegs sind. Davon gibt es zwei Arten. Die erste, die vertrauliche Mission, kennt jeder – und alle wußten, daß Appleby und Hudspith in einer vertraulichen Mission reisten, die mit der Vermarktung australischer Wolle befaßt war. Die zweite Art Mission ist äußerst geheim. Sie ist das Wahre; ihre Angehörigen haben ein Mana, das absolute und weitreichende Tabus ausstrahlt – ihr Woher, Wohin und Warum darf weder befragt noch erwähnt werden. So wird die Unterhaltung schwierig und die Diskussion noch schwieriger. Appleby pflichtete ihm bei, daß es ein warmer Tag war.

Mrs. Nurse sagte, die warmen Tage seien angenehmer als die ganz heißen.

Mr. Wine, der selten etwas sagte, sagte nichts.

Miss Mood sagte auch nichts. Sie preßte ihre ineinander verschlungenen Hände zwischen ihre Knie und betrachtete Appleby mit durchdringendem Blick. Wirklich schien es so, dachte Appleby. Es war, als würde ein Gegenstand wissenschaftlichen Interesses in der Nähe seines rückwärtigen Schädelknochens beschaut.

»Die sehr heißen Tage sind recht ermüdend«, sagte Mrs. Nurse.

Mrs. Nurse, fiel es Appleby ein, hatte etwas Eigenartiges an sich. Er runzelte die Stirn und spürte den Beginn eines obskuren Gedankenganges. Nur ein mikroskopisch geringer Teil der menschlichen Rasse überquert je den Südatlantik; tut man es, ist dies an sich schon ein – wie immer geringfügig – Besonderes. Gewöhnlich hängt diese Distinktion mit einem – wie immer unendlich geringfügigen – besonderen Zug oder mit einer Eigenart oder speziellen Neigung des Reisenden zusammen. Aber bei Mrs. Nurse ließ sich nichts dergleichen entdekken. Es war unmöglich, sich irgendeinen Grund vorzustellen, weshalb sie über diese Wasser dahinfahren sollte. Andererseits war es ebenso schwierig, ihr in der Phantasie irgendeinen anderen Aufenthalt zuzuweisen. Sie ließ an nichts im besonderen denken. Eine durchschnittliche Vorstadt eines durchschnittlichen englischen Provinznests anzunehmen, hieße, eine bei weitem zu gewagte Hypothese über Mrs. Nurse zu riskieren. Nicht, daß sie im mindesten rätselhaft gewesen wäre – das war Miss Moods Stärke –, oder irgendwie ausweichend. Die Apotheose des Alltäglichen war eine schlimme Phrase, aber es war das beste, was Appleby finden konnte, wenn er über Mrs. Nurse nachdachte.

»Das Meer ist ruhig«, sagte Mrs. Nurse.

Es wäre schwierig, sich eine neutralere Bemerkung einfallen zu lassen, oder eine farblosere Art, sie vorzubringen. Und sie war auch körperlich farblos – die Farben, die man in einem kleinen Teich an einem uninteressanten Ort an einem langweiligen Tag sehen mochte. Sie war –

»Ruhe«, sagte Miss Mood angespannt, »ist eine Illusion – eine bloße mathematische Abstraktion. Sie ist nichts als eine Achse, um die der sterbliche Sturm rast, das große elektrische Kontinuum, das die, welche leben, als das Leben bezeichnen.« Sie stellte ihr Glas Tomantensaft auf den Tisch und sah Hudspith an. »Sie, da bin ich sicher, begreifen mich und stimmen mit mir überein.« Miss Moods Stimme war, als sie dieses ungereimte Zeug sprach, rauh und voll Glamour, wie auf Zelluloid aufgezeichnet. Hudspith hockte mit hochgezogenen Schultern da, stach mit der Gabel zu, sägte mit seinem Messer; er haßte diese entsetzliche Frau, als ob sie eine berühmte Hure wäre. Aber Miss Mood schätzte ihn offensichtlich falsch ein; sie wandte sich mit all dem üppigen Selbstvertrauen an ihn, mit dem eine tropische Schlingpflanze der Sonne entgegenwuchert. »Geistessubstanz allein ist allgegenwärtig«, sagte sie. »Nichts sonst gibt es in der ätherischen Welt.«

Appleby spürte einen leisen Schock seinen Körper durchfahren – etwa, als ob ihn in vollem Lauf die plötzliche Erkenntnis einer Abkürzung angehalten hätte. Denn zwischen zwei Bissen Haselhuhn hatte er die Wahrheit über Miss Mood begriffen. Diese Frau ging dorthin, wohin Hannah und Lucy gegangen waren.

Das war es. Sie und Hudspith und er saßen, sozusagen, alle im selben Boot. Und dies war durchaus nicht unwahrscheinlich – die Boote waren heutzutage nicht sehr zahlreich. Wenn der Verkehr nach Pseudo-Capri lebhaft war – und schon hatte es diesen Anschein – dann mußten Teile davon beinahe mit Gewißheit weit draußen auf den Walpfaden zusammenlaufen. Und eine Frau mit diesem Blick und diesem Vokabular – denn die Ätherweltphraseologie war schon ein paarmal aufgetaucht – war genau richtig für Maiglöckchens Rennstall.

Appleby kaute auf seiner abrupten Eingebung herum und ließ seinen Blick über den Tisch schweifen. Wenn es logisch war, dies von Miss Mood anzunehmen, könnten dann nicht –

Der Mann namens Beaglehole sah Miss Mood mißbilligend an. Dies war weit davon entfernt, irgendwie abwegig zu wirken. Und doch konnte man an der Art und Weise von Beagleholes Mißbilligung etwas Merkwürdiges finden. Applebys Blick ging weiter zu Mrs. Nurse, zu der alltäglichen und beharrlich negativen Mrs. Nurse... und plötzlich erkannte er auch die Wahrheit über sie. Er sah Mr. Wine an – es war nur noch Mr. Wine übrig –, und wie er Mr. Wine ansah, sah dieser ihn an. Es gibt unwägbare Momente, in denen man das Gefühl hat, das eigene Innere gerade noch rechtzeitig verborgen zu haben. Appleby spürte es. Eine Sekunde lang fuhr er fort, Wine mit gleichgültigem Blick anzusehen, dann sah er zu Hudspith hinüber. Hudspiths Blick war deutlicher als je auf seinen eigenen privaten Walfisch fixiert – das Monstrum blies und schwallkte in der Soße auf seinem Teller. Soviel zur individuellen Musterung. Es blieb noch übrig, alle fünf seiner Mitreisenden auf einmal mit einem *coup d'œil* zu betrachten. Nachdem ihm dies recht befriedigend gelungen war, dachte Appleby, daß es nicht schlecht wäre, an Deck zu gehen und etwas Luft zu schnappen.

2

See und Himmel waren wie gewöhnlich; der Bug und die Beobachter hoben und senkten sich wie immer. Aber Appleby schritt jetzt über ein geheimnisvoll verwandeltes Deck; er war ein Schauspieler, der aus der diffusen und groben Struktur der Realität in die Ordnung eines wohlkonzipierten Stükkes eintritt. Denn hier, ganz unerwartet, hatte er das Problem – oder doch einen Teil davon – direkt und säuberlich vor der Nase. Beaglehole hatte Miss Mood mißbilligend angesehen, mit jener Mißbilligung, mit der ein Abteilungsleiter eines Kaufhauses einen unbeholfen mit Waren, die *démodé* sind, überhäuften Verkaufstisch betrachten mochte. Das war es. Miss Mood mit ihrem speziellen Geschwätz von der ätherischen Welt war für die Ramschabteilung gebucht. Lucy Rideout und Maiglöckchen waren da sehr viel attraktivere Angebote.

Beaglehole war tatsächlich das, was man in der Sprache des Handels den Einkäufer nennt, und Miss Mood und Mrs. Nurse waren seine jüngsten Erwerbungen. Der Fall von Mrs. Nurse – sagte sich Appleby in der plötzlichen Erleuchtung, die ihn überkommen hatte – der Fall von Mrs. Nurse war klar. Sie war ein Medium höchster Qualität – was hieß: eine ehrliche und besonders schlichte Frau, die trotzdem in gewissen abnormalen Zuständen oder in Trance zu ingeniösen, lange durchgehaltenen Täuschungen in der Lage war. Das war es – oder das war es zumindest in kompromißlos rationalistischen Kategorien. Mrs. Nurse war genau der Typ: ein seichter Teich, bis sich die Wasser auftaten und die verschiedensten problematischen Tiefen enthüllten. Mrs. Nurse würde in einem abgedunkelten Zimmer sitzen, unter trauernden Müttern und Sensationshungrigen und Mitgliedern der Royal Society. Seltsame Stimmen würden aus ihr ertönen; schwatzhafte Stimmen, zögernde, flüssig erzählende, fragmentarisch stammelnde; rührend, pompös, neugierig, lauernd. Und die Leute würden lauschen, wie sie seit den Tagen der Hexe von Endor gelauscht hatten. Einer hört seine Frau sprechen. Einer schreibt ein wörtliches Protokoll. Einer weint. Einer hat ein Mikrophon hereingeschmuggelt. Einer bietet Geld an. Einer plant Versuche mit einem Manometer, einem Sphygmographen, einem Thermoskop… Mit anderen Worten, Mrs. Nurse war ein stabil verkäuflicher Artikel.

Und irgendwo über dem leicht streifigen Blau des Horizonts versammelte der Unternehmergeist einen Psychozirkus in großem Maßstab. Keine andere Erklärung entsprach den Tatsachen – wie Applebys Tante beim gelassenen Ordnen ihrer Zeitungsausschnitte gewußt hatte. In *großem* Maßstab. Es gab kein Anzeichen dafür, daß Mrs. Nurse und Miss Mood sich irgendeiner besonderen Beziehung zu Beaglehole bewußt waren; wenn Beaglehole der Einkäufer war, so mußte es noch Zwischenhändler geben. Unter diesen Passagieren gab es in der Tat nur eine offenbare Beziehung: Beaglehole war Sekretär des Herrn, der auf der Passagierliste als Mr. Emery Wine erschien. Dies schloß Wine beinahe mit Sicherheit in den Plan ein. Tatsächlich war die geheime Mission dieser beiden um einiges seltsamer, als es sich die normale Phantasie träumen lassen würde… Appleby, der um eine Ecke des Ruderhauses bog, sah, wie Mr. Wine ihm aus seinem Liegestuhl einen Blick milder Aufmerksamkeit zuwarf. Und einen Augenblick lang kam seine Gewißheit ins Wanken. Der Mann sah ungemein genau wie jemand in geheimer Mission der respektabelsten Sorte aus.

Bis jetzt hatte Mr. Wine sich nicht freundlich gezeigt; seine Haltung war die höflicher Abwesenheit und Zurückhaltung gewesen. Er war ein kleiner schlanker Mann, ohne Pedanterie gepflegt, und sein Auftreten deutete gelegentlich eine zurückhaltende Fröhlichkeit an, die zweifellos bei angemessenem Anlaß seine charmanteste gesellschaftliche Trumpfkarte war. Und jetzt lächelte er charmant. »Ich interessiere mich einigermaßen für Ihren Freund«, sagte er unerwarteterweise.

»Für Ron Hudspith? Nun, da haben Sie gar nicht so unrecht.« Applebys langsame, offenherzige Kolonialmanier rührte von sorgfältigen Studien an Rhodes-Stipendiaten her, vor langer Zeit. »Recht haben Sie da, Mr. Wine. Einen besseren Partner als Ron findet man wohl kaum.«

»Sie sind enge Freunde?«

»Cobbers«, sagte Appleby feierlich. »Und schon unsere Väter. Rons Dad war recht bekannt drüben in Cobdogla. Sie kennen Cobdogla, Mr. Wine?«

»Ich fürchte nicht.«

»Ah.« Appleby brachte den wohlwollenden, wenn auch leicht überraschten und ein wenig verächtlichen Blick zustande, den der verdient, für den Cobdogla nur ein Name ist.

»Was mich interessiert, ist die Tatsache, daß Ihr Freund von ungewöhnlich introspektivem und brütendem Wesen ist. Auf einen Fremden wirkt es beinahe wie – nun, beinahe wie eine leichte Manie. Ich hoffe, Sie nehmen mir das nicht übel.«

»Ja?« Als er seine eigene reichlich ironische Stimme hörte, erinnerte sich Appleby, daß er auch eine Pose brauchte; er schlenderte näher und stützte sich gegen einen Eisenträger. »Ron hat als junger Hüpfer einiges vom Hinterland gesehen. War auf der Station seines Onkels jahrelang der Jackeroo.«

»In der Tat.« Mr. Wines Worte waren eine höfliche Floskel des Nichtbegreifens.

»Die Grenzen abreiten, die meiste Zeit. Das sieht man ihnen dann ein Leben lang an, wissen Sie. Sehen wochenlang keine Seele.«

»Ah, ich verstehe.« Mr. Wine hatte begriffen. »Der Busch.«

»Malee«, sagte Appleby streng. »Und manchmal Spinifex.« Während er diese Ziselierungen seiner Phantasie vorlegte, ging sein Blick etwas besorgt zur Kajütentreppe, die vom Salon herunterführte. Das Auftauchen seines Cobbers Ron wäre in diesem Augenblick unglücklich gewesen. »Sie sollten einmal welche von den Oldtimers treffen, Mr. Wine. Die sind so gewöhnt an Einsamkeit und Schweigen, daß sich zwei von ihnen vielleicht begegnen und eine Nacht zusammen in einem Humpy verbringen, ohne ein einziges Wort zu wechseln.«

»Liebe Zeit!« sagte Mr. Wine, und fügte hinzu: »In einem was?«

»Einem Humpy«, wiederholte Appleby mit Nachdruck. »Manchmal werden sie etwas wunderlich. Visionen – in der Art.«

»Tatsächlich! Und ist so etwas in irgendeiner Form an Ihrem Freund zu bemerken?«

»Können Sie was von halten.«

»Bitte?«

»Ganz recht, das ist es. Sie haben ihn dort oben am Bug stehen sehen, Mr. Wine? Da geht er hin, wenn es ihn ankommt.«

»Es tut mir sehr leid, das zu hören.« Mr. Wine beugte sich nun aufmerksam vor. »Und seine Visionen betreffen –?«

»Ah«, sagte Appleby, plötzlich schweigsam und sardonisch.

Mr. Wine lehnte sich wieder zurück und machte eine Bemerkung über den Kurs des Dampfers. Appleby, der immer noch mit seinen Schultern die Aufbauten dieses Dampfers abstützte, hatte Muße, über seine eigene, rasche Kühnheit während der letzten Minuten nachzudenken. Er hatte den ahnungslosen Hudspith in eine phantastische Rolle hineingeschleudert – und dies war keineswegs deswegen weniger tollkühn, weil Hudspith im Augenblick tatsächlich Züge einer gewissen Verwirrung aufwies. Er hatte sich die Last einer sehr viel komplizierteren Maske aufgeladen, als nötig war, um eine unklare Verbindung mit australischer Wolle darzustellen. Und er hatte all das teils aus Langeweile getan und aus dem immer noch anhaltenden Gefühl, daß die Maiglöckchengeschichte auf eine Art ein Urlaub war; teils als Folge eines plötzlichen und extravaganten Planes. Wenn Beaglehole ein Einkäufer war, so war Wine ein Talentsucher – vielleicht sein eigener. Und wenn man einen Freund hatte, der im Psychozirkus auf eine hohe Punktzahl käme, so mochte das der rascheste Weg sein, dorthin zu gelangen. Hudspith mußte, wenn er entschlossen war, Hannah und Lucy zu verfolgen, bereit sein, mimisch dafür etwas zu leisten. Und in Cobdogla würde sein Vaterhaus stehen.

In diesem Moment erschien Hudspith und schritt mit all

der düsteren Konzentration an ihnen vorbei, die Appleby sich nur wünschen konnte. Und Mr. Wine beobachtete ihn mit einem Blick, in dem sich deutlich das verstohlene Interesse des Impresario ausdrückte. »Ich glaube«, sagte er, »eine Seereise verschärft oft einen solchen Zustand.«

»Ich fühle mich hier hundertprozentig beieinander.« Appleby versuchte, ein Bild der seltsamen animalisch-graziösen Haltung zu bieten, die Cobdogla hervorbringt. »Aber Sie haben wohl recht. Nichts im Vergleich mit dem Hinterland, allerdings. Ich hab schon viele Männer dort merkwürdig werden sehen. Und Tiere auch, was das angeht.«

»Tiere. Das überrascht mich.« Mr. Wine behielt immer noch Hudspith im Auge, der eben um eine Luke herumging.

»Pferde.«

Mr. Wines Blick wanderte langsam herbei. »Pferde? Sie haben es erlebt, daß Pferde anfangen, sich merkwürdig zu verhalten, dort im – Hinterland?«

»Ein Pferd mag die Einsamkeit ebensowenig wie ein Mensch, Mr. Wine. Es wird ihm langweilig wie Ihnen oder mir – und dann macht es die eigenartigsten Sachen. Ich hab sogar schon einmal erlebt, wie ein Pferd sich das Zählen beibringt, aus reiner Langeweile. Wie wenn man die Fliesen auf dem Toilettenfußboden zählt.«

»Sie haben gesehen, wie das Pferd nach und nach zu zählen lernte?«

»Das will ich nicht sagen. Das war mathematisch schon recht begabt, als ich es kennenlernte.«

»Liebe Zeit.« Mr. Wine schaute abwesend aufs Meer hinaus. »Es hat einfache Multiplikationen durchgeführt – so etwas?«

»Ganz genau.«

»Dann war es eins von den Elberfelder Pferden.«

»Elberfelder Pferde? Es war eins von den Dismal-Swamp-Pferden, Mr. Wine.«

»Mein Guter, es war eins von den Elberfelder Pferden.« Mr. Wine sprach gleichzeitig mit höflicher Entschiedenheit und dem lebhaftesten Interesse. »Sie wurden zerstreut, und ich nehme an, eines kann sogar bis in Ihren Dismal Swamp geraten sein. Vielleicht haben Sie noch nie vom Klugen Hans gehört, Mr. Appleby? Er war das erste einer bemerkenswerten Reihe von sogenannten denkenden Pferden in Deutschland zu Beginn des Jahrhunderts. Sie waren zu ihrer Zeit eine richtige Sensation.« Mr. Wine lächelte leise den reglosen Ozean an. »Krall hat ein Buch über sie geschrieben, *Denkende Tiere*, und es gab sogar eine gelehrte Zeitschrift, *Tierseele*, die sich mit etwas allgemeineren Fragen beschäftigte. Und nun sagen Sie mir: Was hat man von diesem Tier in Dismal Swamp gehalten? Gab es irgendwelche Reaktionen von sozusagen abergläubischer Natur? Alte Frauen, die das Tier für inspiriert hielten – so etwas?«

Appleby rückte sich an seinem Eisenträger zurecht und sah Mr. Wine mit allem Anschein von Unaufmerksamkeit an, den er zusammenbrachte. Vor einer Stunde hatte er sich eine Woche Dampferfahrt von jeder Hoffnung entfernt gewähnt, mit seiner Jagdbeute Kontakt aufzunehmen; und nun vollzog sich hier die Detektivarbeit bereits mit wahrhaft halsbrecherischer Geschwindigkeit. »Abergläubisch?« sagte er. »Da können Sie was von halten. Es gab alte Frauen, die dachten, der Teufel steckt in dem Pferd drin.«

Wine nickte. »Die Elberfelder Pferde haben nicht nur alte Frauen beeindruckt, Mr. Appleby. Da war Professor Claparède. Mehr noch, da war Maeterlinck, einer der besten Köpfe Europas. Er war davon überzeugt, daß die Phänomene übernatürlicher Art waren.«

»Sie meinen so wie Telepathie? Ich hätte gedacht, all das wär schon vor Jahren hinüber, wie Tischrücken und Geisterphotographien.«

»Mein lieber Mr. Appleby, es gibt Bedürfnisse, die alles überdauern.« Wine schüttelte weise und nachsichtig den Kopf. »Tischrücken gestern, Astrologie heute – und wer weiß, was morgen? Möglicherweise wieder *Denkende Tiere*.«

»Aber Sie meinen doch sicher nicht, daß irgendwas Übernatürliches ist an einem zählenden Pferd?«

»Sicherlich nicht.« Wines Antwort kam scharf und trokken. »Die Sache ist lediglich paranormal.«

»Ja?« Appleby gelang eine angemessen ironische Reaktion auf ein unbekanntes Wort.

»Diese Pferde besitzen den einen oder anderen außerordentlich entwickelten Körpersinn. Manchmal ist es eine visuelle Hyperästhesie; häufiger jedoch eine taktile. Sie lassen sich so dressieren, daß sie auf winzigste Sinnesreize reagieren – kaum wahrnehmbare Zeichen, die ihnen ein Dresseur gibt. Aber das ist nicht alles. Sie können auch auf solche Zeichen reagieren, wenn sie unwillkürlich und unbewußt zustande kommen. Legen Sie Ihre Hand auf den Hals eines solchen Pferdes, oder halten Sie es straff am Zügel. Dann *denken* Sie an eine Zahl – sagen wir: fünf. Das Pferd wird prompt die Fünf signalisieren, vielleicht durch Wiehern oder Scharren mit dem Huf. Und die Erklärung ist sehr einfach. Man ist nicht in der Lage, an die Fünf zu denken, ohne sie auch gleichzeitig zu *agieren*. Ganz, ganz schwach wird der ganze Organismus zu einem Puls, der auf fünf zählt. Und das Pferd empfängt die Botschaft. Der Effekt verschiedener Rechenoperationen kann natürlich auf dieser Basis erzielt werden.«

»Ja?« Appleby, weit davon entfernt, diese simple physiologische Tatsache bestreiten zu wollen, legte mit Erfolg den ganzen arroganten Agnostizismus von Cobdogla in das Wort.

»Ja, in der Tat.« Wine war beinahe irritiert. »Und genau dieselben Mechanismen liegen hinter vielen Fällen von sogenanntem Gedankenlesen. Schauen Sie sich irgendeine Autobiographie eines Cambridgestudenten oder -dozenten aus den achtziger Jahren an, und Sie werden sehen, daß das Phänomen irgendwo zwischen einem feierlichen wissenschaftlichen Experiment und einem Gesellschaftsspiel auftaucht. Professoren haben es in ihren Wohnzimmern gespielt. Einer verläßt den Raum, und die anderen verstecken etwas. Der eine kehrt zurück, legte die Hand auf Wange oder Schläfe einer Person, die das Versteck kennt, und gelegentlich wird er geheimnisvoll zu dem versteckten Gegenstand geführt oder gesteuert.«

»Ist das nicht, was man Telepathie nennt?«

»Telepathie impliziert eine gewisse Entfernung – oft eine Entfernung, bei welcher es schwierig ist, sich die Auswirkung von irgend etwas Materiellem noch vorzustellen. Hier geht es allein um die unbewußte Interpretation winziger muskulärer Reaktionen.«

»Nun, das ist schon interessant.« Appleby richtete sich auf und streckte sich lässig. »Und Sie scheinen eine Menge davon zu verstehen, Mr. Wine.«

Wine lächelte – so rasch, daß Appleby den Verdacht hatte, das Lächeln habe ein unwillkürliches Stirnrunzeln ausgelöscht. »Man erinnert sich an merkwürdige Wissensfetzen und an müßig Gelesenes, wenn man auf einer Seereise ist. Geht es Ihnen nicht auch so? Der leere Ozean leert die Gedanken des Betrachters, und viel Nebensächliches kommt nach oben geschwommen. Da ist wieder ein Fliegender Fisch auf Deck gelandet. Es ist erstaunlich, daß sie so hoch springen können.«

Appleby stimmte dem zu – und war innerlich überzeugt, daß seit dem Essen noch anderes aufgetaucht war als der Fliegende Fisch. Tatsächlich hatte er selbst einen äußerst seltsamen Fisch an der Angel. Einen Fisch mit höchst geheimnisvollen Eingeweiden. Und er hatte den starken Impuls, das Messer zu ziehen und einen radikalen Schnitt auszuführen; zum Beispiel ungerührt von seltsam begabten Pferden auf Hexen überzugehen. Aber das wäre mehr als tollkühn gewesen. Er war in seiner Urlaubslaune schon zu weit gegangen – die Gestalt Hudspiths, brütend am Bug, bezeugte es.

Also sprach Appleby von Fliegenden Fischen und Delphinen, und als diese schmalen Themen erschöpft waren, verabschiedete er sich von Wine und schlenderte das Deck hinunter. Bald mußte er mit Hudspith sprechen – und das Gespräch würde nicht unbedingt einfach verlaufen. Zweifellos würde er sich vor allem dagegen sträuben, zu Ron zu werden. Immerhin – es hätte auch Stan oder Les sein können. Und Polizisten müssen sich mit solchen Dingen abfinden.

Zweimal umrundete Appleby das Deck, und zweimal ging er an Emery Wine vorüber, der sich in seine habituelle reservierte Abwesenheit zurückgezogen hatte. Doch beim dritten Mal sah dieser problematische Mann auf. »Mr. Appleby, Sie haben nicht zufällig Beaglehole gesehen?«

»Nein – nicht seit dem Mittagessen.«

»Ich muß gehen und ihn suchen; wir haben verschiedenes durchzusehen. Ein ausgezeichneter Mann, Beaglehole, aber wir haben außer unseren Geschäften nicht viel gemeinsam. Und auf einer langen Seefahrt ist es vielleicht angenehmer, einen persönlichen Freund zur Gesellschaft zu haben.« Wine erhob sich aus seinem Liegestuhl. »Sie sagten, glaube ich, daß Mr. Hudspith und Sie persönlich befreundet sind?«

»Ja.«

»Eine herzliche Freundschaft?«

»Ja.«

»Sehr angenehm«, sagte Wine vage. »Sehr angenehm sicherlich.« Er schaute zum Horizont – mit einem kalkulierenden Blick, wie jemand, der sich mit dem Wetter auskennt und plant, sich eines fernen Sturmes zu bedienen. Und dann lächelte er sein neues, charmantes Lächeln und ging davon.

Appleby stand einen Augenblick an der Reling und schaute aufs Meer hinab. Mrs. Nurses Bemerkung war nicht zu bestreiten: Es war ruhig. Es war heiter und ungerührt wie Mr. Emery Wines urbane Unterhaltung. Und doch gab es keinen Zoll der Oberfläche, der nicht in Bewegung gewesen wäre; diese Oberfläche wogte, stockte, glitt, nahm Bewegung auf und verlor sie, flachte sich ab und kippte, mit einer Subtilität der Bewegung, die sich der Analyse entzog. Und hinter dem Horizont wartete eine ganze Menge mehr davon. Eine große, komplexe Geschichte...

Ein großes, solides Haus, zweifellos in harmonischen Proportionen errichtet, immer noch den vernünftigen guten Geschmack des achtzehnten Jahrhunderts proklamierend. Nichts in diesem ganzen obskuren Abenteuer war auch nur annähernd so rätselhaft wie der Diebstahl von Hawke Square Nr. 37. Hier mußte die Crux des Ganzen liegen. Und glücklicherweise war über das verschwundene Haus mehr bekannt als über Hannah Metcalfe oder Lucy Rideout.

Appleby ging nach unten in seine Kabine, nahm aus einer Schublade ein dickes Buch von strengem, wissenschaftlichem Aussehen und fing zu lesen an.

3

... ihr Maximum im Sommer 1866 erreichten, wonach die Erscheinungen weniger wurden und schließlich im Jahre 1871 endeten. Gegen Ende dieser Periode wurde die Gestalt, die zuerst lebensecht und substantiell gewirkt hatte, schattenhaft und halb durchsichtig. Auch ließen nach und nach die Phänomene nach, die während dieser Jahre zu beobachten gewesen waren, das Geräusch des Herumschleifens schwerer Gewichte und die unerklärlichen Lichterscheinungen.

Hier fällt es schwer, dem Beweismaterial beträchtliche Bedeutung abzusprechen, da die betroffenen Personen meist durchaus gebildet und – wie es scheint – ohne Ausnahme von ausgeglichenem Gemüt waren. Tatsächlich war eine von ihnen, Sir Edward Pilbeam, ein Mann von großem wissenschaftlichen Ruf; und man muß darauf hinweisen, daß er zu einer Untersuchung der Phänomene nicht durch irgendein früheres Interesse an übernatürlichen Vorgängen kam, was auf einen von vornherein leicht zu beeindruckenden Geist hätte hinweisen mögen, sondern allein durch den Zufall seines ausgedehnten Besuchs bei Lady Morrison. Es muß allerdings beachtet werden, daß in einer bestimmten Hinsicht der Fall Morrison nicht als genuiner »Spuk« klassifiziert werden kann. Sicherlich erschien das Phantom zu verschiedenen Zeiten vor verschiedenen Personen an ein und demselben Ort. Doch war Lady Morrisons erstes Erlebnis schon allgemeines Gespräch, ehe der Butler sein Abenteuer im Weinkeller berichtete; und keiner von jenen, die anschließend behaupteten, den »Geist« gesehen zu haben, hatte dies unter Umständen getan, bei welchen die Möglichkeit von Suggestion oder Erwartung ganz ausgeschlossen werden kann.

Sehr viel bemerkenswerter – und das in verschiedener Hinsicht – ist die Reihe übernatürlicher Vorkommnisse, die in Verbindung mit dem berühmten Haus Hawke Square Nr. 37 in Bloomsbury stehen. Hier haben wir, was im Bereich des Evidentiellen selten ist, eine enge

Analogie zur traditionellen »Gespenstergeschichte« wie der von Plinius *(vgl. Appendix H: Phantasmata der Toten in der Antike, 5.: Athenodorus)*, welche einen tragischen Vorfall in einem bestimmten Haus oder an einem bestimmten Ort mit den vagen und oft verworrenen Berichten von Gestalten oder Geräuschen, welche den Beobachter erstaunen oder entsetzen, in Verbindung bringen. Wir haben auch hier wie im Falle Morrison das langsame »Verblassen« einer Erscheinung, welches manche Forscher – vorschnell, wie es dem Autor dieser Zeilen scheint – als Beweis für das genommen haben, was man die »verzögerte Sterblichkeit« des Geistes nennen könnte – seine Kraft, das irdische Gehäuse, aus dem er gegangen ist, zu überleben, doch nur für eine bestimmte Zeit. Doch was den Hawke-Square-Fall besonders auszeichnet, ist dies: *daß es zwei gut dokumentierte Berichte von zwei ähnlichen, jedoch für sich stehenden und unabhängigen Spukerscheinungen an diesem Ort gibt, und daß der zweite Vorfall zu einem Zeitpunkt stattfand, da alle Erinnerung an den ersten aus dem Gedächtnis der Lebenden geschwunden war.* Erst 1911, als Dr. Hayball seine bekannten *Grub Street Gleanings* veröffentlichte, wurde die Geschichte von Colonel Morell aus einer bis dato unzugänglichen handschriftlichen Quelle veröffentlicht. Bis dahin hatte kein Gelehrter auch nur davon gehört, und wir müssen amüsiert feststellen, daß Johnson (der schon sein unglückliches Erlebnis mit dem Cock-Lane-Gespenst hinter sich hatte) den Vorfall ebenso erfolgreich vor Boswell verbarg wie Mrs. Morell vor der restlichen Welt. Die Informationen über den Morell-Spuk wurden, wir wiederholen es, 1911 wiederentdeckt. Die Spettigue-Erscheinung betrifft die Jahre 1888 bis 1892. Das Material wird also viele zu der Annahme bringen (mit welchem Maße an Vorsicht, soll hier im Augenblick nicht zu entscheiden unternommen werden), daß gewisse Gebäude sozusagen begabt sind mit einer speziellen spirituellen Sensibilität; mit einer Atmosphäre, welche für übernatürliche Erscheinungen besonders geeignet ist. Dies hat man natürlich schon seit langer Zeit von mittelalterlichen Burgen, Kirchhöfen und dergleichen angenommen. Doch der Fall des Hauses in Hawke Square liegt etwas anders. Weder 1772 noch 1888 besaß das Haus in irgendeiner Hinsicht den Ruf eines Hauses, in dem es »spukt«. Doch ereigneten sich in beiden diesen Jahren Erscheinungen. Und was Dr. Spettigue gegen Ende des neunzehnten Jahrhunderts aufgezeichnet hat, besitzt eine merkwürdige Ähnlichkeit mit dem, was Mrs. Morell von ganz verschiedenen Gestalten des achtzehnten Jahrhunderts berichtet. *Aber von Mrs. Morell kann Dr. Spettigue nichts gewußt haben.* Dies ist es, was Hawke Square Nr. 37 zu einer Art *locus classicus* im Zusammenhang von Forschungen der gegenwärtigen Art macht.

Licht, das durch das Bullauge nach oben drang, spülte in endlosen leicht bewegten Wellen über die niedrige Kabinendecke; der elektrische Ventilator drehte sich monoton von einer Seite auf die andere, wie ein Zuschauer bei einem unsichtbaren Tennismatch; irgendwo weit weg klingelte es; in der Nähe knarrte gelegentlich eine Trennwand. Aber Appleby, der am Fuß einer Seite innehielt, sah und hörte nichts von diesen Dingen. Statt dessen hörte er ein Krachen wie von unzähligen Türen in gigantischen Korridoren; das Dröhnen (dem unser Ohr seinen eigenen Rhythmus gibt) von sehr hoch fliegenden Maschinen; Stimmen in Luftschutzbunkern, welche sagten: »Das war auf jeden Fall 'ne Bombe.« Und er sah die Straßen von Bloomsbury gegen die brennende City silhouettiert; sah Bloomsbury im Bombardement: Hier ging eine Kirche in Flammen auf, dort die Bibliothek eines College, und hier – eben hier in dieser Ecke eines weniger bedeutenden Platzes – grelle Flammen und Qualm und Lärm, die eine Arbeit verdeckten, welche sicherlich die bizarrste Aktivität darstellte, die je von Menschen bei Verstande unternommen wurde.

Aber war es wirklich eine rationale Aktion, dieser wie von Djinn durchgeführte Diebstahl von Nr. 37? Oder war sie so verrückt wie die Welt, in welche man so leicht durch ein übereifriges Studium von Dr. Spettigue und Mrs. Morell geraten konnte? Appleby las weiter.

Unsere einzige Dokumentation des ersten Spuks findet sich in einem einzigen Brief, den Dr. Hayball aufgefunden hat. Der Text ist, wenn auch etwas indirekt formuliert, glücklicherweise das Produkt eines logischen Verstandes:

Gnädige Frau, – Ich schreibe dies, Ihnen mitzuteilen, daß ich am heutigen Tage zusammen mit Mr. Francis Barber meinen sich über drei Nächte erstreckenden Aufenthalt in Hawke Square Nr. 37 beendet habe. Die Mitteilung, welche Ihnen nun zu machen wäre – nämlich, daß während dieses Zeitraums keine ungewöhnlichen Erscheinungen beobachtet wurden – wird von Ihnen, ich weiß nicht, ob mit Enttäuschung oder Erleichterung aufgenommen werden. Hätte sich die Erscheinung von Colonel Morell tatsächlich manifestiert, so hätten wir gewisse zusätzliche Beweise gehabt, daß die Angelegenheit jenseits plumper Täuschung oder der Wirksamkeit ansteckender Phantasie gewesen wäre. Wie es nun steht, so sind wir mit unserer Untersuchung sehr wenig vorangerückt, und es muß nun entschieden werden, welche Schritte, wenn denn überhaupt welche, Sie der guten Ordnung halber unternehmen sollten. Zuerst jedoch, und damit Sie versichert sein mögen, daß ich aus hinreichender Kenntnis der Tatsachen schreibe, will ich in Kürze den Gang dessen, was vorgefallen ist, festhalten.

Der Tod von Colonel Morell, wenn er auch rasch war, ließ zunächst keinen Verdacht aufkommen, noch war es Ihnen in irgendeiner Weise beigefallen, ihn mit seinen gelegentlich zum Ausdruck gebrachten Befürchtungen über den italienischen Diener in Verbindung zu setzen, welcher seitdem mit seiner Frau Ihren Dienst verlassen hat. Und es war erst nach Ihrer zufälligen Mitteilung dieser Furcht an den Offizierskameraden des einstigen Colonel Morell, Captain Bertram, daß dieser Gentleman zuerst von der Erscheinung heimgesucht wurde. Lassen Sie mich Ihnen, liebe Gnädige Frau, mit solcher Vorsicht, wie sie der schmerzvolle Gegenstand erfordert, ins Gedächtnis zurückrufen, daß die Ideen von *raschem Tod* und *Gift* hinreichend nahe in den Arcana des Bewußtseins nebeneinanderliegen, um gleich zusammenzutreten, wenn sich ein so herausragendes Bindeglied bietet wie ein *durchgehender Italiener*. Wäre Captain Bertram ein Mann von lebhafter Phantasie – und seine Rückkehr nach Indien hindert mich daran, mir hiervon ein eigenes Urteil zu bilden –, so hätten hier die Rohstoffe einer romantischen Geschichte für ihn bereitgelegen.

Doch erfahren wir, daß die Erscheinung ihres toten Gatten nicht nur seinem alten Freund Captain Bertram, sondern auch einer Reihe anderer reputierlicher Personen zuteil geworden ist, welche das bezeugt haben; doch mit diesem Unterschied, daß die Vision bei dem

Captain jedesmal um Rache an einem Giftmörder schrie, in der Gegenwart von anderen jedoch stumm blieb oder nur Stöhnen gehört wurde. Der Captain sah und hörte, was ihm gleichermaßen vertraut war. Ist es vielleicht leichter, eine unbekannte Gestalt als eine unbekannte Stimme heraufzubeschwören?

Eine völlige Weigerung, an Erscheinungen zu glauben, läuft der Ansicht von der Existenz der Seele zwischen Tod und Jüngstem Tage zuwider; die Frage ist einfach die, ob abgeschiedene Geister je die Macht haben, sich uns sichtbar zu gestalten, und ob wir hier einem Falle gegenüberstehen, in welchem dies sich ereignet hat. Es ist wunderbar, daß seit Erschaffung der Welt fünftausend Jahre vergangen sind, und es immer noch unentschieden ist, ob es einen Fall gegeben hat, da der Geist eines Menschen nach seinem Tode erschienen ist. Alle Argumente sprechen dagegen; dafür stehen viele feierliche Bekundungen, die freiwillig abgelegt wurden. Und ebenso ist es in dem vorliegenden Falle.

Ich rate Ihnen, an Ihrem Entschluß festzuhalten, das Haus zu verkaufen; und keine weiteren Schritte mehr zu unternehmen. Sie sprechen von einer Pflicht, den Geist zu *bannen*, oder das zu tun, was ihm Erleichterung schaffen wird, daß er nicht mehr auf Erden wandele. Doch dies ist der Schatten des Aberglaubens, wie er in achtlos profanen Schriften Nahrung findet: Da das Glück oder Elend körperloser Geister nicht vom Orte abhängt, sondern intellektuell ist, können wir nicht sagen, daß sie weniger glücklich oder weniger elend sind, indem sie auf Erden erscheinen. Noch kann ich das Argument gutheißen, welches vorträgt, daß die Erscheinung, da sie übernatürlich ist, eine göttliche Mahnung enthielte, den vermeintlichen Mörder von Colonel Morell zu verfolgen. Denn der Geist, wenn denn einer auftritt, ist bestenfalls eine fragliche Form, die mit sich bringt, was wir nicht wissen, Lüfte des Himmels oder Feuersturm aus der Hölle, und mit Absichten, die in unbekanntem Maße sündhaft oder mitleidig sind. Wenn Sie sich nur vor Augen führen, welch schmerzliche Probleme ein unsicherer Kriminalprozeß bringen würde, so mögen Sie wohl Hamlets Zweifel spüren: Bist du ein guter Geist oder verflucht? Ich halte, kurz gesagt, dafür, daß wir im Verfolg der lediglich menschlichen Gerechtigkeit uns lediglich auf Beweise dieser Welt und rationaler Natur stützen sollten. Doch berühre ich hier Dinge, so ehrfurchtgebietend, daß ich es nicht unternehmen würde, Ihnen meine Meinung kundzutun, fände ich mich nicht unterstützt von meinem Freunde Dr. Douglas, der zu seinen ausgezeichneten Geistesgaben hinzu noch den Vorzug genießt, Bischof von Carlisle zu sein. Ich verbleibe, Gnädige Frau, Ihr untertänigster Diener,

SAM JOHNSON.

Johnson's Court, Fleet Street,
20. März 1772

Soviel zum Morell-Spuk. Er ist in sich nicht bemerkenswert, oder bemerkenswert nur wegen des weisen Rates, den er hervorgerufen hat. Wir müssen annehmen, daß Dr. Johnson den Verdacht hatte, falls Colonel Morell in der Tat von seinem italienischen Diener vergiftet worden wäre, müßte die Frau dieses italienischen Dieners nicht ohne Rolle in der Affäre gewesen sein, und von der Verhandlung eines solchen »schmerzlichen Problems« rät er der Witwe klugerweise ab. Hätte er uns mehr Informationen über die »reputierlichen Personen« hinterlassen, wären wir ihm dankbar, doch war dies in einem Brief, wie er ihn hier zu schreiben unternommen hatte, nicht zu erwarten. Im übrigen müssen wir uns mit dem schönen Bild begnügen, wie der Weise und sein treuer Negerdiener drei Nächte lang ihre Wache in dem leeren Haus halten.

Und nun kommen wir zu dem Fall Spettigue...

Wieder hielt Appleby in seiner Lektüre inne. Die Maschinen waren zu dem dumpferen Dröhnen übergegangen, das sich am späten Nachmittag einzustellen scheint; es war, als bereiteten sie sich für ihre lange Fahrt durch die Nacht vor. Wieder klingelte es, und oben hörte man die Schritte des Zahlmeisters, der nach vorn ging; aus dem Salon drang das Klirren von Besteck und das Klappern von Tellern. Das Abendessen würde um halb acht stattfinden; es würde die üblichen Scherze über die Metamorphose des Haselhuhns geben. Appleby legte die Stirn in Falten. Es lag noch über eine Woche Schiffsfahrt vor ihnen, und dreimal am Tag würden er und Hudspith sich mit Wine und Beaglehole und Mrs. Nurse und Miss Mood um den Tisch versammeln – mit diesen und den Phantomen von Hannah Metcalfe und Lucy Rideout. Und Maiglöckchen. Haselpferdbraten... Appleby riß sich zusammen und kehrte zum Hawke Square Nr. 37 zurück.

Und nun kommen wir zu dem Fall Spettigue, der in sich bemerkenswerter ist und im nachhinein der unklaren Morell-Geschichte größere Bedeutung verleiht. Zu dieser Zeit, über hundertzwanzig Jahre nach den Ereignissen, mit welchen wir uns befaßt haben, befand sich das Haus am Hawke Square im Besitz eines Mr. Smart, eines Kaufmannes, der die Schwester seines engen Freundes Dr. Spettigue geheiratet hatte. Sie hatten mehrere kleine Kinder – ein Umstand, aus welchem sich einer der merkwürdigsten Aspekte dieser Angelegenheit ergab. Denn das Haus hatte, wie andere seiner Art, eine zentrale Treppe, die im Kreis um einen schmalen Schacht ging. Und Mrs. Smart, wie andere sorgsame Eltern in ähnlicher Lage, hatte einem Unfall vorgebeugt, indem sie ein Netz oder Gitter über den Treppenschacht spannen ließ, sowohl in Höhe des ersten wie des dritten Geschosses (wo das Kinderzimmer lag). Während des Sommers 1888 hatte sich die ganze Familie auf Urlaub in ein Hotel in Yarmouth begeben, während die Bediensteten (ein Kindermädchen ausgenommen) die Mittel erhielten, sich andernorts einzuquartieren. Während dieses Zeitraums schien sich nichts Bemerkenswertes zu ereignen, und Mr. Smart soll besonders guter Laune gewesen sein und sogar mit seinen Kindern am Strand Cricket gespielt haben. Als die Ferien vorbei waren, kehrte – wie es bei den Smarts zu solchen Anlässen gebräuchlich war – Mr. Smart einen Tag früher als die restliche Familie in die Stadt zurück, um das Haus »zu eröffnen«: ein Vorgang von einiger Kompliziertheit, wie man sich erinnern wird, in viktorianischen Zeiten. Er wollte die Ankunft der Dienerschaft am Nachmittag abwarten, in seinem Klub schlafen, und die Familie sollte am folgenden Morgen zurückkommen. Dies, es sei wiederholt, war der normale Vorgang. Doch als die Dienerschaft diesmal ankam, fanden sie ihren Herrn tot auf dem Marmorfußboden der Eingangshalle liegen. Die erwähnten Netze oder Gitter waren entfernt worden, und es gab Anzeichen, daß Mr. Smart aus dem obersten Geschoß herabgestürzt war.

Selbstmord und Mord schienen gleichermaßen als Gründe bei dieser traurigen Geschichte in Frage zu kommen, und bei der offiziellen Untersuchung kam man zu dem Ergebnis, daß die Art des Todes unbekannt war. Diejenigen, welche zu der Ansicht neigten, daß Mr. Smart getötet worden war, sahen den Zeitpunkt des Todes als bedeutsam an: An diesem Tag des Jahres – und vielleicht nur an diesem Tag – war Mr. Smart mit großer Wahrscheinlichkeit alleine in seinem Hause anzutreffen. Doch andererseits beharrte man darauf, daß eben dies die Theorie eines Selbstmords keineswegs schwäche. Denn indem er unter genau diesen Umständen sich das Leben nahm, hätte Mr. Smart es vermocht, den Schock für seine Familie insofern zu mildern, als er sicher sein konnte, daß Bedienstete ihn entdecken mußten und keiner von denen, welche ihm am nächsten standen. Außerdem erschien die Entfernung der Gitter und ein darauf folgendes Hinauflocken des Opfers in das oberste Stockwerk eine unnötig komplizierte Methode für einen Mord, während die Entfernung der Schutzgitter durch Mr. Smart selbst wiederum zusammenstimmte mit einem Plan, sich das Leben zu nehmen – mit einem größeren Maß an erstrebenswerter Abgeschiedenheit, als dies der Fall gewesen wäre, hätte er sich zum Beispiel aus dem Fenster gestürzt.

Es wäre müßig, über diese zeitliche Entfernung hinweg über die Umstände von Mr. Smarts Tod, wie sie eben mitgeteilt wurden, zu spekulieren. Selbstmord scheint die Lösung gewesen zu sein, auf welche sich zuerst seine Freunde einigten, und zwar vor allem wegen zweier Gründe: Mr. Smart schien keine persönlichen Feinde zu haben noch schien sein Privatleben irgendwelche Unregelmäßigkeiten zu kennen; und andererseits waren seine Angelegenheiten, wie eine Überprüfung ergab, in peinlichem Zustand. Es schien wahrscheinlich, daß er im Falle seines Fortlebens eine bedeutende Veränderung seiner Lebensumstände notwendigerweise hätte hinnehmen müssen; dies, meinte man, mochte ihn übermäßig belastet haben. Tatsächlich hatte diese Finanzknappheit nach seinem Hinscheiden ungeahnte Folgen.

Wir haben Mr. Smarts Freund und Schwager, Dr. Spettigue, erwähnt. Dieser Herr besaß in der Nachbarschaft eine Arztpraxis, und er hatte zu der Zeit eine ständig wachsende Familie, die den in seinem Hause an einem Platz nahebei zur Verfügung stehenden Raum stark beanspruchte. So kam man überein, daß er von seiner verwitweten Schwester im Haus am Hawke Square Praxisräume mieten sollte, zu einem Preis, welcher ihr Jahresbudget erheblich unterstützte. Dieses schätzenswerte Arrangement innerhalb der Familie wurde etwa drei Monate nach dem Tod von Mr. Smart besiegelt, und die beiden Häuser wurden durch eine private Telephonleitung verbunden, damals in London noch eine ziemliche Novität. Kurz nach Dr. Spettigues Einzug in seine neue Praxis begannen die Phänomene.

Die Erscheinung, welche so zielbewußt vor diesen kompetenten und nüchternen Mediziner trat, muß als eine der bemerkenswertesten gelten, von welchen wir Berichte besitzen – und dies vor allem deshalb, weil sie die Charakteristika des literarischen und des erlebten Phantoms in sich vereinigt. Wie die meisten Phantasma der einigermaßen gesicherten Überlieferung war sie scheu, flüssig und unklar in ihrer Erscheinung, meist nicht mehr als eine dahingleitende leuchtende Säule, die man aus dem Augenwinkel sah. Oft waren die Phänomene auch nicht visuell, sondern lediglich auditiv, und bestanden in den Klopflauten und dem Geräusch der Bewegung schwerer Körper, mit welchen der Leser mittlerweile bei allen besseren Fällen von Erscheinungen vertraut ist. Andererseits sprach dieser Geist, und er sprach mit Zweck und Ziel – hierin jene seiner Genossen nachahmend, die nur in der Phantasie von Romanciers und Literaten ausgebrütet worden sind. Um es kurz zu machen: Es war die ständige Anstrengung von Mr. Smarts Geist, sich der Rache an seinem Mörder zu versichern.

Eine Zeitlang waren die Manifestationen nur für Dr. Spettigue wahrnehmbar. Gelegentlich bot sich die Erscheinung deutlich in der Form von Mr. Smart dar, und dann schien sie nicht in der Lage, zu sprechen. Zu anderen Zeiten aber – und als ob sie ihre spirituelle Energie zur Erzielung eines auditiven Reizes aufbewahre – war die Erscheinung nur undeutlich, eine Erscheinung, aus der genau die Stimme von Dr. Spettigues totem Freund hervorging, die nur (meint Dr. Spettigue) »eine etwas größere, dauerhaftere Ernsthaftigkeit« als im Leben besaß. Die Worte waren stets dieselben. »Ich bin ermordet worden, Archibald, ermordet«, sagte die Stimme immer. Dann folgte eine Pause, und sie fügte hinzu: »Ich bin ermordet worden von –« Doch an diesem Punkt stockte und brach die Stimme unabänderlicherweise – und zwar so, daß es schwierig war, zu entscheiden, ob die entscheidende Information aus Mitleid oder wegen irgendeines Aussetzens des Gedächtnisses unausgesprochen blieb.

Es werden sich einige Leser daran erinnern, daß der verstorbene Andrew Lang, ein kundiger, wenn auch launiger Kommentator übernatürlicher Phänomene, einmal einen ironischen Essay schrieb, in dem die Theorie vorgetragen wurde, daß das törichte und unerklärliche Benehmen so vieler angeblicher Geister auf eine Form der Aphasie zurückzuführen sein mochte, auf eine Unfähigkeit, Gedanken in Worte zu fassen, aufgrund einer spezifischen Geisteserkrankung. Insofern mag man folgenden Tatsachen, zusammengenommen, Bedeutung beimessen: 1. Langs Essay mag im bewußten oder unbewußten Gedächtnis von Dr. Spettigue vorhanden gewesen sein; 2. Dr. Spettigue war Arzt, vertraut mit dem Begriff der Aphasie, eine

Tatsache, die dazu beitragen mochte, Langs spöttische Theorie in seinem Gedächtnis zu fixieren; 3. obwohl zahlreiche andere Beobachter den angeblichen Geist von Mr. Smart *sahen*, *hörte* ihn ausschließlich Dr. Spettigue reden.

Die weitere Geschichte des zweiten Spuks von Hawke Square läßt sich in wenigen Worten erzählen. Die Manifestationen erstreckten sich über eine Anzahl von Jahren hinweg, doch mit abnehmender Schärfe des Umrisses und abnehmender Intensität, um schließlich in bloßen Schattenerscheinungen und schwachem Klopfen und Kratzen abzusterben. Doch hatte zuvor eine überraschend große Anzahl von Leuten die Phänomene wahrgenommen, darunter mindestens zwei zufällige Patienten von Dr. Spettigue, bei welchen irgendwelche Erwartungshaltungen höchst unwahrscheinlich sind. Einer davon, der in die Praxis gebracht wurde, nachdem ihn eine Droschke angefahren hatte, war in der Tat erst an diesem Morgen von Bord des Schiffes gegangen, das ihn nach zehnjährigem Aufenthalt aus China in die Heimat brachte. Dies ist von sehr großem Interesse, ebenso der Umstand, daß weder Mrs. Smart noch die Kinder je irgendein übernatürliches Phänomen wahrnahmen, gleich welches. Die Tatsache des Spuks verbreitete sich unvermeidlicherweise weit und wurde naturgemäß mit Mr. Smarts rätselhaftem Tod in Verbindung gebracht. Doch die Worte, welche Dr. Spettigue hörte, wurden zu Lebzeiten der Betroffenen klugerweise geheimgehalten, während die Interessen der wissenschaftlichen Analyse gleichzeitig durch ein vertrauliches Deponat beim Ausschuß für spirituelle Untersuchungen der Logical Society gewahrt wurden. Die Zeitschrift dieser Vereinigung enthält einen ausführlichen Bericht.

4

Ein Museum, sagte Appleby bei sich, als er das Buch schloß. Eine Art Gespenstermuseum, ordentlich untergebracht in der wiederaufgebauten Nr. 37 des Hawke Square. Lucy Rideout im Souterrain, dämonische Besessenheit demonstrierend; Mrs. Nurse bei der Séance im Wohnzimmer; Miss Mood an der Kristallkugel in der Anrichtekammer, Hannah Metcalfe fliegt auf ihrem Besen von Zimmer zu Zimmer; Maiglöckchen scharrt im Hinterhof mit dem Fuß; die Phantome von

Colonel Morell und Mr. Smart braten sich Yarmouth-Heringe am Küchenfeuer. Und zweifellos würde es auch exotischere Schaustellungen geben: Maori-Tohungas und Eskimo-Angakuts, Peaymen aus Britisch-Guayana, Dene Hareskins aus Nordamerika und Birraarks aus Australien. Alle mit ihren Geisterchen: Kenaimas und Mrarts, Jossakids und –

Und Onkel Tom Cobley kommt auch, dachte Appleby und stand abrupt auf. Das Ganze war phantastisch – es war ebenso phantastisch, wenn man an Gespenster glaubte, wie es phantastisch blieb, wenn man das nicht tat. Und niemand würde eine solche Geschichte auch nur einen Moment glauben... Er legte das Buch wieder in die Schublade. Ein Text mit einem netten, trockenen, wissenschaftlichen Tonfall. Interessant, zweifellos. Und vielleicht auch ziemlich beunruhigend.

Die Tür der Kabine öffnete sich und Hudspith trat ein – Hudspith, direkt vom sich hebenden und senkenden Bug kommend. Und Appleby begann sofort zu sprechen. »Es ist Wine«, sagte er. »Wine hat diese Frauen beiseite geschafft. Er sammelt sich ein monströses Museum aus Gespenstern und Mirakeln zusammen, der Teufel mag wissen, wo. Medien und Medizinmänner, schwarze Katzen und Kobolde.«

Hudspith setzte sich; sein Blick, aus weiten Fernen zurückkehrend, richtete sich langsam auf Appleby, und beinahe ebenso langsam konzentrierte sich sein Denken auf das bedeutungsvolle Wort. »Ein Museum? Es sollte mich nicht wundern. Sie würden es kaum glauben, was manche von ihnen sammeln. Es hat einen alten Mann in Brüssel gegeben –« Er unterbrach sich. »Haben Sie Wine gesagt?«

»Emery Wine.«

Hudspith schüttelte den Kopf; man konnte sehen, wie sein Blick sich wieder auf die lange Reise machte. »Unmöglich. Er ist nicht der Typ – oder besser nicht einer von den Typen. Es gibt drei Arten von Männern, die mit Frauen handeln: –«

»Aber ich sage Ihnen doch, daß diese Affäre überhaupt

nichts mit Mädchenhandel zu tun hat. Es geht um den Handel mit Wundern. Dieses Museum –«

Hudspith nickte – abwesend, weit fort. »Ich könnte Ihnen Sachen über Museen erzählen. Da war ein alter Mann in Brüssel –«

»Mein lieber Hudspith, heben Sie sich den für einen Limerick auf. Wir stehen vor etwas völlig anderem. Wine, oder jemand, für den Wine auftritt, trägt ein Museum des Unheimlichen zusammen, ganz allgemein. Alles, was in diese Kategorie gehört, ist willkommen, und Geld spielt keine Rolle. Und nun stelle ich Ihnen zwei Fragen. Wissen Sie, warum Wine einen Sekretär namens Beaglehole hat?«

»Natürlich weiß ich das nicht. Die Frage ist idiotisch.«

»Es hat eine etymologische Begründung. Beaglehole ist eine korrumpierte Form von Bogle Hole, was gutes Schottisch für die Höhle des Dämons ist. Wine umgibt sich allgemein mit erlesenen Dingen und ist immer auf der Suche nach einem interessanten Exemplar. Und das bringt mich zu der zweiten Frage. Wissen Sie, weshalb er sich besonders für Sie interessiert?«

»Für mich? Das tut er keineswegs. Ich habe kaum ein einziges Wort mit ihm gewechselt.«

»Aber ich. Wir haben uns gut angefreundet, und ich habe ihm von Ihren Visionen erzählt.«

»Visionen!« Hudspith sprang auf. »Ist das ein Scherz?« Er setzte sich plötzlich wieder hin. »Ich habe keine Visionen. Ich sehe vielleicht so aus, als hätte ich welche, aber ich habe keine.«

»Um so besser. Dies ist eine Angelegenheit, wo der Anschein alles ist. Und ich habe Wine versichert, daß Ihre Visionen regelmäßig auftauchen – hauptsächlich aufgrund des einsamen Lebens, das Sie unter den Schafen in der Gegend von Cobdogla geführt haben.«

»Wo ist das denn? Und weshalb –« Hudspith starrte Appleby mit dem Ausdruck an, den man normalerweise »mit offenem Mund« nennt.

»Australien, würde ich sagen. Oder vielleicht Tasmanien

oder Neuseeland. Wir müssen das sofort nachschlagen. Jedenfalls ist das Ihre Heimat.«

»Ich glaube, Sie haben den Verstand verloren. Und ich weiß überhaupt nichts über das Leben der Kolonialen.«

»Nun, zunächst einmal nennen sie sich nicht so. Und was den Rest angeht, denken Sie immer daran, es sind Leute mit weiten Herzen und schmalen Gehirnen. Richten Sie sich danach, und die Maske sollte halten. Und wenn Sie wirklich einen guten Eindruck als Visionär hinterlassen, dann, glaube ich, könnten Sie durchaus eingeladen werden.«

»Wollen Sie sagen, daß ich versuchen soll, in einer Vitrine dieses Museums unterzukommen, das Sie sich einbilden?«

»Das will ich.« Appleby war nüchtern. »Einfach, weil Sie das am raschesten zu Hannah und Lucy führt – von Maiglöckchen ganz zu schweigen. Verstehen Sie?«

Hudspith war weit davon entfernt, zu verstehen, und Appleby benötigte eine weitere halbe Stunde, um seinen Plan darzulegen. Selbst dann noch zögerte Hudspith. »Das ist alles schön und gut«, sagte er, »aber Sie müssen bedenken, daß ich überhaupt nichts von Visionen verstehe. Und wenn dieser Bursche das ist, wofür Sie ihn halten, dann wird er das ganze Thema aus dem Effeff beherrschen.«

Appleby nickte und sagte sich noch einmal, daß er vielleicht wirklich zu rasch vorgeprescht war. »Natürlich würde es auch irgendein analoges Phänomen tun. Ich nehme an, die Levitation beherrschen Sie nicht? Zu einem Fenster hinauszuschweben und zum anderen wieder herein?« Er klopfte auf die Schublade vor sich. »Das hat der gefeierte Home in Gegenwart des Rektors von Lindsay und Lord Adare vollbracht.«

»Schiffe«, sagte Hudspith gallig, »haben keine Fenster.«

»Oder da war noch Lord Orrerys Butler. Er zeigte eine deutliche Tendenz, sich in einen Ballon zu verwandeln. Man schloß ihn in einem Zimmer ein und hörte ihn drinnen gegen die Decke prallen. Als man hineinging, entdeckte man, daß mehrere Leute, die seine Schultern umklammerten, nicht ausreichten, um ihn unten zu halten.«

»Hören Sie mal«, sagte Hudspith, »glauben Sie all das?«

»Nein, das tue ich nicht. Aber tut es Wine? Und dann gab es noch den Heiligen Joseph von Cupertino. Jede beiläufige fromme Bemerkung regte ihn an. Er stieß einen lauten Schrei aus, sprang in die Luft und schwebte endlos umher. Zuerst sahen es seine geistlichen Vorgesetzten überhaupt nicht gern. Aber später wurde offiziell entschieden, daß es sehr erbaulich sei.«

»Wir bleiben lieber bei Visionen«, sagte Hudspith resigniert. »Obwohl mir nicht klar ist, weshalb wir Wine nicht auf eine normalere Art folgen können.«

Appleby schüttelte den Kopf. »Wir haben in Wahrheit nur äußerst dünne Beweise, daß überhaupt etwas Kriminelles vorgefallen ist. Hannah Metcalfe ist volljährig, und wenn's drauf ankäme, könnte man Mrs. Rideout wahrscheinlich mit Geld beruhigen. Das heißt, wenn die Mädchen frei entscheiden konnten und keine Absicht bestand, sie sexuell auszunutzen, dann haben wir überhaupt nichts in der Hand. Natürlich darf man keine Häuser stehlen. Aber es dürfte schwierig sein, eine normale Jury mit ihrem intakten gesunden Menschenverstand davon zu überzeugen, daß ein Haus, welches plausiblerweise einfach durch feindliche Bomben verschwunden sein könnte, tatsächlich am anderen Ende der Welt sichergestellt worden ist. Und Maiglöckchen – nun, jedermann weiß, daß ein Pferd im Gerichtssaal beinahe eine ebenso unsichere Sache ist wie auf der Rennbahn.«

»Mit anderen Worten«, sagte Hudspith, »das Museum mag verrückt sein, aber man kann nicht beweisen, daß es kriminell ist. Warum also Visionen inszenieren? Besser nach Hause fahren und melden, daß nichts läuft.«

»Durchaus nicht. Sie finden möglicherweise etwas entschieden Kriminelles, wenn Sie einmal dort untergekommen sind. Und außerdem«, Appleby sah seinen Kollegen prüfend an, »wissen wir im Grunde nicht, ob die Mädchen nicht doch eine schlechte Behandlung erleiden. Selbst wenn sie in erster Linie als Museumsstücke eingesammelt worden sind –«

Buchstäblich wie metaphorisch erhob sich Hudspith.

»Nun gut. Und da Sie eine ganze Menge Bücher zum Thema dabei zu haben scheinen –«

Appleby wühlte in seinem Koffer. »Ich kann, glaube ich, das Werk von Gurney und Myers empfehlen. Sie beschreiben etwa siebenhundert ausgesprochen eigenartige Gestalten, also sollten Sie dort etwas finden, was Ihnen steht. Ich möchte fast zu hellen Lichtern und Stimmen raten. Sie scheinen zu jeder Zeit aufzutauchen, während wirkliche Phantasmata sich gerne für besondere Gelegenheiten aufsparen – wie das Verkünden eines Todesfalles aus der Ferne.«

»Verstehe.« Hudspith hatte, wie Appleby zufrieden bemerkte, seinen brütenden Gesichtsausdruck abgelegt und schaute jetzt äußerst listig drein. »Nun, wie es sich trifft, *ist* dies eine besondere Gelegenheit. Ihr Geburtstag.«

»Aber nein. Überhaupt nicht.«

»Hören Sie mal, wenn Sie sagen, daß ich Visionen habe, kann ich dann nicht sagen: Sie haben Geburtstag?«

Appleby grinste. »Nun, das ist wohl nicht mehr als fair.«

»Gut. Sie haben Geburtstag. Und Cobdogla hat noch nie so eine Geburtstagsfeier erlebt wie die heute abend.«

»Soso«, sagte Appleby und ging auf Deck. Ob er seinen Kollegen nicht unterschätzt hatte? Hudspith war zweifellos in seinen jüngeren Tagen gezwungen gewesen, jede Menge Bier im Interesse polizeilicher Untersuchungen zu trinken, doch daß er sich eine feuchtfröhliche Feier als Vehikel der anstehenden Untersuchung wählte, war überraschend. Vielleicht war ein kleines Fest auf jeden Fall keine schlechte Idee, denn es lag nun deutlich etwas Bedrückendes in der Luft.

Mehr denn je war der Südatlantik ruhig, eine Art Traum des Kanalüberquerers. Die Sonne schwamm kupferfarben in einem westlichen Himmel, der eine seltsame Olivfärbung angenommen hatte, sie spähte wie ein Bauer durch eine Hecke, nur waren keine Felder zu sehen, nichts als die ungeerntete See, die schlaff und reglos um das Schiff lag. Der Ozean, sagte sich Appleby, ist unser hauptsächliches Symbol der Energie. Wenn wir ihn betrachten, nehmen wir ein lustvolles Gefühl von Macht in uns auf, wie neben einem kraftvollen Begleiter. *Es ist Geselligkeit, wo keiner geht: am tiefen Meer, und sein Gebrüll Musik.* Und wenn das Meer nicht brüllt, mag das für den Magen und das Innere des Ohres beruhigend sein, aber die Geselligkeit zerfällt, und wir fühlen uns auf ungreifbare Weise enttäuscht.

Mit dem Beschluß dieser Meeresmeditation fand sich Appleby am Heckende des kurzen Promenadendecks angelangt. Hier befand sich eine Art Freilufterweiterung des Rauchsalons, von allen Seiten verglast, mit einer Luke, durch die man Getränke hereinreichen konnte, und von hier aus hatte man als Amüsement einen frontalen Blick von oben auf das kleine Sonnendeck, das den Passagieren dritter Klasse zur Verfügung stand. Hier konnte man vor dem Abendessen sitzen, an Sherry oder einem Cocktail nippen und die unbedeutenden Aktivitäten der obskuren Fahrgäste dort drunten beobachten. Die Menschennatur ist oft höchst seltsam, und in diesem Falle verstärkte sich die Neugier vielleicht durch die Tatsache, daß die Passagiere dritter Klasse, wie ihre hoch über ihnen dahinreisenden Gefährten, nicht mehr als etwa ein halbes Dutzend zählen konnten. Man kannte sie schließlich recht gut; es war, als besäße man ein Aquarium oder einen kleinen Zoo. Beispielsweise, dachte Appleby, und setzte sich ohne einen Drink hin (denn die bevorstehende Feier war etwas, dem man sich am besten mit Vorsicht näherte), beispielsweise war eben jetzt unter ihm das italienische Mädchen zu sehen. Man konnte wahrnehmen, daß sie hübsch war; daß sie schmutzig war, mußte man auf diese Entfernung lediglich vermuten. Und an einem Bauernmädchen, das Schönheit besitzt, ist ein wenig Schmutz für einen ausgeglichenen Betrachter kaum der Rede wert.

Appleby betrachtete das Mädchen. Ohne seine Gedanken ganz von der pflichtgemäßen Analyse der geheimnisvollen Pläne von Mr. Emery Wine zu lösen, betrachtete er das Mädchen drunten, und bedauerte es ein wenig, daß das Tageslicht zu schwinden begann. Eusapia – er wußte, daß ihr Name Eusapia Irgendwas war – war allein auf dem kleinen Deck, und sie ging mit einer geschmeidigen Ruhelosigkeit auf und ab, die, in der gelassenen Umgebung der Gesellschaft an Bord, äußerst reizvoll war. Eine Frau mit ausgeprägter Büste, die in einem Ballkleid dem heutigen Geschmack zuwiderlief. Aber das war die Tyrannei der Modezeitschriften; Eusapia war, wie sie war, und, mit ganz Kalabrien hinter sich, ganz in ihrer Ordnung. Ob die Frau des italienischen Dieners von Colonel Morell – überlegte Appleby, pflichtbewußt seinem Geschäft zusteuernd – ebenso attraktiv gewesen war? Und was hätte der Colonel im Jahre 1772 davon gehalten? Und was bedeutete Colonel Morell für Mr. Wine, oder dieser dem Schatten von Mr. Smart, der mit seinen Kindern so liebenswürdig am Strand von Yarmouth gespielt hatte? Dies waren mehr als spekulative Fragen – es waren Fragen von nachweislicher Sinnlosigkeit –, aber Eusapia war mittlerweile eine unbezweifelbare physische Tatsache.

Sie schritt hin und her auf dem Deck, in einer weißen Bluse, die über den Brüsten tief und knapp geschnitten war, und einem schwarzen Rock, der bis auf ihre Knöchel schwang; sie schritt mit einer eigenartigen Ruhelosigkeit hin und her und mit einem Blick, der ungeduldig sich bald aufs Meer hinaus richtete und bald in die Schatten, die ihre Konturen verloren und zu ihren Füßen zusammenflossen. Es war kühl; irgendwo auf der Steuerbordseite war die große bronzene Sonne unter den Horizont gesunken, sich rötend dabei; ihr letztes Stückchen hatte sich, wie plötzlich geschmolzen und flüssig, in einer raschen Feuerlinie ausgedehnt, welche das Dunkel ankündigte. Dies wußte Appleby, ohne sich umzudrehen. Er beobachtete immer noch Eusapia. Sie war zur Reling gegangen und saß dort auf einem Poller, ans Geländer gelehnt. Sie saß in der rasch sich vertiefenden Abenddämmerung, still und allein. Hinter ihr war die kahle Reling und dann ging es geradewegs in die See hinab; das leere Deck lag um sie her; und über ihr dehnte sich der unendliche Raum. Sie saß ganz still, und es wurde dunkler, und sie war eine Silhouette gegen das noch schwach leuchtende Meer. Ihre Hände lagen nebeneinander in der Dunkelheit ihres Schoßes. Und Appleby sah, daß etwas über ihrem Kopf schwebte.

Es war weiß und undeutlich, wie ein Hauch, ein Dunst; es wurde substantieller und hätte eine Taube sein können; es kreiste über Eusapias Haupt und richtete sich auf, wie kein Vogel es vermochte. Das Ding bebte, vibrierte, hob und senkte sich wie eine Kugel auf der Spitze einer unsichtbaren Fontäne. In einer Spirale stieg es nach außen und oben, fiel wie ein Stein herab und verschwand, zeigte sich wieder reglos in der Luft etwa drei Fuß vor Eusapias Knien; in hohem Bogen stieg es auf und hing in derselben Entfernung über ihrem Kopf. Wieder kreiste es. Eusapias Hände, blaß wie Akazienblüten, lagen ohne Bewegung auf dem schwarzen Stoff ihres Rocks.

Appleby saß ebenso still wie das Mädchen unter ihm. Sein Puls war nicht ganz normal; seine Kopfhaut fühlte sich irgendwie eigenartig an; es war beinahe gewiß, daß ein Chemiker in seinem Blutkreislauf Substanzen entdeckt hätte, die vor wenigen Augenblicken noch nicht dagewesen waren. Was interessant war – denn er hatte ohne andere Regung als vielleicht ein beiläufiges sexuelles Interesse das Mädchen zu beobachten begonnen; sicherlich ohne irgendeine Erwartung, etwas Übernatürliches zu sehen. Und doch war die Vorstellung – die Vorstellung in einem seltsam leeren Theater – unmittelbar erfolgreich gewesen. Es ist eigenartig leicht, zu magischen Bewußtseinsebenen vorzudringen.

Die Städte Roms, dachte Appleby – den Blick dabei stetig auf diese nunmehr so interessante junge Frau gerichtet – die Städte von Rom, all die Städte, die jemals da standen, wo das moderne Rom heute steht, vollkommen erhalten, andauernd, eine jede einfach über die Vorgängerin gelagert: Freud hatte gesagt, so sei das menschliche Bewußtsein. Nun, zuweilen war es möglich, durch sie hindurch hinabzusinken, wie ein Bergmann, der direkt in seinen Flöz einfährt... Nun konnte er Eusapia eben noch erkennen, wenn er seine Augen anstrengte. Das Ding kreiste und schwebte noch immer.

Es kreiste und schwebte etwa drei Fuß über ihrem Kopf, und ihre Hände lagen im Schoß. Plötzlich, und nur eine Sekunde lang, verschwand eine Hand; und gleichzeitig stieg das

Ding noch etwa drei, vier Fuß höher – es würde nun an die Decke eines einigermaßen hohen Raumes rühren, vielleicht daran pochen. Appleby wartete nicht länger; er erhob sich und suchte sich seinen Weg nach vorn zwischen den Liegestühlen und den Davits. Vielleicht hatte das Wetter geholfen, Eusapias Trick so effektiv zu gestalten. Die Atmosphäre war gleichzeitig kühl, trocken und lastend; es lag etwas in der Luft.

Aus dem Rauchsalon kamen Stimmen. Man versammelte sich zum Abendessen. Aber Appleby wollte noch ein paar Minuten allein sein, und er schlich sich in den Anrichteraum, wo er sich eine Zigarette anzünden konnte. Es war ein kleiner, enger Raum, und er ging ruhelos darin auf und ab – vor und zurück und einen Schritt zur Seite, um der Personenwaage auszuweichen... Er hielt an. Die Waage erinnerte ihn an etwas. Dieser Home wieder – das war es. Als Home Tische sich in die Luft erheben ließ, scheinbar ohne sie zu berühren, hatte man nachgewiesen, daß sein eigenes Gewicht sich trotzdem um das des Tisches vermehrte. Tatsächlich gab es für diese ganze Seite der Vorgänge immer eine simple physikalische Erklärung. Natürlich war die Maschinerie von Eusapias kleiner Show von nebensächlichster Bedeutung; immerhin, es wäre nett, Bescheid zu wissen.

Das Kornettsignal ertönte, und er ging nach unten – immer noch so in seine Gedanken versunken, daß Beaglehole ihn auf der Treppe zweimal ansprechen mußte. Und dies gefiel Beaglehole, da sich so ein Witzchen ergab. »So betäubt von dem schläfrigen Nachmittag, Mr. Appleby? Sind Sie warm in der Wolle gesessen? Sie sind Ihrem Beruf wirklich treu ergeben.«

»Ja?« sagte Appleby, der an Cobdogla dachte.

In diesem Wort kann, wenn man es recht betont, große Kraft liegen – und Beaglehole lachte ziemlich unsicher. »Im Ernst, es war ein verschlafener Nachmittag, nicht? Man fühlt sich dumpf und schwer. Wie Schäfchen, die unter die Schere müßten.«

»Wie bitte? Unter –?«

»Ich sagte nur – unter die Schere –«

Appleby schlug sich mit der Faust in die offene Handfläche. »Das ist es!« sagte er. »Ich hab's.«

»Sie haben was?«

»Nur das Strähnchen Wolle, das mir noch zu meinem Strickmuster gefehlt hat.« Appleby lächelte fröhlich. »Hat Hudspith Ihnen schon gesagt, daß ich Geburtstag habe?«

5

Es ist ganz einfach, so zu tun, als sei man betrunkener als man in Wirklichkeit ist; die meisten Studenten haben dies gelegentlich fertiggebracht. Es liegt keine große Schwierigkeit darin, extreme Trunkenheit vorzutäuschen, wenn man vollkommen nüchtern ist. Aber alle aufeinanderfolgenden Stadien von Beschwipstheit und Rausch ohne tatsächliche Basis zu simulieren, ist eine Aufgabe, die beträchtliche Virtuosität verlangt. Und diese Aufgabe war es, die sich Hudspith, aus Gründen, welche er selbst am besten kannte, vorgenommen hatte. Im Verlauf des Abendessens schien er von den stark geschüttelten und gerüttelten Weinen des Schiffes betrunkener und betrunkener zu werden.

Appleby, zu dessen Ehren diese Nummer stattfand, sah ihr mit Bewunderung und einer gewissen Besorgnis zu. Die Vorstellung war auf ihre Art so vollendet wie die Eusapias; es war klar, daß Hudspith sie nicht zum ersten Mal gab. Tatsächlich ließ er einen Starauftritt seiner früheren Karriere wieder aufleben und inszenierte ihn mit wissenschaftlicher Präzision. Der Alkohol verschwand rasch, es war nicht zu leugnen, und fast sicher verschwand er in Hudspiths Magen. Vielleicht hob sich mit seinem Niveau auch das eines Viertelliters Salatöl, den er hinter den Kulissen geschluckt hatte. Oder vielleicht führte er für eben solche Gelegenheiten ein Medikament mit sich, das den Effekt des Alkohols neutralisierte. Man wußte nicht, woran man mit Hudspith war – nicht, wenn es ihm einmal gelang, die betrogenen Mädchen an den Rand seines

Bewußtseins zu drängen. Denn dann kehrte seine Jugend zurück und er wurde zu einem Polizeibeamten mit einer geradezu erschreckend einfallsreichen Technik des Vorgehens. Appleby hatte Cobdogla heraufbeschworen, das wahrscheinlich wirklich irgendwo auf der Karte stand; Hudspith hatte nun eine Menge von einem Städtchen namens Misery zu erzählen, das fast mit Gewißheit nirgendwo verzeichnet war. Misery war ein weitaus fortschrittlicherer Ort als das benachbarte Eden. Hudspith bezweifelte, daß es irgendeinen Konkurrenten hatte, außer Pimpingie oder Dirty Flat. Und die waren meilenweit entfernt, jenseits der Weiden.

»Die Weiden?« fragte Beaglehole mit müßiger Neugier. »Welche Weiden sind das, Mr. Hudspith?«

Hudspith stellte sein Glas auf den Tisch. »Meine Weiden«, sagte er mit sorgfältiger Betonung. »Meine und die von Onkel Len.«

»Ah! Ich verstehe.«

»Aber jetzt sind es alles meine«; Hudspith machte eine unklar schwankende Geste, die weite Fernen umschloß und es gleichzeitig fertigbrachte, die Nase der spannungsgeladenen Miss Mood fast zu streifen. »Und ich kann auf jeden zehnten Morgen ein Schaf stellen.«

»Ist es da nicht schwierig«, fragte Mrs. Nurse gemütlich, »sie wieder zusammenzutreiben? So lange Wege für die Hunde.«

Hudspith atmete nur schwer.

»Ihr Onkel – äh – Len ist gestorben?« fragte Beaglehole.

»Er ist nicht gestorben«, sagte Hudspith, »er ist umgekommen.«

»Es hat ihn umgekommen«, sagte Appleby bestätigend und kennerisch australisch. Schließlich war er es, der diese verzweifelte Maskerade eingeleitet hatte, und er mußte loyalerweise sich hinter Hudspith stellen. »Ron hat seine Knochen gefunden.«

»Einige davon«, sagte Ron mit schwer betrunkener Präzision.

Miss Mood gab einen Laut von sich, als würden ihre eigenen Knochen leise freigelegt. »Welche?« fragte sie mit rauher Stimme.

»Die Polizei«, sagte Hudspith, der Miss Mood ignorierte, »wollte es unbedingt so haben, daß Onkel Len ermordet wurde. Aber das war schon das Umkommen. Die Schwarzen, wissen Sie, wollen nicht in diese Gegend gehen. Es geht dort um.«

»Was?« Wine sprach mit scharfer Stimme und zum ersten Mal.

Einen Augenblick lang herrschte Stille; Hudspith fand es an diesem Punkt notwendig, tief zu trinken. »Der Bunyip«, sagte Appleby. »Dort geht der Bunyip um.«

»Richtig, der Bunyip«, sagte Hudspith.

»Und was ist der Bunyip, Mr. Hudspith?« Wines Frage richtete sich kompromißlos an den Neffen des verstorbenen Len.

Hudspith stellte langsam sein Glas hin. »Der Bunyip ist etwas, was nicht viele Weiße sehen können«, sagte er. Sein Tonfall war von einer momentanen Nüchternheit, die äußerst wirkungsvoll war.

Miss Mood zumindest reagierte fasziniert. »Und *Sie*, Mr. Hudspith?« hauchte sie.

Die Antwort war ein lauter klirrender Knall. Alle – außer vielleicht der monumental ruhigen Mrs. Nurse – fuhren zusammen. Hudspith hatte barbarisch auf den Tisch gehauen und brüllte den Steward an, daß er noch eine Flasche Wein bringen solle. Es war ein Glück, dachte Appleby, daß der Kapitän die Gesellschaft seiner Offiziere vorzuziehen schien und an diesem Abend nicht im Salon speiste. Hudspith schlug wieder auf den Tisch, und es gab niemand, der ihn besänftigt hätte; er schlug zum dritten Mal zu und schrie, daß sogar Mrs. Nurse sich nach ihrer Tasche umzusehen begann. Doch ehe die Gesellschaft auseinandergehen konnte, war er plötzlich still und weinerlich geworden. »Eine Schande, John den Geburtstag zu verderben. Man hat nur einmal im Jahr Geburtstag.«

»Richtig«, sagte Appleby, der das Gefühl hatte, er sollte nun wohl selbst nicht mehr allzu nüchtern sein.

»Schluß jetzt mit den Sachen, die ich gesehen hab« – Hudspith schwenkte eine Hand gegen Miss Mood, ziemlich so, als sei sie eine Fliege. »Viel besser, wenn wir jetzt was singen. Alle mitsingen! Alle mitsingen bei –«

»Alle mitsingen bei *Waltzing Matilda*«, sagte Appleby, der sich ziemlich sicher war, daß dieses Stückchen Regionalfärbung korrekt war. Und er fing selbst an:

Once a jolly swagman camped beside a billabong,
Under the shade of a coolibah tree;
And he sang as he sat and waited while his billy boiled,
»Who'll come a-waltzin' Matilda with me?«

Up came a jumbuck to drink at the billabong;
Up jumped the swagman and grabbed it with glee;
And he sang as he shoved that jumbuck in his tucker-bag,
»You'll come a-waltzin' Matilda with me.«

Up came the Squatter, mounted on his thoroughbred.
Up came the troopers – one, two, three!
»Where'd you get that jumbuck you've got in your tucker-bag?
You'll come a-waltzin' Matilda with me.«

»Ein eigentümlich sinistres Lied«, sagte Wine, »oder doch zumindest eines, das sich in eine sinistere Richtung zu entwikkeln scheint.«

»Ist das Billabong dasselbe wie der Bunyip?« fragte Miss Mood.

Appleby, der nicht bereit war, sich hier in eine Antwort zu verstricken, begann mit einer neuen Strophe. Hudspith fiel ein – den Text nicht besonders klar artikulierend, aber das war verständlich.

Up jumped the swagman and dived into the billabong.
»You'll never take me alive!« cried he.

And his ghost may be heard if you camp beside the
billabong,
Singing, »Who'll come a-waltzin' Matilda with me?«

»Waltzin' Matilda, waltzin' Matilda,
Who'll come a-waltzin' Matilda with me?«
And his voice may be heard if you camp beside the
billabong,
Singing – »Who'll come a-waltzin' Matilda with me?«

Hudspith applaudierte kräftig – so kräftig, daß sich ihm die allgemeine Aufmerksamkeit wieder zuwandte. »Bravo!« röhrte er. »Bra-« Das Wort erstarb ihm seltsam auf den Lippen. Seine Hände, die wild gestikuliert hatten, fielen ihm schlaff an den Körper. Es schien unbehaglicherweise wahrscheinlich, daß er sich gleich übergeben würde. Doch nun wurde klar, daß er in der Gewalt einer anderen Empfindung war. In seinem Gesicht arbeitete es, doch zeigten die Züge eher Erstaunen als körperliche Übelkeit. Erwartungsvoll, unruhig und merkwürdig abwesend starrte er auf die Treppe des Salons.

Appleby bewunderte wieder den erstklassigen Auftritt. Doch mußte man bedenken, daß das Publikum aus einer Art Expertenkomitee bestand. Vielleicht wäre es das beste, wenn er den Part der Lady Macbeth übernähme, die ihren halluzinierenden Gatten zum Dekorum des Banketts zurückzubringen sucht. »Ron«, sagte er laut, »wie geht *Matilda* weiter?«

Mit einem wahrnehmbaren, doch nicht übertriebenen Ruck kehrte Hudspith aus der Sphäre dessen zurück, was immer ihn befallen hatte. »Matilda?« fragte er ratlos. Dann lächelte er die Tischrunde breit an. »Hab mal ein kluges kleines Mädchen namens Matilda gekannt.« Er grinste besoffen. »Hab mal ein kleines Mädchen namens Matilda mitgenommen nach –«

Diesmal nahm Mrs. Nurse ihre Tasche an sich und stand auf. »Es war eine sehr nette Feier«, sagte sie. »Und jetzt gehen Miss Mood und ich in den kleinen Salon und trinken noch unseren Kaffee. Gute Nacht.« Mrs. Nurse legte ein großes Maß behaglicher Entschlossenheit in diese letzten Worte, und

Miss Mood folgte ihr – vielleicht nicht ohne die Spur eines Zögerns – aus dem Salon.

Hudspith füllte sein Glas, knöpfte seine Weste auf, senkte die Stimme. »Kannte mal ein kleines Mädchen namens Gladys...«

Es war nach zehn. Appleby leerte seine Tasse, drückte seine Zigarette aus und verließ den Salon, um etwas Luft zu schnappen. Matilda und Gladys, Mädchen nicht ohne interessante Eigenarten, waren schon weit zurückliegende Stationen auf Hudspiths amouröser Pilgerschaft, und er bewirtete Wine und Beaglehole jetzt mit den Früchten jüngerer Forschungen. In diesen Angelegenheiten hatte Hudspith schließlich sehr viel Erfahrung – mehr als genug, um die Salons aller Dampfer auf allen Ozeanen zu unterhalten. Und Wine und Beaglehole waren passive Zuhörer – Beaglehole, weil es ihm gefiel, und Wine, weil er (so stand zu vermuten) seine eigenen Pläne hatte. Wine war als Person noch überhaupt nicht hervorgetreten; er war ein unberechenbarer Faktor; und daß man durch die gegenwärtigen Manöver tatsächlich eine seiner Flanken umgehen könnte, war eine sehr dubiose Hoffnung.

»Nun, was halten Sie davon?« Hudspith war ebenfalls herausgetreten, um Luft zu holen, und seine Stimme, bestürzend nüchtern, drang vorsichtig aus der Dunkelheit.

»Entsetzlich. Dirty Flat und diese Weiden gehören Leuten, die völlig anders sind als Sie und Ihr Onkel Len. Sie gehören Leuten, die eher sind wie die harmloseren Gutsbesitzer in Shropshire – nur kommen etwa sechs Shropshires auf einen Gutsherrn. Immerhin muß ich sagen, daß Sie das Betrunkenwerden recht eindrucksvoll bringen.«

»Warten Sie, bis Sie erst das Nüchternwerden sehen. Das ist viel schwieriger.«

»Glaube ich gerne. Und würden Sie mir sagen, was das mit Matilda und Gladys und dem ganzen Rest geben soll? Und ist Ihnen klar, daß ich morgen früh, wenn wir alle nüchtern sind, als der vertraute Freund eines – nach eigenem Eingeständnis – alten Bocks dastehe?«

Hudspith lachte in sich hinein. Es war offensichtlich, daß seine erfundenen Geständnisse eine höchst wohltätige Wirkung auf seinen seelischen Haushalt hatten; tatsächlich hatte er etwas entdeckt, was man buchstäblich als neue Variante psychotherapeutischer Methode bezeichnen konnte. Er lachte noch einmal, heiter, doch immer noch vorsichtig. »Warten Sie nur. In etwa zwanzig Minuten kommt ein wichtiger Augenblick. Aber die große Nummer steigt um Mitternacht.«

Appleby seufzte; er wäre gerne zu Bett gegangen. »Gut denn. Es ist Ihre Show.«

Hudspiths Schatten verschmolz mit der Dunkelheit. Seine Stimme kam aus der Nähe der Tür zum Rauchsalon. »Prösterchen«, sagte er.

Die Nacht war dunkel, und Appleby blinzelte. Zu hören, wie Hudspith das flotte Idiom der Jahrhundertwende benutzte, war einigermaßen erstaunlich. Doch galt dies auch – auf ähnlich altmodische Weise – für ein rechnendes Pferd und ein italienisches Medium, das sich auf Materialisationen spezialisierte. Eine Hexe und ein von Dämonen besessenes Mädchen gehörten noch weiter zurückliegenden Epochen an. Tatsächlich – sagte sich Appleby, als er wieder über das im Dunkel liegende Deck schritt – versanken die vierziger Jahre des zwanzigsten Jahrhunderts hinter dem Heck dieses Schiffes, das mit seiner ganzen Geschwindigkeit von achtzehn Knoten in die Vergangenheit fuhr. Das Schiff der Zeit, Kapitän: Emery Wine. Es klang nach H. G. Wells... Er ging ein paarmal auf Deck auf und ab und kehrte in den Rauchsalon zurück. Hudspiths Stimme begrüßte ihn, als er eintrat. »Ich mag sie jung«, sagte sie.

»Ich muß sagen, ich mag sie jung«, wiederholte er – und Appleby sah, daß der Prozeß des Nüchternwerdens eingesetzt hatte. Denn ein Tonfall der Beunruhigung, der Scham vielleicht, hatte sich in Hudspiths widerliche Saga eingeschlichen. Obwohl er immer noch fast aggressiv daherredete, sah er die stummen Zuhörer, Wine und Beaglehole, hie und da verstohlen an – wie es ein Mann tun mag, dem nach und nach aufgeht, daß er sich zum Idioten gemacht hat. »In London gab's ein Mädchen«, sagte Hudspith, die Stimme mit einer Art verzweifelter, dahinschwindender Arroganz erhebend. »Erst vor ein paar Monaten. Lucy hat sie geheißen…«

Ziemlich abrupt ließ sich Appleby in einen Sessel fallen. Vielleicht war er begriffsstutzig gewesen. Sicherlich war es ihm nicht eingefallen, daß alles auf diesen Punkt hinsteuern könnte.

»Lucy?« fragte Wine mit größtem Desinteresse. »Ich glaube, das ist tatsächlich die erste Lucy, welche Sie erwähnen. Dagegen waren es vier Marys und drei Janes. Beaglehole, Sie korrigieren mich bitte, falls ich mich irre.«

»Und Sie würden's kaum glauben«, – Hudspiths Stimme wurde höher; er ignorierte den Sarkasmus – »Sie würden's kaum glauben, *wie* jung sie war – manchmal.«

Wine legte seine Zigarre hin. »Manchmal?« sagte er als Echo.

Diesmal senkte Hudspith die Stimme. »Lucy war ein verdammt seltsames kleines Ding. Das hat mich so an ihr gereizt… Man wußte nie, wo man dran war bei ihr. Manchmal ernst wie ein Professor. Und manchmal – na, da hätte sie zwölf Jahre alt sein können! Die arme kleine Lucy Rideout!«

Hudspith starrte traurig gegen die Decke – was hieß, daß er auf seinen Kollegen vertraute, alle Beobachtungen anzustellen, die notwendig sein mochten. Und es konnte keinen Zweifel daran geben, daß es ein Schuß ins Schwarze war: Appleby war sofort überzeugt davon. Zwischen Wine und seinem Assistenten war ein Blick größter, bedeutsamster Verblüffung hin und her gegangen. Die alptraumhafte Geburtstagsfeier hatte sich endlich gerechtfertigt. Und die Maiglöckchenaffäre, in letzter Zeit zerfließend und undeutlich wie eine Zirruswolke, stand nun mit massivem Umriß vor Appleby in seinem Sessel – massiv und mit der Regelmäßigkeit eines sorgfältig präzipitierten Kristalls.

Und jetzt rutschte Hudspith unruhig auf seinem Platz hin und her. Wieder trug er den Gesichtsausdruck eines irritierten Mannes, doch diesmal war seine Miene nicht ganz die von jemand, dem es dämmert, daß er sich im Rausch außergewöhnlich stark danebenbenommen hat. Er hatte etwas von seinem alten, brütenden Ausdruck, und sein Blick schien ängstlich in die Ferne zu gehen. »Und es ist etwas Komisches mit diesem Mädchen«, sagte er. »Schon ein paarmal heute –« Er brach ab, stand auf und ging ziemlich aufrecht im Raum umher – ein rasch nüchtern werdender Mann. »Ich nehme an, deshalb hab ich so viel erzählt«, fügte er zusammenhanglos hinzu.

Einen Augenblick herrschte Schweigen. Wine zündete sorgsam seine Zigarre wieder an. »Sie sagten«, half er nach, »daß schon ein paarmal heute –«

Aber Hudspith war ans andere Ende des Zimmers gegangen, goß sich eine Tasse schwarzen Kaffee ein und leerte sie. Und als er sich nun umdrehte, hatte er sichtlich ein noch schlechteres Gewissen. »Sie dürfen mir meine Geschichten nicht übelnehmen«, sagte er. »Kommt man ins Geschichtenerzählen, nach einem Fest. Sie wissen schon. Zuviel Weibergeschichten und dann diese verdammt lange Reise.« Er stand vor ihnen, beschämt, doch vernünftig. »Kann Ihnen auch ein paar Schlangengeschichten erzählen, wenn Interesse da ist.« Wieder bewegte er sich unruhig, schien kurz abwesend. »Oder Karten. Kartenspiel lenkt einen ab. Nichts Besseres nach einer langen Party als ein, zwei Runden Karten vor dem Gutnachtsagen. Komm schon, John.«

Appleby kam; er sah auf die Uhr: Es fehlte noch eine Dreiviertelstunde bis Mitternacht. Beaglehole schlug Poker vor; Hudspith bestand auf Bridge und setzte sich durch, so daß er ihnen schließlich sehr überzeugend jene Fähigkeit einer besonders raschen Erholung vom Berauschtsein demonstrierte, welche manche Menschen besitzen. Es war ein langweiliges Spiel um kleine Einsätze, bei dem Beaglehole gelegentlich kleine Beträge setzte, mit der klugen Vorsicht eines kleinen Geschäftsmannes, und bei dem Wine mit so rigoroser Orthodoxie spielte, daß sich darin eine verborgene Geistesabwesenheit auszudrücken schien. Hudspith selbst war nun so nüchtern und gewöhnlich wie nur je ein Geschäftsreisender aus

Auckland oder Sydney. Und über der verlassenen Bar tickte die Uhr stetig der Mitternacht entgegen.

Tief unter ihnen dröhnten die Maschinen, und das Klatschen und Zischen des Wassers drang schwach empor; gelegentlich konnten sie den hohen Ton hören, den ein Schiff nur südlich des Äquators von sich zu geben scheint. Vielleicht lenkt das Kartenspiel ab, aber um Mitternacht und mitten auf dem Ozean Karten zu spielen, kann in eigenartiger Weise die Isolation der Reisenden betonen. Nahe ringsum schläft oder wacht die kleine Gesellschaft, zu der man gehört. Dahinter, sich weit über die Grenzen des konkret Faßbaren ausdehnend, liegt die vollkommen fremde Tiefe. Wir sind es gewohnt, von den Entfernungen im Weltraum zwischen den Sternen zu sagen, sie seien jenseits unserer Vorstellungskraft. Doch nach vierzehn Tagen auf See wissen wir, daß wir Entfernungen zurückgelegt haben, die ebenso jede Kraft der Vorstellung, welche unser Bewußtsein besitzt, übersteigen. Durch die Nacht fuhren die Maschinen mit ihrer geheimnisvoll nie versagenden Kraft. Und die vier Männer warfen ihre Pappstückchen auf das Quadrat aus grünem Filz.

Hudspith war Applebys Partner. Er legte soeben sein Blatt als Dummy hin. Als er die Bewegung beendete, sah er an Applebys Schulter vorbei und lächelte – lächelte mit offensichtlichem Vergnügen und vielleicht einer Spur Erstaunen. »Lucy!« sagte er. »Ich wußte gar nicht –« Er brach ab, runzelte die Stirn, sprach wieder mit plötzlicher Beunruhigung. »Was tust du? Was tust du da mit der –«

Appleby, der eigentlich Wine hätte anschauen sollen, fuhr wider seine Absicht herum. Die Tür war hinter ihm, und sie war geschlossen. Hinter der Tür war, wie er wußte, ein Vorhang, und dahinter wiederum eine Außentür, ebenfalls geschlossen. Aber Hudspith – es war beinahe möglich, das zu beschwören – hatte auf das Deck direkt dahinter gesehen. Und nun sprang er auf und fuhr sich mit der Hand über die Augen. »Sie hatte eine Pistole«, sagte er heiser. »Da waren Bäume… Palmen…« Vollkommen ernüchtert sah er seine Tischgenossen an. »Ich bin betrunken«, sagte er. »Verdammt betrunken – tut mir leid.« Er drehte sich um, schob unbeholfen seinen Stuhl zurück und stolperte aus dem Zimmer.

Schauspielerisch gesehen war es absolut erstklassig. Appleby überwand den Drang, Bravo zu rufen und pfiff leise durch die Zähne. »Der arme alte Ron«, sagte er. »So hat es ihn ja noch nie erwischt.«

Beaglehole stand auf. Er sah erschrocken und wütend aus – wie bei solchen Anlässen die Skeptiker wohl aussehen. Und als er sprach, geschah dies mit größerer Aggressivität als gewöhnlich. »Bald sieht er noch blaue und grüne Mäuse. Es ist ein Fehler, auf einem Schiff etwas anderes zu trinken als Whisky.«

»Durchaus nicht.« Wine, der die Karten zu Päckchen sammelte und dabei nachdenklich vor sich hin schaute, schüttelte den Kopf. »Das hat den Anschein – zumindest den oberflächlichen Anschein – von etwas doch wesentlich Interessanterem. Was man, soweit ich weiß, als zufällige und genuine Halluzination eines geistig Gesunden bezeichnen würde.«

»Sie meinen das Zweite Gesicht?« fragte Appleby.

Wine zuckte die Schultern. »Mein lieber Herr, das ist ein Ausdruck aus dem Aberglauben und der Volkssage. Wenn wir rückhaltlos an so etwas glauben, dann werden wir zweifellos solche Ausdrücke benutzen. Ich ziehe die Beschreibung vor, welche die Wissenschaft für etwas verwendet, was sie immer noch für äußerst strittig hält.« Er drehte sich um. »Mitternacht, wie Sie bemerken werden. Ich frage mich, ob die Lucy Ihres Freundes wohl noch am Leben ist? Oder vielleicht soeben gestorben ist? Leute, die solchen Geschichten nachgehen, würden das sicher gerne in Erfahrung bringen.« Er gähnte. »Wie wäre es, wenn wir nun zu Bett gingen?«

»Natürlich«, sagte Appleby und drehte sich zur Tür. Plötzlich hielt er inne und legte mit unschuldiger Vertraulichkeit Mr. Wine die Hand auf die Schulter. »Aber hören Sie mal, Mr. Wine, da haben Sie den ganzen Jargon bei diesen Pferden parat gehabt – und jetzt kennen Sie sich hier genauso aus. Vielleicht gehen Sie auch ein wenig solchen Geschichten nach?« Appleby ließ seine Hand sinken, doch hatte er vorher

Wines Muskeln einen Augenblick lang starr werden fühlen. Was nun als Antwort kam, würde das Ergebnis rascher Kalkulation sein.

»Spukgeschichten nachgehen, Mr. Appleby? Liebe Zeit, nein.«

»Spukgeschichten und denkenden Tieren und verschiedenen Sorten von Medien – all so was.«

Wines Lider zuckten. Dann lächelte er. Es wäre ein herablassendes Lächeln gewesen, hätte es etwas weniger an reiner Amüsiertheit enthalten. »Liebe Zeit, nein. Beaglehole, würden wir zu offen reden, wenn wir sagten, daß wir Wichtigeres zu tun haben als das?« Und Wine lachte liebenswürdig. »Gute Nacht, mein Lieber. Gute Nacht.«

6

Appleby schwang sich aus seiner Koje und setzte sich auf den Rand. Seine Hände lagen auf den Knien, und die Morgensonne beschien sie. »Sehen Sie?« sagte er. Sein rechter Daumen bewegte sich fast unmerklich. »Sehen Sie?«

»Ja, ich sehe es.« Hudspith war soeben von einem frühen Gang auf Deck zurückgekehrt. »Aber ich sehe *nicht*, was für ein Gerät –«

»Eine Spreizschere. Etwas, was Beaglehole gesagt hat, hat mich darauf gebracht. Es war früher ein beliebtes Spielzeug, und heute macht man Fahrstuhltüren und sonst was nach demselben Prinzip. Etwas wie eine Schere mit einem beweglichen Scherengitter, das sein Gelenk an der Schere hat. Man schließt sie – eine Bewegung des Daumens reicht aus – und die ganze Geschichte schießt vor und dehnt sich zu überraschender Länge aus. Man öffnet die Schere, und das Spreizgitter zieht sich zurück und faltet sich zusammen. Eusapia hat mit solch einem Werkzeug geübt.«

Hudspith schüttelte den Kopf. »Aber so etwas würde doch sicherlich gleich entdeckt? Kein Zauberkünstler würde damit durchkommen.«

»Ein Medium ist kein Zauberkünstler. Beziehungsweise es ist einer, der Bedingungen herstellt, die sich kein Varietépublikum gefallen ließe. Das Medium sitzt in fast vollkommener Dunkelheit. Die Gliedmaßen werden vielleicht festgehalten, aber es kann für alle zielstrebigen körperlichen Verrenkungen übernatürliche Einflüsse geltend machen. Und wird es zu strikt kontrolliert – hat es sich zum Beispiel damit einverstanden erklärt, sich vor der Séance genau durchsuchen zu lassen – dann kann es einfach verkünden, daß die Geister an diesem Tag in Urlaub sind. Eusapia ist diese spezielle Art Zauberkünstlerin, und Wine weiß es und nimmt sie mit, damit sie sich seinem Zirkus anschließt.«

»Damit ist Wine definiert. Er sammelt Schwindler.«

»Nein.« Appleby schüttelte entschieden den Kopf. »Die Sache ist nicht ganz so einfach. Es ist vielleicht kein einziges Medium je einer eingehenderen Untersuchung durch Wissenschaftler unterzogen worden, ohne daß dabei ein Betrug aufgedeckt wurde. Aber es gibt höchst intelligente Forscher auf diesem Gebiet, die daran festhalten, daß der Betrug bei diesen Menschen eine Art Notwehr darstellt. Medien werden – grob gesagt – nach ihren Resultaten bezahlt. Es wäre vorstellbar, daß sie tatsächlich die Kanäle für übernatürliche Wirkkräfte darstellen, die sich den Methoden und Geisteshaltungen wissenschaftlicher Untersuchung gegenüber antipathetisch verhalten. Wenn die Medien von den Wissenschaftlern bedrängt werden, verlassen die übernatürlichen Kräfte sie. Und dann gehen die Medien, um ihren Ruf zu schützen, zum Schwindel über. Es gibt also in gewisser Weise durchaus Anlaß, selbst bei Personen, die wiederholt des Betrugs überführt wurden, die weiter auftretenden Phänomene zu untersuchen. Wine mag wissen, daß Eusapia eine kleine Schwindlerin ist, und seine Absichten können trotzdem die eines ernsthaften Forschers sein.«

»Oder eines Impresario.«

»Genau. Wir sind vielleicht der *Seltsamsten Show der Welt* auf der Spur. Etwas in dieser Art. Aber die Frage ist – ist Wine auf der Spur zweier neugieriger Polizeibeamter, die ihre Beziehung zu ihm in bedauernswert leichtfertiger Urlaubsstimmung begonnen haben?« Appleby stand auf und reckte sich. »Ich werde ein Bad nehmen. Wenn ich ihn sehe, frage ich ihn.«

»Tun Sie das nicht.« Hudspith sprach mit ernsthafter Besorgnis. »Forcieren Sie, meine ich, die Sache im Augenblick nicht noch weiter. Sie haben behauptet, einen Verwandten von Maiglöckchen zu kennen, ich habe behauptet, Lucy Rideout zu kennen –«

Appleby lachte. »Meine Behauptung ist harmlos. Aber die Ihren sind in Anbetracht der Gesetze über Verleumdung unerhört. Und das von einem Mann, dessen Mission die Verteidigung britischer Jungfernschaft ist –«

Hudspith hob die Hand. »Laszivität«, sagte er mit Würde, »bringt uns nicht weiter. Ich bestehe lediglich darauf, daß wir den Zufall bis zum Äußersten strapaziert haben und nun achtgeben müssen, daß er nichts merkt. Ich glaube, ich hätte letzte Nacht nicht die Vision von Lucy haben sollen. Ich habe mich ein wenig hinreißen lassen.«

»Sie waren hinreißend. Wine, immerhin, hat es nicht vom Stuhl gerissen. Beaglehole war viel näher daran, irgendeine Katze aus dem Sack zu lassen. Wine ist ein sehr stilles Wasser. Und was genau er denkt oder plant, das vermag ich mir überhaupt nicht vorzustellen.«

»Weil Sie nicht zeitig genug aufstehen. Er hat versucht, einen Funkspruch durchzugeben.«

Appleby hatte einen großen Schwamm in der Hand, den er nun mit reglos ausgestrecktem Arm in der Luft schweben ließ. »Einen Funkspruch? Er muß doch wissen, daß er eine ebenso geringe Chance hat, das zu tun, wie das Kommando an Bord zu übernehmen.«

»Sie vergessen, daß er nach außen hin mit irgendeinem hochgeheimen Auftrag unterwegs ist. Und um eine Nachricht durchzugeben, hat er jeden Fetzen Autorität in die Waagschale geworfen, den er besitzt.«

»Es sieht so aus, als hätten wir ihn tatsächlich verunsichert. Haben sie ihm die kalte Schulter gezeigt?«

Hudspith runzelte die Stirn über dieses törichte Bild – und lächelte dann kurz. »Die kühle, könnte man sagen. Sie haben ihm mitgeteilt, daß es so oder so unmöglich ist, Funksprüche zu senden. Die Atmosphäre ist höchst elektrisch.«

Appleby starrte ihn an. »Sagt man das nicht immer bei einer diplomatischen Krise?«

»Diesmal ist es wörtlich gemeint. Ich hab das alles vom Ersten Offizier. Es deutet sich eine elektrische Störung in der Atmosphäre an, die alles übersteigt, was er je erlebt hat. Deshalb war die Luft gestern nacht so merkwürdig.«

»Gut zu wissen, daß es nicht nur der Alkohol war. Aber ist sie das nicht immer noch?«

»Auf jeden Fall. Ich würde es für sehr wahrscheinlich halten, daß Sie in der Badewanne einen tödlichen Schlag bekommen.«

Appleby nahm das Risiko auf sich. Und wie er im warmen Salzwasser lag und dessen beharrlicher Weigerung zusah, mit dem Schiff zusammen zu schwanken und sich zu neigen, wurde ihm klar, wie bedeutsam der versuchte Funkspruch war. Der Diebstahl von Hawke Square Nr. 37 hatte sich ein Stück weit aufgeklärt.

Mrs. Nurse nahm das Milchkännchen. »Ich nehme an, sie machen sie aus Pulver«, sagte sie. »Ich fürchte, für meinen Geschmack ist sie nicht sehr gut. Vor allem im Tee. Ich glaube, auf Dampfern ist der Tee nicht sehr gut.« Sie stellte das Kännchen wieder hin. »Ist jemand von Ihnen der komische Himmel aufgefallen?«

»Ich habe noch nie einen Himmel von dieser Farbe gesehen«, sagte Wine.

»Es ist nicht so sehr die Farbe«, sagte Miss Mood, »aber wenn man ihn ansieht, wirkt alles ganz wellig.«

Beaglehole nickte. »Sie brauchen nicht weiter zu gehen als bis zur Antenne am Funkerhaus, um etwas verdammt Eigenartiges zu sehen. Lichter wie kleine blaue Teufel laufen an den Drähten entlang und hüpfen hin und her. Mr. Hudspith glaubt das vielleicht nicht, aber sie sind wirklich da.« Beaglehole schaute, als er das sagte, rasch zu Wine hinüber, als wolle er sich versichern, daß dies die richtige Taktik war. Dann lachte er nervös und schob seinen Teller weg. »Unheimlich drückend, was? Fühlt man sich merkwürdig. Kein Appetit.«

»Merkwürdig?« sagte Mrs. Nurse – und schien nachzudenken. »Nein, ich glaube nicht, daß man sich so fühlt.«

Miss Moods nervöse Hände spielten mit einer großen Bernsteinkette. »Die astralen Einflüsse«, sagte sie ernst. »Es kann eine große Katastrophe sein. Aber ich glaube, man sollte essen.« Und sie riß die Papierhülle von einem Brötchen ab.

»Diese Störungen kommen in den Tropen gelegentlich vor«, sagte Wine. »Soweit ich weiß, begreift man sie im Grunde noch nicht. Aber ich glaube nicht, daß Miss Mood eine Katastrophe gewärtigen muß.«

Miss Mood war offensichtlich nicht beruhigt; anstatt das Brötchen zu verzehren, riß sie die kleine Papiertüte in kleine Stücke.

»Merkwürdig?« fragte Mrs. Nurse wieder.

Appleby, der stur Speck und Eier gegessen hatte, wandte sich an Wine. »Schon ein komischer Tag«, sagte er. »Ein Hund.«

»Wie meinen Sie bitte?«

»Und geht einem auf die Nerven. Ich habe dasselbe schon bei einem Staubsturm erlebt.«

»Richtig.« Hudspith nickte schwerfällig. »Und ich habe Onkel Len sagen hören –«

»Die Ventilatoren!« Beaglehole deutete aufgeregt hinüber. »Haben Sie schon je –«

Es war warm und die Ventilatoren waren eingeschaltet – aber nun konnte man sie plötzlich nur durch ein spiralförmiges Flimmern und Knistern elektrischer Entladung hindurch erkennen.

»Haben Sie schon je einmal –« Beaglehole, immer noch dramatisch gestikulierend, wurde seinerseits von Miss Mood unterbrochen. Miss Mood schrie auf. Sie schrie, weil vom Tisch vor ihr sich ein kleiner Schneesturm von Papierschnitzeln erhoben hatte und nun ihren Kopf umkreiste. Einen

Augenblick lang war ihr erstauntes Gesicht wie ein Turm, den man durch einen Möwenschwarm sieht. Und dann, wie landende Möwen, ließen sich die kleinen Papierschnipsel auf ihrer Bernsteinkette nieder.

Es war überaus eigenartig. Doch noch eigenartiger war das Gebaren der gemütlichen Mrs. Nurse. »Merkwürdig?« sagte sie schwach und sank dann mit geschlossenen Augen gegen die Stuhllehne. Einen Augenblick später schlug sie sie wieder auf, doch die Pupillen hatten sich nach oben gedreht und man sah nur das Weiße. »Merkwürdig?« sagte sie sehr leise, und ihr Körper fuhr zuckend in eine aufrechte Stellung. »Würdig«, sagte sie mit einer neuen Stimme. »Wir sind würdig.« Ihre Stimme wurde wieder tiefer und klang nun ausländisch. »Der Herrscher sagt, wir sind würdig. Alle. In diesem Falle. Er sagt, gebt acht. Nein, er sagt, er hat einen Verdacht. Der Herrscher will, daß wir alle entkommen aus der Falle. Er thront in der Ruhmeshalle. Der Herrscher versteht alles hier. Ich sehe eine Kralle. Der Herrscher sagt, wir sollen beten. Das Böse töten. Alle.« Ein langer Seufzer. »Ich fühle mich ganz leer«, sagte Mrs. Nurse mit ihrer gewöhnlichen Stimme. »Ich fühle mich ganz leer«, sagte sie mitleiderregend.

Appleby, der mit seinem letzten Streifen Speck angefangen hatte, wandte sich wieder an Wine. »Sie kennen wohl auch hierzu den richtigen Jargon, Mr. Wine?«

»Zweifellos wird sie bald wieder zu sich kommen.« Wine sprach distanziert und suchte dann Zuflucht hinter einer Kaffeetasse.

»Würden Sie das eine Trance nennen?« fragte Hudspith. »Onkel Len hat eine Frau gekannt –«

Wie ein ausbrechender Geysir schlug Miss Mood eine schrille Lache auf. Welle auf Welle ihres Gelächters klang schreckenerregend durch den Salon. Und dann endete es so abrupt, wie es begonnen hatte. Rasch atmend saß Miss Mood starr und mit geweiteten Augen da.

»Das ist jetzt auch wieder eigenartig.« Appleby sprach mit beinahe professoraler Gravität. »Da wir von deinem Onkel

Len reden, Ron, mein Onkel Sid hatte ein Cowgirl, die war grade so.« Und Appleby nickte zu Miss Mood hinüber.

»Ein Cowgirl?« sagte Wine. Er hörte sich, dachte Appleby, ein wenig fahrig an, als wüchse ihm die Situation über den Kopf. Es würde ein Zeitpunkt kommen, da es Wine vom Stuhl riß.

»Ein Cowgirl. Und wenn sie *so* war« – und wieder nickte Appleby zu Miss Mood hinüber – »dann konnte man *das* tun.« Und Applebys Hand langte an das Revers seines Jacketts und holte eine Stecknadel hervor. »Das«, wiederholte er – und er lehnte sich über den Tisch und stieß die Stecknadel fest in Miss Moods Arm. »Ron, hast du auch eine?« Er tastete in seiner Tasche. »Oder wenn einer ein Federmesser hat –«

»Wirklich«, sagte Wine. »Das sollten Sie nicht tun. Zwar ist Miss Mood in einem Zustand hysterischer Anästhesie. Aber Sie müssen bedenken –«

»Da!« unterbrach ihn Appleby voll Bewunderung. »Da haben wir wieder den richtigen Jargon. Aber fällt es Ihnen nicht auf, Mr. Wine, daß das Schiff für seine Größe ziemlich –«

»Jetzt sehen Sie sich ihre Hand an«, sagte Hudspith und deutete auf Miss Mood. »Was soll das denn geben?« Miss Moods Rechte bewegte sich seltsam über das Tischtuch.

»Ich glaube, wenn ich jetzt einen Bleistift hätte« – Appleby fuhr mit der Hand in die Tasche – »und ein Stück Papier, dann würde sie automatisch schreiben oder so was. Nicht wahr, Mr. Wine?«

»Wohl«, sagte Mr. Wine.

»Nun, wie ich schon sagte, ist es nicht seltsam, daß auf einem so kleinen Schiff –«

»Wo ist das Mädchen mit dem goldenen Haar?« begann Mrs. Nurse wieder. »Wo ist das Mädchen mit dem goldenen Haar? Wo ist das Mädchen mit dem goldenen Haar?«

Miss Mood, immer noch starr und mit ihrer Hand immer noch ins Leere kritzelnd, fing an zu schluchzen. Es knisterte vor Elektrizität an den Ventilatoren, und die Luft füllte sich mit einem schwachen, sengenden Geruch.

»Hier ist Mentor mit einer Botschaft für das Mädchen mit

dem goldenen Haar. Eil dich. Mentor sagt: Eil dich. Es bestehen hindernde Einflüsse. Wo ist das Mädchen –«

Auf der Treppe klapperten eilige Schritte, und Beaglehole, der vor einigen Minuten leise hinausgegangen sein mußte, polterte herein. »Die Italienerin!« Er wandte sich mit konfuser Hast an Wine. »Sie führt sich genauso in der dritten Klasse auf. Etwas mit einem Tamburin. Und einem Tisch. Ein Tisch, der sich dreht...«

Ein langes hallendes Krachen verschlang seine Worte – ein Krachen, als hätte ein Titan das Tamburin geschlagen, als wäre der Tisch der Götter selbst umgestürzt. Wieder und wieder dröhnte der Donner, und das Tageslicht flackerte schwach zwischen gewaltigen Blitzen. Dann kam das Zischen stürzenden Wassers. Die seltsamen atmosphärischen Bedingungen, die unter den Protegées von Mr. Emery Wine so viele exzentrische Reaktionen ausgelöst hatten, lösten sich in einem schlichten Tropengewitter.

»Wie ich sagte«, fuhr Appleby fort, »auf einem so kleinen Schiff würde man kaum erwarten –«

»Ganz recht«, sagte Wine.

»Würde man kaum erwarten, so viele Leute aus derselben Ecke zu treffen. Es sei denn, natürlich, daß sie alle zu einer Konferenz oder in eine Klinik oder irgendwie so etwas reisen. Aber es scheint nicht so, daß Mrs. Nurse und Miss Mood –«

»Richtig«, sagte Wine. »Es ist zweifellos ungewöhnlich.«

»Es scheint nicht so, daß Mrs. Nurse und Miss Mood irgend etwas voneinander wissen oder glauben, daß sie etwas miteinander zu tun haben. Und jetzt scheint es, als ob es in der dritten Klasse noch eine solche Frau gibt. Da denkt man sich doch –«

Wine nahm ihn beim Arm. »Mein lieber Mr. Appleby«, sagte er. »Sie und ich müssen jetzt einmal an Deck gehen und etwas frische Luft schnappen.«

7

Der Regen gurgelte in den Speigatts und trommelte auf das Sonnendeck über ihnen; ringsum fiel er als Wolkenbruch aus einem wässrigen und immer noch von schwachen Blitzen erhellten Himmel; der Südatlantik sah furchtbar feucht aus.

»Man muß offen sagen«, sagte Mr. Wine, »daß wir nicht sind, was wir zu sein vorgeben.«

»Sie meinen Beaglehole und sich?«

»Ich meine einerseits Beaglehole und mich und andererseits Hudspith und Sie. Die Formulierung hört sich ein wenig juristisch an, bezeichnet aber die Sachlage ganz präzise. Ich muß Ihnen übrigens Eusapia vorstellen. Sie ist ganz reizend. Unehrlich natürlich. Aber bei hübschen Mädchen ist die Moral nicht so sehr relevant, nicht wahr?« Wine lächelte Appleby urban zu. »Aber vielleicht ist es Ihr Freund, dem ich Eusapia vorstellen sollte. Ich glaube, sie würde ihn sogar Gladys vergessen lassen.«

Appleby sah Wine fest ins Gesicht. »Dieser Tenor kann unserer Unterhaltung kaum zuträglich sein.«

Von einer regenüberströmten Fensterscheibe eingerahmt verneigte sich Wine kurz und spöttisch. »Ich akzeptiere diesen Tadel – der in einem Tonfall vorgetragen wird, mit dem Onkel Sid und Onkel Len wohl nicht viel anzufangen wüßten.«

»Onkel Sid und Onkel Len sind Unsinn.« Appleby, der sich gleich zu Beginn in die Verteidigung gedrängt sah, war entschlossen, diese möglichst robust zu betreiben.

»Das möchte ich nicht sagen.« Wine war höflich-zuvorkommend. »Sie schienen mir sehr glaubwürdige – und bewundernswerte – Näherungen. Vielleicht waren Onkel Lens Knochen ein wenig zu viel – aber es geschehen zweifellos merkwürdige Dinge in jenen Breiten. Darf ich Ihnen eine Zigarette anbieten?«

Appleby nahm eine Zigarette. »Ist Ihnen schon der Gedanke gekommen, Mr. Wine, daß es eine sehr prekäre Sache ist, sich in Kriegszeiten als Vertreter von Regierungsinteressen darzustellen, wenn ihre eigentlichen Interessen ganz andere sind?«

»Aber wir können eben nicht allesamt *wirklich* im Auftrag der Regierung unterwegs sein. Und falls man es dann nicht wenigstens dem Anschein nach ist, wird es sehr schwierig, überhaupt noch zu reisen.« Wine riß ein Streichholz an. »›Die in den Krieg, um dort ihr Glück zu suchen / Andere, ferne Inseln zu entdecken.‹ Das ist von Shakespeare. Vielleicht hebt es das, was Sie den Tenor unserer Unterhaltung nennen. Und übrigens – ist es nicht eine Unterhaltung von gleich zu gleich? Verstehen Sie und Hudspith besonders viel von Wolle?«

»Möglicherweise nicht. Aber wenigstens reisen wir in recht wichtigen Angelegenheiten. Sonst würde ich, vor allem zum gegenwärtigen Zeitpunkt, lieber zu Hause sein.«

Wine schüttelte den Kopf. »*›Bleibt man daheim, so wird man nie gescheit‹*. Ich würde eher die fernen Inseln empfehlen. Tatsächlich hoffe ich, Sie dazu überreden zu können, daß Sie mich dorthin begleiten. Warum nicht? *›Und finden / Vielleicht die Inseln der Glückseligen‹*.«

»*›Treffen Achill, den Helden, den wir einst gekannt‹*?« Die Worte waren müßig dahergesagt, doch Applebys Gedanken jagten sich. Ein unbekannter Faktor, ein seltsames Mißverständnis mußte sich gewiß in Wines Vorschlag verbergen.

»Es ist nicht unmöglich. Achill und Hektor auch.«

»Und andere Schatten – wie Mentor und den Herrscher von Mrs. Nurse?«

»Tja.« Wine runzelte erheblich die Stirn, so daß Appleby sich fragte, ob er nach weiteren Zitaten suchen mochte. »Nun kommen wir zur Sache, nicht wahr? Daß der Sturm all diese seltsam disponierten Leute beeinflußt hat, war wohl in sich selbst nicht besonders verwunderlich. Ich muß gestehen, daß ich mich auch etwas eigenartig gefühlt habe. Aber Mrs. Nurse und Miss Mood gleichzeitig in Trance, und dann noch Nachricht von Eusapias eigenartigem Benehmen – ich gestehe, es war ziemlich überwältigend. Wie gesagt, es ist einzuräumen, daß wir nicht ganz das sind, was wir scheinen.«

»Noch sind unsere Beziehungen untereinander das, was sie

scheinen. Weder Mrs. Nurse noch Miss Mood lassen erkennen, daß sie sich dessen bewußt sind, in einem besonderen Verhältnis sowohl zueinander wie zu Ihnen zu stehen. Und doch kann nun kein Zweifel mehr in bezug darauf herrschen, daß sie, zusammen mit dem italienischen Mädchen, eine Art Konvoi bilden, eskortiert von Ihnen und Ihrem Sekretär. Vielleicht wissen sie nichts von Ihnen.«

Wine nickte. »Das ist tatsächlich nicht der Fall.«

»Eine solche Heimlichkeit ist zumindest höchst verwunderlich. Sie haben Agenten oder Lockvögel eingesetzt, um sie zu bewegen, dorthin zu reisen, wo Sie sie haben wollen.«

»Ganz recht, Mr. Appleby. Und natürlich gilt das auch für Lucy Rideout. Ich muß gestehen, daß ich sehr verwirrt von dem scheinbaren Erlebnis Ihres Freundes gestern nacht war – sehr besorgt. Tatsächlich habe ich erst in den letzten Minuten die Sache als ingeniösen Trick zu sehen gelernt. Und ich neige zu der Ansicht, daß Sie auch etwas über das zählende Pferd von Harrogate wissen. Und worüber noch, frage ich mich? Haben Sie von Hannah Metcalfe gehört? Sie ist eine Hexe. In der Tat.« Und Wine lächelte sein ungerührtes Lächeln.

Das Ganze hatte die Geschwindigkeit eines motorisierten Sturmangriffs. Und der Mann machte seine Geständnisse nicht wahllos; er hatte ein Ziel vor Augen; vielleicht nur das, den Gegner durch rasche Manöver zu verwirren. Und da er nun all dies erzählte – was wußte er oder glaubte er zu wissen? Appleby tastete sich ein wenig vor. »Sie meinen, daß Hudspith diese Lucy Rideout in Wirklichkeit nie gesehen hat?«

»Das habe ich durchaus nicht gesagt. Ich sage, daß er uns letzte Nacht mit großem Geschick übertölpelt hat.«

Appleby warf seine Zigarette weg und sah sein Gegenüber rasch an. Es lag etwas im Tonfall dieses Mannes, als er seinen letzten Satz sagte – eine Art gleichzeitigen Zögerns bei bedeutungsvoller Betonung – die auf unklare Weise wichtig zu sein schien. »Tatsächlich, Mr. Wine, halten Sie meinen Freund Hudspith ganz und gar für einen Schwindler? Er kennt gar keine übersinnlichen Erfahrungen?«

»Das glaube ich durchaus nicht. Sonst –« Wine brach ab

und zog zwei Korbstühle über das kleine Schutzdeck herbei. »Wollen wir uns setzen? Und vielleicht auf Ihre Rolle in der Affäre zu sprechen kommen? Das wäre nun doch nur fair. Es kann wohl als zugestanden gelten, daß Ihr Anliegen nichts mit Schafen zu tun hat – außer vielleicht im metaphorischen Sinne.« Wine lächelte Appleby wieder an – und zum ersten Male sah Appleby es als häßliches Lächeln. Es war häßlich und auch irgendwie rätselhaft – rätselhaft, weil es einem bis jetzt unaufgeklärten Mißverständnis entsprach. Oder war da wirklich ein Mißverständnis? Täuschte Wine vielleicht eher Mißverstehen vor? Hier die richtige Antwort zu finden, könnte von entscheidender Bedeutung sein. Und vielleicht war es das Beste, einen kühnen Schritt zu tun.

»Vielleicht, Mr. Wine, halten Sie Hudspith und mich für Polizeibeamte in Zivil?«

»Ah ja«, sagte Wine.

»In diesem Fall lägen Sie nicht ganz falsch.«

»Ah ja«, sagte Wine wieder. Und dann lehnte er sich in seinen Stuhl zurück und lachte. Sein Gelächter war echt und von der Art, die zur Entdeckung einer gedanklichen Absurdität gehört. »Mein Lieber, können wir nicht ein wenig offener miteinander reden?« Plötzlich lehnte er sich wieder vor und berührte Appleby leicht am Arm.

»Hören Sie zu«, sagte er.

3. TEIL

Die Inseln der Glückseligen

1

Klatsch!... Klatsch!... Die Wasser schäumten tückisch, und der dumpfe Laut war irgendwie höchst bedrohlich – doch es folgte ihm jedesmal ein entzücktes Händeklatschen. »Noch eins!« rief ein Mädchen. »Und noch eins! Oh, sehen Sie nur, die Nase – und die Augen! Mr. Wine sagt, sie haben kleine Vögel, die ihnen die Zähne putzen. Oh, sehen Sie nur den langen Schwanz!«

Das Wasser um den Dampfer herum war dunkel und ölig und regte sich nicht, nur dort, wo die großen Kreaturen eintauchten und spritzten. »Noch eins!« rief das Mädchen. Und der Mann am Steuer – der den ganzen Tag am Steuer stand, unnahbar und träumend – der Mann am Steuer lachte sie plötzlich fröhlich an. »Lagarto«, sagte er; »lagarto, señorita.« Er warf das Rad herum, daß das ganze verrückte kleine Boot knarrte, und schwang noch einmal, daß eins der Schaufelräder wahnwitzig zu klappern begann; gab ihm einen letzten Ruck, und wieder waren sie um eine Biegung, und der endlose Fluß erstreckte sich vor ihnen. Aus irgendeinem Grund blieben sie dicht am Südufer, das, niedrig und dichtbewaldet, dampfend dalag. Im Norden bestand der Horizont fast immer aus Wasser. Sie befanden sich nun zweitausend Meilen flußaufwärts, doch das Bewußtsein schrak vor diesem Wissen zurück. Klatsch!... »Und *noch* eins!« rief Lucy ekstatisch. Ihr Applaus ließ einen Schwarm rosafarbener und gelber Papageien aus den Baumfarnen aufsteigen.

Unter einem Sonnensegel am Heck hingelagert lächelte Mr. Emery Wine wohlwollend. Dann schien ihm ein Gedanke zu kommen. »Lucy«, rief er, »hast du deiner Mama geschrieben?«

»O ja, Mr. Wine.«

»Ganz recht, mein Kind.« Wines Blick ging versonnen zu Hudspith, der sich düster das Kinn kratzte. »Sie schreibt ihrer Mutter jede Woche – *eine von ihr* schreibt der Mutter –, und ich sehe immer zu, daß der Brief das Schiff erreicht. Mrs. Rideout ist eine sehr schätzenswerte Frau. Vielleicht kennen Sie sie?«

Hudspith zog die Stirn in Falten. Jemand, der so großzügige Phantasien über die unberührte junge Dame am Bug gesponnen hatte, mochte diese Frage durchaus peinlich finden. Es traf zu, daß verschiedene, der Wahrheit nicht entsprechende Erklärungen abgegeben worden waren, seit man an Bord des Dampfers von Mr. Wine gegangen war. Trotzdem blieb Lucy jemand, dem Hudspith nicht gerne in die Augen sah.

»Natürlich«, sagte Wine, »mußte ich ein wenig massiv werden, um sie fortzubringen. Schließlich hätte sich am Ende noch *Ihre* Firma der Sache bemächtigt, wenn ich die Formen alle gewahrt hätte. Die Konkurrenz treibt einen gelegentlich zu einer gewissen Skrupellosigkeit. Aber mittlerweile, glaube ich, verstehen Mrs. Rideout und ich einander sehr gut. Es gehört zu den Dingen, die mich amüsiert haben, als Appleby seinen kleinen Scherz machte, er sei Polizist – ich überlegte mir, daß es wirklich sehr wenig gibt, was mir die Polizei nachweisen könnte.«

»Das Pferd immerhin«, sagte Appleby.

Wine lachte heiter. »Ich habe das Pferd gestohlen. Doch hat man je gehört, daß jemand verurteilt worden ist, weil er mit einem lendenlahmen Droschkengaul nach Südamerika durchgebrannt ist? Die Anklage würde als offenbare Absurdität in sich zusammenbrechen. Nein, wenn Sie ein Polizist wären – und Hudspith hier ein zweiter –, dann würden Sie es, glaube ich, nicht leicht haben, mich festzunageln.« Er nahm einen Schluck Limonade. »Wissen Sie, Hudspith, daß ich manchmal denke, Sie *erinnern* stark an einen Polizisten? Aber ich habe ja auch eine Zeitlang gedacht, Sie seien ganz der Cobdogla-Typ. Man darf sich nie auf den äußeren Anschein verlassen. Nehmen wir zum Beispiel Radbone. Was würde man von ihm halten? Ich meine, nach der äußeren Erscheinung geurteilt?«

»Wir sind ihm nie begegnet«, sagte Appleby.

Wine seufzte. »Wirklich, mein Bester, manchmal treibt ihr es zu absurd. Radbone hat Sie angestellt, um mich im Auge zu behalten – und ich muß sagen, da geht die gesunde wissenschaftliche Rivalität ein wenig weit –, und wenn man Ihnen auf die Schliche kommt, dann kokettieren Sie immer weiter herum... Lucy, möchtest du vielleicht ein Glas Limonade?«

»O ja, bitte, Mr. Wine.«

»Aber ich will darauf hinaus, daß Radbone ein töricht aussehender Mann ist, der tatsächlich über ungewöhnlich viel Begabung verfügt. Ich gebe gerne zu, daß ich eine Zeitlang befürchtet habe, er würde den größten Teil des Materials in seinen Besitz bringen. Es gibt nicht viel, wissen Sie.« Wine senkte die Stimme. »Nehmen wir Lucy. Ich bezweifle, daß es auch nur ein oder zwei andere wie sie unter den Lebenden gibt. Oder Mrs. Nurse. Eusapias kann man jede Menge finden. Aber ein erstklassiges Medium, aus dem Stimmen sprechen, kommt in jeder Generation wohl nur einmal vor.« Wine rieb sich sachte die Hände. »Erstklassiges klinisches Material, meine Herrn – erstklassig. Und ich glaube, ich habe Ihre Seite damit geschlagen. Ich glaube nicht, daß Radbone dem etwas entgegenzusetzen hat. Deshalb habe ich Sie eingeladen, mitzukommen und sich alles anzusehen. Sie können dann heimgehen und ihm davon erzählen.« Wine lachte in bester Laune. »Ich bin Ihnen wirklich sehr verpflichtet, daß Sie die Reise mitmachen. Es ist ein höllisch langer Weg dorthin – und zurück.«

»Wir glauben, daß es sehr interessant sein wird«, sagte Appleby.

»Ich glaube wirklich, daß Sie das dann sagen müssen. Jorge« – und Wine wandte sich an einen Bediensteten –, »Sie holen besser eine Decke für Miss Rideout; die Luft wird ein wenig kühl... Ich glaube, es wird für Sie von großem Interesse sein. In der *Encyclopædia Britannica* werden Sie lesen, daß es nirgendwo auf der Welt ein ausreichend ausgestattetes Labor nur zum Zwecke der Erforschung übersinnlicher Phänomene gibt. Bald werden Sie eines Besseres belehrt sein.«

»Und Lucy«, sagte Appleby.

Wine runzelte die Stirn. »Wie meinen Sie?«

»Auch sie wird bald eines Besseren belehrt sein. Aber warum? Ich meine, es ist schwer zu begreifen, auf welche Art und Weise Lucy das Objekt einer solchen wissenschaftlichen Untersuchung abgeben könnte. Sie stellt das Beispiel eines seltenen, aber ziemlich gut analysierten krankhaften Zustandes dar – des eines in verschiedene Persönlichkeiten gespaltenen Individuums. Früher hat man das zweifellos für dämonische Besessenheit gehalten. Aber ich hätte doch gedacht, daß dieses Phänomen für eine ernsthafte Erforschung des Übernatürlichen als erledigt gelten könnte. Lucy gehört ins Reich der Psychopathologie, nicht in das des Übersinnlichen.«

»Ah«, sagte Wine – und sein Blick glitt über die Reling des Dampfers, als suche er Inspiration unter den Alligatoren. »Aber es gibt auch den historischen Aspekt. Sie verstehen. Man muß das berücksichtigen.« Er nickte gewichtig und undeutlich, um diese obskure Formulierung zu bekräftigen. »Und dann gibt es Querverbindungen.« Seine Stimme gewann an Selbstvertrauen. »Wenn diese seltsamen Stimmen aus Mrs. Nurse sprechen - sind wir dann wirklich in Verbindung mit einer unsichtbaren Welt – oder ist Mrs. Nurse zeitweilig in Lucys Lage? Verstehen Sie?«

Appleby verstand, verstand vor allem, daß der Mann seine Sache verstand. Was immer Wines Pläne waren – und sicherlich bestanden sie nicht ganz in dem, was er behauptete –, der Mann beherrschte seine Wissenschaft durchaus. War er das, wofür er sich ausgab – und dazu noch etwas mehr? Oder war er überhaupt nicht das, wofür er sich ausgab? Es war durchaus vorstellbar, daß ein Mann sich der Organisation einer umfassenden Erforschung übersinnlicher Phänomene widmete: Viele erstklassige Köpfe hatten sich mit diesem Thema eingehend befaßt. Es war vorstellbar, daß so jemand einen Rivalen namens Radbone hatte und mit ungewöhnlichem und vielleicht sogar bizarrem Aufwand eine Art marktbeherrschende Stellung hinsichtlich des relevanten Untersuchungsmaterials anstrebte. Aber war es vorstellbar, daß solch ein Mann seine Aktivitäten Tausende von Meilen flußaufwärts an einem furchtbaren südamerikanischen Strom konzentrierte? War es vorstellbar, daß er in einen solchen Schlupfwinkel ein Droschkenpferd aus Harrogate und ein herrschaftliches Haus aus Bloomsbury schleppte – von zwei Männern ganz abgesehen, von denen er verkündete, sie seien Spione seines Rivalen, über die er jedoch immer wieder einmal seinen kleinen Witz mit der Polizei machte? Es war ein langer Weg den Fluß hinauf – und ein langer Weg zurück. Wine hatte sie direkt von dem Überseedampfer zu seinem eigenen Boot gebracht. Hier saßen sie nun... Appleby, dem eine Klemme nicht besonders viel ausmachte, wenn sie nur exotisch genug war, lehnte sich zurück und nippte behaglich an seinem Mate. Auf all diese Fragen – und andere – würden sich Antworten finden.

Lucy bekam eine Decke über die Beine gebreitet; Wine nickte zufrieden, stellte sein Glas beiseite und seufzte wohlig. »Der gute Radbone!« sagte er. »Was meinen Sie, soll ich ihm Eusapia zu Weihnachten schicken? Er hat einen kleinen Trostpreis verdient.«

Hudspith betrachtete seinen Gastgeber mit ungekünstelt düsterer Miene. »Sie glauben offenbar, daß Sie Radbone vollkommen geschlagen haben.«

»Das will ich nicht sagen. Er ist ein kluger Mann – wenn auch ein kluger Mann mit einer Schwäche. Einer Schwäche, welche auf diesem besonderen Gebiet fatal ist. Tatsächlich ist er leichtgläubig. Er weiß es nicht, aber er ist leichtgläubig. Im tiefsten Inneren hungert er nach Wundern. Und für einen Wissenschaftler ist dies, Sie werden mir beipflichten, ein unsinniger Widerspruch.«

»Aber ist es nicht ein Hunger nach Wundern, der auch Sie umtreibt?« Appleby hatte scharf aufgeblickt. »Wenn Sie nicht nach Gespenstern und Mirakeln lechzen, warum die ganze Bemühung? Es kann Ihnen kaum viel Vergnügen bereiten, Mrs. Nurse aufzutun, wenn Sie sich als überzeugten Skeptiker empfinden.«

Wine schüttelte ungeduldig den Kopf. »Mein lieber Appleby, Sie müssen der Sache tiefer auf den Grund gehen. Meine Haltung ist objektiv. Und ich bin Wissenschaftler. Das bedeutet, daß ich nicht an irgend etwas jenseits der Natur interessiert bin. Wenn es tatsächlich Geister gibt, so sind es Geister innerhalb der Natur und sie lassen sich der Naturgesetzlichkeit zuordnen. Aber Radbone hat einen nostalgischen Hang zu etwas, was jenseits der Natur sein soll – Rätsel, Schauer, Geheimnisse um des Geheimnisses willen. Er will, daß seine Geister bis ans Ende unheimlich bleiben; er will dieselben emotionalen Effekte im Labor hervorrufen wie in der Bauernhütte.« Wine war aufgestanden und sprach beinahe wütend. »Also sind seine Haltung und die meine einander diametral entgegengesetzt. Es wird behauptet, daß es gewisse Kategorien von Phänomenen gibt, die unerklärlich sind. Diese Kategorien von Phänomenen mögen existieren – oder nicht. Doch sofern sie existieren, sind sie gewiß *nicht* unerklärlich. Die Gesetze, denen sie gehorchen, lassen sich entdecken – und das ist meine Aufgabe. Radbone ist trotz seiner Begabung und seiner Berühmtheit im Grunde nur ein törichtes Weib bei einer Séance. Er sucht nicht die Wahrheit, ihn reizt die Erregung. Sie folgen mir?«

Appleby bestätigte bescheiden, daß er Mr. Wine folgte.

»Sie müssen mir verzeihen, wenn ich vielleicht etwas exaltiert erscheine.« Wine ließ seinen wissenschaftlichen Eifer sich zu einem launigen Lächeln mildern. »Und nun werde ich, glaube ich, hinuntergehen und mich umkleiden.«

Hudspith sah seinem makellosen Panama hinterher, wie er die Kajütentreppe hinab verschwand. Dann drehte er sich zu Appleby um. »Hören Sie«, murmelte er vorsichtig, »glauben Sie an diesen Radbone?«

»Es wäre schön, wenn man das könnte. Wenn Radbone eine Erfindung ist, können wir kaum seine Abgesandten sein, oder? Was bedeuten würde, daß wir hübsch in die Falle spaziert sind. Mit offenen Augen natürlich.«

»Darin liegt zweifellos ein Trost.« Hudspith behielt Lucy Rideout im Auge.

»Ich selbst glaube, daß Radbone auf eine Art existiert.« Auch Applebys Blick ruhte auf Lucy, während er sprach. »Wenn dem so ist, kompliziert es die ganze Sache sehr.«

»Da sei Gott vor, daß sie noch komplizierter wäre, als sie augenblicklich erscheint. Und ich für mein Teil glaube kein Stück an Radbone und sein Konkurrenzunternehmen.«

»Ich auch nicht. Die Existenz, die ich ihm zugesprochen habe, ist – anderer Art.«

Hudspith starrte ihn an. »Na, wenn er nicht existiert, haben wir zugegeben, daß wir die Abgesandten einer gottverdammten Fiktion sind.« Hudspith runzelte die Stirn bei diesen seinen eigenen ungehörigen Worten. »Ich mußte sogar irgendeine Geschichte improvisieren, daß ich als Agent Radbones hinter Lucy hergewesen bin, bis Wine sie eingefangen hat. Und Ihre Geburtstagsfeier soll eine Falle im Auftrag eben jener Fiktion gewesen sein.« Er machte eine Pause. »Wissen Sie, ich verspüre nachgerade ein fast morbides Interesse an diesen Alligatoren.«

Appleby lachte. »Während Lucys Interesse an ihnen alles andere als morbid ist. Es ist so spontan wie das eines Kindes im Zoo. Aber Sie glauben doch nicht, daß Wine uns verschwinden lassen wird, einfach weil wir Polizisten sind, die geneigt wären, ihm die etwas irregulären Methoden beim Einsammeln von, wie er sagt, klinischem Material vorzuwerfen?«

»Das glaube ich«, sagte Hudspith. »Mehr noch, Sie glauben es auch.«

Appleby lachte wieder. »Wie Onkel Len so oft bemerkt hat: Da können Sie was von halten. Oder, wie Onkel Sid sagen würde: Richtig.«

»Es gibt wohl auch Lichtblicke. Ich bin froh, daß diese entsetzliche Miss Mood mit einem anderen Schiff fährt. Sich vorzustellen, daß sie die Knochen zählt, nachdem die Alligatoren an der Arbeit waren –«

»Da gibt es keine Knochen. Das Verdauungssystem der Krokodilfamilie ist das leistungsfähigste, welches die Zoologie kennt. Die Knochen lösen sich nach wenigen Sekunden im Magen auf.«

»Wunderbar, wie Sie immer die entscheidende Information parat haben.« Hudspith starrte finster in die verschlungene

Vegetation, die an der Reling vorbeizog. »Kann es wirklich sein, daß wir eine Insel ansteuern?«

»Es kann sein – obwohl ich zugeben muß, daß Juan Fernandez schlecht beraten war. Der Fluß besitzt ganze Inselgruppen – ausgewachsene Archipele mitten auf dem Kontinent. Und eines solchen scheint sich Wine bemächtigt zu haben.«

Hudspith wuchtete sich auf die Füße. »Haben Sie sich schon einmal überlegt, was das alles kosten muß? Die Sache deutet mehr auf einen Wirtschaftskapitän als auf einen Wissenschaftler hin.«

»Ganz genau. Und hier sind wir wieder bei den Alligatoren. Die Skrupellosigkeit der Wissenschaft erschöpft sich in der Regel im Umgang mit weißen Mäusen und Meerschweinchen. In der Wirtschaft, da strengt man sich an, seinen Rivalen den Krokodilen vorzuwerfen.«

Hudspith rieb sich das Kinn und schwieg, dann wandte er sich um und ging nach unten. Appleby blieb unter dem Sonnensegel sitzen und sah zu, wie der Nebel am Ufer aufzusteigen begann. Der Tag war vorbei, und seine Hitze und Helle endeten in übelriechenden Dünsten. Dampfend und stinkend trieben zuerst winzige Fetzchen, leiseste, kaum wahrnehmbare Schleier daher. Und dann war der Nebel beinahe wie mit einem Schlag überall. Die Landschaft, den langen Tag hindurch vertraut und gleichförmig, war dahin, als hätte eine große Hand einen Vorhang fallen lassen. Ein trügerisch helles Dunkel herrschte.

Und das war es. Appleby saß ganz still, und er schaute aufs Wasser hinaus. Das war es. Der Mann hatte seine Wahl mit einer gewissen symbolischen Angemessenheit getroffen, als er hier seinen Unterschlupf wählte.

Klatsch!

»Noch eins!«

Appleby war in seine Gedanken verloren; seine Lippen waren fest zusammengepreßt und er sah starr vor sich hin. Aber nun wurden seine Züge weicher. »Lucy«, rief er leise, »willst du nicht herkommen und dich mit mir unterhalten?«

2

»Lucy –«, sagte Appleby und hielt inne. »Kleine Lucy –«, sagte er und unterbrach sich wieder. »Du bist die Kleine Lucy, oder?«

Lucy Rideout nickte.

»Bist du froh, daß du mitgekommen bist, Lucy?«

»Ich bin sehr froh, es macht so viel Spaß! Kennen Sie St. Ursula?« Und Lucy sah zu Appleby empor, freundlich und ohne Verlegenheit.

»Nein, St. Ursula kenne ich nicht.«

»Das ist eine Mädchenschule, und die fahren immer um die Welt herum auf einem großen Dampfer. Das ist toll. Natürlich ist es nicht wirklich wahr. Das kommt in einem Buch.«

»Ich verstehe.«

»Aber das hier ist wahr. Und ich finde es toll. Man kann Limonade trinken, wann man will.«

»Das ist schön. Aber was ist mit – den anderen? Gefällt es denen auch?«

»Kranke Lucy haßt es. Sie wollte am Anfang immer wieder weglaufen. Aber jetzt hat sie natürlich ihre Studien. Sie macht Latein mit Mr. Wine.« Kleine Lucy sprach mit einer Art widerwilliger Achtung. »Da ist sie ruhig.«

»Und –«

»Richtige Lucy? Richtige Lucy ist furchtbar aufgeregt. Aber sie hat auch Angst, glaube ich. Erst seit Sie da sind –« Kleine Lucy zögerte. »Sie wäre schrecklich wütend, wenn sie wüßte, daß ich Ihnen das sage.«

»Dann solltest du mir's wohl besser nicht sagen.« Appleby betrachtete die kindliche junge Frau neben sich einigermaßen perplex. Eine Unterhaltung mit Lucy Rideout – mit den Lucy Rideouts – war wirklich eine Aufgabe für einen speziell ausgebildeten Fachmann. Der Amateur mochte die Situation zwar begreifen, war aber immer in Gefahr, einen Fehler zu machen. Es galt, sich vor allem daran zu erinnern, daß nur eine Lucy auf einmal existierte – eine Lucy, welche die beiden anderen gewöhnlich recht objektiv und freundlich, gelegentlich aber auch stark irritiert betrachtete... »Wenn es sie ärgern würde«, sagte Appleby, »dann sagst du am besten nichts.«

»Sie ist in Sie verliebt.«

»Oh.« Appleby war höchst ratlos.

Klein-Lucys Augen lachten. »Ich glaube, wenn Sie wollten –«

»Still.«

Kleine Lucy sah gekränkt drein. »Entschuldigung. Ich verstehe nicht viel von solchen Sachen – noch nicht. Und es ist noch furchtbar lange hin. Ich bin zwölf, wissen Sie. Und es ist, als ob ich schon seit Jahren zwölf bin. Manchmal denke ich, daß die anderen allen Spaß haben. Und manchmal bin ich froh und meine, daß es ganz schlimm wäre, wenn ich wie die anderen wäre und alt.« Sie hielt inne und runzelte, zutiefst ratlos, die Stirn. »Aber meistens wünsche ich mir, es wäre alles ganz anders und gar keine anderen da. Und ich glaube, so geht es den anderen auch. Seit wir uns kennengelernt haben, meine ich.«

»Ich verstehe. Und wann habt ihr einander kennengelernt?«

»Zuerst war nur Richtige Lucy da, und eine ganz lange Zeit, nachdem ich gekommen bin, hat sie nichts von mir gewußt, aber ich von ihr. Es war besser, als wir beide voneinander gewußt haben. Dann ist nach langer Zeit Kranke Lucy gekommen. Wir haben beide nichts von ihr gewußt, und sie nichts von uns. Nicht einmal, daß wir – daß wir *waren*, meine ich. Das war die schlimmste Zeit. Dann haben wir sie kennengelernt und sie gehaßt. Und dann hat sie mich kennengelernt, aber nicht Richtige Lucy. Das war komisch.«

»Das war ziemlich seltsam, Lucy.«

»Und da war noch etwas Komisches. Irgendwie war es auch gut, glaube ich. Kranke Lucy war unheimlich klug. Aber sie hat sich an nichts erinnert. Sie wußte gar nichts, über nichts, ehe sie gekommen ist. Wir mußten es ihr beibringen, mit Notizzetteln. Wir haben Sachen über uns aufgeschrieben, meine ich, und sie hat sie gelesen, und so hat sie etwas erfahren. Jetzt können manchmal zwei von uns irgendwie reden zusammen. Aber es ist furchtbar durcheinander.« Kleine Lucy sah Appleby an, fröhlich und zutiefst rührend. »*Ich* mag Sie auch«, sagte sie. »Darf ich Sie was fragen?«

»Natürlich, Lucy.«

»Wie viele gibt es von Ihnen?« Lucys Blick war nun scheu, hoffnungsvoll.

Appleby schaute auf das Deck, plötzlich überkommen von einem großen, wachsenden Zorn. Hier oder dort in den großen Städten der Welt gab es Spezialisten, die sich mit all dem auseinandersetzen konnten – die ihren Weg hindurchfinden konnten wie durch ein mathematisches Problem. Das Mädchen konnte geheilt werden; *ganz* werden; *ein* Mädchen werden. Aber sie wurde in einen Archipel im Herzen von Südamerika geschleppt... »Es gibt nur einen von mir, Lucy«, sagte er.

Ihre Mundwinkel sanken nach unten. »Es scheint *niemand* sonst zu geben –« Ihr Blick wanderte umher; sie klatschte in die Hände. »Flamingos!« rief sie. »Oh, sind die schön!« Sie stieß ein kleines Stöhnen aus und erschauerte. »Mr. Appleby«, sagte sie, »können Sie mir etwas über den Tod des Sokrates sagen?«

Die Alligatoren klatschten unbeachtet ins Wasser; mit sausendem Flügelschlag zogen die Flamingos vorbei. Der Diener namens Jorge – ein ungut aussehender Bursche – hatte Moskitonetze um das kleine Deck gezogen und eine Lampe angezündet. Von vorne kam ein gewaltiger Küchengeruch, daß man beinahe glauben mochte, die Schaufelräder schlügen monoton auf einen großen Strom aus Bratensoße ein. Aber Lucy Rideout schien nicht ans Abendessen zu denken; ihr Blick war unverwandt auf Appleby gerichtet.

»Und er sagte, ob der Tod nun ein traumloser Schlaf sei oder ein neues Leben im Hades unter den Geistern der großen Männer der alten Zeiten, in beiden Fällen sähe er es als einen Gewinn an, zu sterben.«

»Das ist alles?« Das Gesicht von Kranker Lucy, angespannt und voll ängstlichem Eifer, war bleich im Lampenlicht.

»Das ist alles, woran ich mich erinnern kann, Miss Rideout.«

»Ich danke Ihnen; Sie sind sehr liebenswürdig. Ich weiß so wenig. Meine Familie war arm und ungebildet. Und ich selbst leide unter – unter Unterbrechungen, wenn ich zu lernen versuche.«

»Tatsächlich? Aber das ist in gewissem Maße bei uns allen der Fall.« Appleby wußte, daß diese Lucy von äußerster Zurückhaltung war.

»Mr. Wine sagt, daß er auf seiner Insel eine große Bibliothek hat. Er sagt, er habe Hunderte von Büchern« – ihre Stimme war ehrfürchtig –, »und doch wünschte ich, ich wäre nicht hierhergekommen. Das Lateinische ist sehr schwierig. Können Sie *amo* und *moneo*?«

»Ich habe das einmal gekonnt.«

»Man muß es für immer können. Ich glaube, ich kann *amo* nun.«

»Sie wissen, was es bedeutet?«

Kranke Lucy zog die Decke um sich. »Ich liebe«, sagte sie mit mechanischer Stimme, »du liebst, er liebt.« Sie schwieg einen Moment. »Es gibt so vieles, was ich lernen möchte.« Ihre Stimme hatte die schmerzhafte Präzision eines Menschen, der verbissen grammatische Leitfäden studiert hat. »Aber ich werde behindert – die anderen hindern mich.«

»Sehr?«

»Ich möchte nicht darüber sprechen.«

»Dann lassen Sie uns von etwas anderem sprechen.«

»Die andern hindern mich. Kleine Lucy ist gierig. Sie ist gierig nach Zeit. Sie würde mich zurückstoßen – zurück in –«

»Ja?«

»Nichts«, sagte Kranke Lucy mit leiser Stimme. »Zurück in das Nichts. In das Nicht-da-Sein. Ich muß kämpfen. Und es ist schwer. Bei mir ist es *amo* und *moneo*. Aber bei ihr sind es Flamingos, ein Alligator – erlebte, gesehene Dinge. Sie ist jung und weiß nichts. Aber sie hat Leben. Ich habe zuweilen Angst, sie könnte gewinnen. Verstehen Sie?«

»Ich glaube, ich verstehe ein wenig.« Applebys Stimme war

beinahe so leise wie Lucys. »Und –« Er zögerte, denn es schien ihm unmenschlich, von einer anderen der Lucys als der »richtigen« zu reden. »Und außer der Kleinen Lucy...«

»Es gibt die Richtige Lucy. Ich möchte nicht über sie sprechen. Sie ist schlecht.«

»Schlecht?« fragte Appleby ernst.

»Bei ihr sind es Männer.«

»Ich verstehe.« Appleby bemerkte, daß sein Blick die körperliche Erscheinung vor ihm mied. Für jemand, der kein professioneller Psychiater war, hatte die Sache gelegentlich etwas extrem Unbehagliches. »Aber ich glaube nicht –«

»Ich meine, daß sie schlecht werden könnte. Es ist eine große Sorge. Werden Sie – werden Sie vorsichtig sein?«

Hierauf konnte man nur einsilbig antworten. Doch galt es, vieles herauszufinden. Mrs. Nurse und Miss Mood und die faszinierende Eusapia waren verschwunden, und es war schwer zu sagen, wann man ihnen wieder begegnen würde. Im Augenblick standen nur die Lucys für eine Befragung, ein Verhör zur Verfügung. Und auf welche sollte man sich konzentrieren – welche würde am ehesten eine kleine Spur zu Wines wahren Plänen bemerkt haben? Nicht, daß Appleby die Technik zur Verfügung gestanden hätte, eine bestimmte Lucy heraufzubeschwören; er mußte sie nehmen, wie sie kamen. Und so versuchte er es jetzt: »Miss Rideout, woran erinnern Sie sich noch vom Beginn Ihrer Reise? Wer hat das zuerst vorgeschlagen? Und – wem?«

»Ich möchte nicht darüber sprechen.« Kranke Lucy zog die Decke noch enger um sich. »Mr. Appleby, würden Sie mir bitte etwas über die Selbstbetrachtungen des Mark Aurel erzählen?«

»...und daß die Quelle des Guten in uns liegt, und daß man, wenn man ihr nachgräbt –«

Lucy Rideout bewegte sich rasch und ungeduldig. »He!« sagte sie. »Sie reden nicht mit *ihr*, wissen Sie.«

»Mein liebes Fräulein, ich dachte, das täte ich.« Appleby sprach freundlich, doch vorsichtig. »Es ist ein Fehler, den man leicht machen kann. Sie *war* da, ich versichere es Ihnen, vor wenigen Augenblicken.«

»Ach die. Vergessen Sie die.« Die Aussprache der Richtigen Lucy war achtlos, aber nicht unangenehm. »Und die Kleine auch. Nicht, daß die nicht ganz in Ordnung wär, wir haben uns immer gut amüsiert, bis die alte Zicke ankam. Aber jetzt folgendes: Haben die was zu Ihnen gesagt, wegen mir und Ihnen?«

»Nun – ja, das haben sie.«

»Brauchen Sie sich keine Schwachheiten einbilden, Jacko.« Richtige Lucy lachte munter. »Nicht mal unter den jetzigen etwas knappen Umständen.«

»Sie können mich gerne John nennen, wenn Sie mögen. Aber wenn Sie Jacko zu mir sagen, dann werde ich nie mehr mit Ihnen reden.«

»John, John, willst du mir drohn? Mischt sich die Zicke ein? Das ist ja ein Gedicht. Und wer gefällt Ihnen am besten?«

»Ich glaube, Sie sollten alle zusammenhalten.«

»Und je enger wir zusammenhalten, desto besser mögen wir uns leiden? Nein danke. Wissen Sie, weshalb ich fort bin?«

Appleby schüttelte den Kopf. »Nein – aber ich würde es gern wissen. Warum?«

Richtige Lucy sah jetzt einen günstigen Moment für ein Manöver; sie kam herüber und setzte sich auf die Lehne von Applebys Stuhl. »Wahrscheinlich meinen Sie, daß ich ein bißchen Spaß haben wollte, Sie wissen schon?«

»Ich habe an diese Möglichkeit gedacht.«

»Nun, das war's nicht. Ich weiß so einiges von Mädchen, die so fort sind. Und zuerst sah es ja so aus, als wär's *das* – solange es der ausländische junge Mann war. Aber dann ist Mr. Wine aufgetaucht, John, der ist gefährlich.«

»Das weiß ich. Aber warum –«

»Aber nicht *so* gefährlich. Wissen Sie, ein Mädchen, das mal ein bißchen was vom Leben haben möchte und was erleben, das muß sich gut auskennen. Und mit den Leuten Bescheid wissen. Und da war der Mr. Wine, der mich mitnehmen wollte auf die Insel Capri, und trotzdem war er nicht interessiert an – Sie wissen schon, was ich meine. Er war hinter etwas anderem her, das geht tiefer, das weiß nur er.«

»Sie hatten ganz recht, Lucy. Er ist hinter etwas her, was sehr tief geht – und ziemlich entsetzlich ist. Aber mit Mädchenhandel hat es nichts zu tun.« Richtige Lucy war, wie Appleby sah, wesentlich intelligenter als ihre Schwestern; tatsächlich war sie eine mögliche Verbündete. »Also, Sie haben gemerkt, daß die Sache ziemlich tief geht, das Geheimnis hat Sie interessiert, und Sie fanden es aufregend. Das Leben war ziemlich langweilig, und hier war plötzlich ein Abenteuer. War es so?«

Richtige Lucy lachte leise und fing an, Applebys Haar zu streicheln. »Schade, daß wir hier nicht tanzen können«, sagte sie.

»Bleiben Sie beim Thema, liebes Kind.«

»Das tu ich.« Plötzlich beugte sie sich hinab und küßte ihn auf den Kopf. »Ich habe nur gerade gedacht, daß Sie klug sind und ziemlich nett, und daß Sie nie daran denken würden, ich könnte Ihre Freundin sein, weil vielleicht die Kleine auftauchen könnte.«

»Da haben Sie wieder ganz recht. Aber erzählen Sie weiter.«

»Also hören Sie gut zu. Ich bin mitgegangen, weil ich dachte, ich könnte die zwei zurücklassen. Ich bin sie über, ich kann's Ihnen sagen – das alberne Gör und die Zicke. Vielleicht sind sie in ihrer Art nicht schlecht, aber man möchte auch mal seine Ruhe haben. Ich dachte, wenn ich irgendwo hingehe und dort Sachen mache, dann hassen sie das beide, und es entmutigt sie sozusagen, und sie gehen weg. Aber es hat noch nicht funktioniert, hm? Kleine Lucy kriegt sich nicht ein vor Begeisterung, und die Zicke erlebt die Aufregung ihres Lebens mit Kennedys Kurzgefaßter Lateingrammatik.« In diese letzte Bemerkung legte Lucy eine Art übermütige Bosheit, die nicht unattraktiv war. »Kein Kino, kein Radio, keine Jungs – ich meine, kaum Jungs.«

»Kein Anlaß zur Entschuldigung.«

»Tatsächlich ist dieses Schiff ein Zickenparadies, und für ein Kind noch besser als freier Eintritt im Zoo. Also scheint nicht viel draus geworden zu sein aus meinem Plan vom Tapetenwechsel.«

»Ich glaube, der Plan war nicht schlecht, Lucy. Aber ein ziemlicher Sprung ins Ungewisse. Die neue Umgebung könnte eine von den anderen begünstigen. Und wo wären Sie dann?«

»Nirgendwo, nirgendwo wahrscheinlich. Aber man muß was riskieren. Und ich bin schließlich noch immer die Richtige. Ich glaube, am Ende hab ich die besten Chancen. Wenn ich das Gefühl nicht hätte, dann würde ich ins Wasser gehen – mit denen zusammen.«

»Das dürfen Sie nicht tun. Und das auch nicht; Mr. Hudspith würde es nicht gerne sehen« – und Appleby nahm ihre Hand von seinem Kinn. »Sagen Sie, Lucy – warum sind Sie nie zum Arzt gegangen?«

»Zum Arzt?« Sie starrte ihn an. »Ich bin nie krank.«

»Natürlich.« Richtige Lucy war so intelligent und konnte sich so geläufig ausdrücken, daß man die absolute, lähmende Unwissenheit in der Welt der Rideouts vergessen konnte. »In fünf Minuten wird es Zeit zum Abendessen sein.« Er hatte beim Schein der sanft schwankenden Lampe auf die Uhr gesehen. »Lucy, was meinen Sie – was ist Wines Plan? Hat sich je irgend etwas ereignet, was Ihnen einen Hinweis gegeben hat, was er wirklich will?«

Sie sah ernst drein – so ernst, daß Appleby einen Moment lang glaubte, Kranke Lucy sei zurückgekehrt. »Er sammelt noch andere Leute, die – die anders sind.«

»Das weiß ich.«

»Und außerdem –« Sie brach ab. »Jacko – John, meine ich – haben Sie einen Mann namens Beaglehole getroffen? Ja? Also, das ist eine Sorte Mann, die ich begreife – wenn es auch eine Sorte ist, von der meine Art von Mädchen selten viele zu Gesicht kriegt. Beaglehole, der ist Geld. Er tut alles fürs Geld – nur wegen der Vorstellung, dann Geld zu haben. Wine ist anders. Ich glaube schon, daß er auch Geld will. Aber er will etwas anderes noch viel mehr. Er ist die Sorte, die dich fest anpackt und durch die Gegend stößt, bis du genau da bist, wo er will. Aber auch wieder nicht.«

»Nicht?«

»Nicht das. Ich hab gesagt, er ist nicht das. Er ist das – und anders.« Richtige Lucy rang mit einer schwierigen abstrakten Vorstellung. »Es ist, als ob« – sie hielt bei dieser ungewöhnlichen syntaktischen Konstruktion inne – »es ist, als ob er das nicht nur bei einem Mädchen oder überhaupt bei Mädchen will, sondern – also überhaupt bei allem.«

»Sie meinen, er hat einen ungeheuren Wunsch nach Macht.«

»Ach, John, ich wußte doch, Sie sind klug.« Sie berührte sein Ohr. »Wenn bloß –«

Über dem Klatschen der Schaufelräder hörte man eine kleine Silberglocke ertönen. Und Lucy Rideout sprang auf. »Oh, Mr. Appleby, ist es nicht toll, so spät zu Abend zu essen? Wenn es schon dunkel ist! Und gibt es Melonen?« Sie klatschte in die Hände. »Die kleinen runden Babymelonen?«

Und Appleby folgte Klein-Lucy nach unten.

3

Wie ein langweilig breitgetretenes Paradox wurde der Fluß Tag für Tag breiter, während der kleine Dampfer sich schnaubend seinem Ursprung entgegenschaufelte. Der Fluß wurde breiter, doch füllte er sich mit tückischen Sandbänken; sie hielten sich nun in der Mitte, und manchmal sah man zu beiden Seiten des Schiffes einen Wasserhorizont. Einmal begegneten sie einem Kanu mit Fischern – braune Männer, nackt und hager – und einmal so vielen Kanus, daß Mr. Wine einen Gewehrkasten an Deck bringen ließ. Doch es war eine ereignislose Fahrt.

Die Tage waren heiß, und nachts herrschte weiche Wärme unter strahlenden Sternen. Die Moskitos drangen nicht so weit auf den Fluß hinaus vor; auf den Decks hingen keine

Netze, und die Sonnensegel verschwanden zum Abendessen; später versammelte sich die Mannschaft auf dem Vorderdeck und sang zum Klang einer sinistren kleinen Trommel. Hudspith bemerkte mehrfach, daß die Alligatoren seltener wurden – ohne jedoch dieser Tatsache offenbar viel Tröstliches abgewinnen zu können. Vielleicht überkam ihn wieder seine Melancholie. So, wie er auf dem Ozean viel Zeit damit verbracht hatte, vom Bug aus ins Weite zu starren, so sah er nun hier mit unbewegtem Blick über das Heck hinweg und auf die zwiefache Kielwasserspur des Dampfboots. Appleby nahm an, daß der Sang der alten Sirenen wieder seine Wirkung tat. In Buenos Aires hatte Hudspith in nützlichster Verbindung mit dem Polizeichef gestanden; in Rio hatte sich eine bemerkenswerte Fortsetzung seiner berühmten Säuberungsaktion in Cardiff abgespielt. Und er wurde magerer, dachte Appleby; die Alligatoren konnten mit jedem Aufschub nur verlieren.

Auch andere Dinge, sollte man meinen, wurden magerer – insbesondere die Geschichte von Radbone, dem wissenschaftlichen Rivalen. Nicht durch den Mangel an Nahrung, welche ihr, mochte man meinen, durch die stetige Anhäufung erläuternder Einzelheiten eigentlich zugeführt wurde. Wine hatte es sich geradezu zur Gewohnheit gemacht, die Erinnerungen an Radbone auszuspinnen. Es gab eine förmliche Saga, und eine mit hinreichender innerer Stimmigkeit, um den intellektuellen Fähigkeiten des Geschichtenerzählers ein gutes Zeugnis auszustellen, welcher sie so müßig und beiläufig extemporierte. Unglücklicherweise waren Appleby und Hudspith kaum in einer Lage, wo sie ihr die leidenschaftslose Anerkennung literarischer Kritiker hätten zuteil werden lassen können; die Saga hatte eine Art Alligatorenaura, die das Lauschen zu einem unbehaglichen Erlebnis machte. Immerhin stellte sich etwas Nützliches dabei heraus: Emery Wine war ein eitler Mann.

Er hatte sie in der Falle. Er wußte, daß sie Polizeibeamte waren, die sich mit Lucy Rideout und Hannah Metcalfe und vielleicht noch anderen Aspekten seiner Tätigkeit befaßten; er glaubte, dieses Wissen vor ihnen verborgen gehalten zu haben und sie überzeugt zu haben von seiner eigenen Überzeugung: sie wären Abgesandte eines konkurrierenden Wissenschaftlers. Eines Konkurrenten, den er zum Zwecke seiner Falle erfunden hatte. Er war sich dessen nicht bewußt, daß seine Erklärungen ein wenig zu glatt und seine Histörchen ein wenig zu unerhört waren. Tatsächlich hatte er die Klugheit seiner Gegner unterschätzt. Doch wiederum konnte er es sich leisten, die Möglichkeit einer solchen Fehleinschätzung einfach zu ignorieren. Umgarnt oder gewarnt – sie waren gefangen. Seine eigene dubiose Festung lag vor ihnen, und hinter ihnen lagen Hunderte und Hunderte von Meilen des alligatorenwimmelnden Stromes.

Aber Wine war eitel, und diese Tatsache war interessant, selbst wenn sie nicht hilfreich war. Wenn er gefährlich war, so war er es im großen Maßstab – im größten vielleicht, der einem gefährlichen Menschen überhaupt zur Verfügung steht. Doch war er nicht, wie es die großen, gefährlichen Existenzen gewöhnlich sind, von der doppelt abgesicherten, vorsichtigen und unverletzlichen Sorte. Er ließ seiner Phantasie in Sachen Radbone die Zügel. Und Phantasie könnte ihn am Ende noch stürzen.

Es mußte ein Maß Phantasie in dem Plan liegen, hier in der Ferne, in einer uneinnehmbaren Zone fern von den Kriegen des Planeten, eine große Organisation zum Studium der trügerischen, lockenden Grenzen des Wissens von der Natur aufzubauen. Die Stimmen, die durch Mrs. Nurse sprachen, der Schwindel Eusapias und ihr hypothetisches Anderes jenseits des Schwindels, die alte Geschichte von Mr. Smart und die noch ältere von Colonel Morell: All dies waren nur verstreute Beispiele jener Kategorie von Phänomenen, die man gewöhnlich *übernatürlich* nennt: Phänomene, die vielleicht niemals überzeugend und solide vorgeführt worden sind, und die doch störrisch an den Grenzbereichen des menschlichen Denkens in beinahe jedem Land und zu beinahe jeder Zeit haften. Eine spiritistische Séance hinter den zugezogenen Vorhängen eines modernen Wohnzimmers hat nur wenig, was sie der gebildeten Vernunft empfehlen könnte: Die Geister geben kitschiges Geschwätz von sich, und die physischen Manifestationen haben ständig den Anschein von – und häufig bewiesenermaßen auch ihre Ursache in – trivialen, wenn auch ingeniös durchgeführten Tricks. Erst wenn der Forscher weitere Kreise zieht, wenn er in fernen Zeiten oder Kulturen verblüffend gleichförmige Auftritte mit demselben Bodensatz störrisch unerklärbarer Tatsächlichkeit entdeckt, mag er beeindruckt sein. Eine Gruppe von Wissenschaftlern, verblüfft durch einen »paranormalen« Vorgang im London des zwanzigsten Jahrhunderts, entdeckt, daß in Afrika im siebzehnten Jahrhundert dieselbe Merkwürdigkeit, dieselbe Bizarrerie der Natur, Jesuitenmissionare verblüfft hat, die ebenso intelligent, scharf beobachtend und skeptisch waren wie sie selbst. Da liegt das Problem. Da liegt's, dachte Appleby – und zwar eher in der weiten Verbreitung der Sache als darin, daß irgendwelche einzelnen Fälle besonders eindrucksvoll wären, und so bleibt ihr der Status eines Feldes legitimer wissenschaftlicher Untersuchung. Und es mußte Phantasie in einem Plan für den Großangriff auf diesen schattendunklen Winkel des Universums liegen.

So etwas war nie durchgeführt worden. Recht merkwürdig, bedachte man die bedeutenden Fragen, von denen man annehmen könnte, sie seien hier involviert; aber es war nie durchgeführt worden. Hie und da hatte es Stiftungen für solche bis dato erratischen Untersuchungen gegeben – aber immer, so schien es, hatten Schludrigkeit oder Unfähigkeit das Projekt zerstört, und die Anstrengung war erloschen. Telepathie, beispielsweise, war experimentell und mit beträchtlichen Kosten studiert worden. Doch die Forscher – in gewisser Weise Radbones, wie es den Anschein hatte – hatten ihre Versuchsanordnungen unzulänglich abgesichert, so daß die Resultate lediglich neue Streitpunkte darstellten. Und doch war auf diesem seltsamen, sich stets wieder entziehenden Wissensgebiet die Zeit wahrscheinlich reif für eine große theoretische Klärung, und es würde Phantasie brauchen, eine solche wirklich herbeiführen zu wollen.

Doch war dies alles nichts – oder wenig – in den Augen von Emery Wine.

Großindustrielle, sagte sich Appleby, als er hinaussah über den endlosen Fluß, halten sich gewohnheitsmäßig ein paar »reine« Wissenschaftler in einem Hinterzimmer. Nach der Arbeit, als kultivierte Privatleute, mögen sie diese sogar von Zeit zu Zeit leutselig ins Gespräch ziehen. Trotzdem ist ihr Status als Arbeitskraft gering; sie stehen zur Verfügung, wenn es gelegentlich darum geht, den Engpaß eines verzwickten technischen Problems zu überwinden; wenn sie wirklich eine »Entdeckung« machen, sehen sie diese meist prompt im Safe ihres kultivierten Chefs verschwinden – da »Entdeckungen« in der Regel eher Sand im Getriebe des industriellen Marktes sind. Und so mochte es vielleicht auch mit Wine und der möglicherweise von ihm geförderten genuinen Wissenschaft stehen. Denn Wine hatte eine Industrie aufgebaut, oder war im Begriff, dies zu tun. Das war der springende Punkt. Die Forscher in den Hinterzimmern waren nicht von großer Bedeutung. Höchstens vielleicht im Falle einer unvorhergesehenen Krise. Das immerhin war interessant an einer Welt im Chaos: Sie verwandelte manchmal das Hinterzimmer in die Chefetage.

Es gab Menschen, die zum Schwert griffen und damit die Welt für ihr Land oder sich selbst erobern wollten. Solche Menschen waren zu allen Zeiten unangenehm, und in einer Welt gigantischer Sprengstoffvorräte waren sie eine Kalamität. Immer aber schenkte ihnen die Geschichte – das sentimentale Flittchen – ein klein wenig Ruhm (umflossen von einem Ozean aus Tränen und Blut). Emery Wine plante möglicherweise einen ebenso weiter ausgreifenden Eroberungsfeldzug. Aber Ruhm würde dabei nicht zu ernten sein. Wenige Menschen – dachte Appleby, düster auf den Fluß hinausschauend – hatten je einen so absolut bösen Plan entworfen.

Es gab Menschen, die versucht hatten, durch gezielte Aufkäufe eine marktbeherrschende Stellung bei irgendeinem Lebensmittel zu erobern – ein Weizenmonopol zum Beispiel. Diesem Mann jedoch war der Gedanke gekommen, sich ein

Giftmonopol zu erobern. Das Ganze hatte, wie üblich bei solchen Aktionen, ein spekulatives Element: Wine mußte auf die Katastrophe und eine sich verdichtende Dunkelheit setzen. Aber der Plan war klar. Es war, als hätte im vierten Jahrhundert unserer Zeitrechnung ein listiger Mann, der dem Abstieg, dem Sturz der Weltenordnung des römischen Imperiums zusah, in seinen Händen all die vielversprechenden Formen des Aberglaubens, all die lang vergessenen und halbverschollenen magischen Instrumentarien der Dämmerzeitalter des Bewußtseins konzentriert.

Und doch war es nicht ganz so; die Umstände waren anders. Heute mochten Ordnung und Wissenschaft und das Licht des Wissens dahingehen, aber im Chaos bliebe noch ein Netz rascher Kommunikationsmöglichkeiten erhalten, eine Wildnis von sich immer noch drehenden, stampfenden und formenden Maschinen. Die großen Druckerpressen würden immer noch arbeiten, die Radios plärren und flüstern. Ganze Systeme des Hokuspokus würden sich mit entsetzenerregender Geschwindigkeit ausbreiten: Wurden nicht jetzt schon seltsame Systeme der Zukunftsvorhersage aus dem Schutt des dunklen Zeitalters gewühlt und täglich millionenfach gedruckt? Setzen wir nur als Anfang den Zusammenbruch voraus, auf den dieser böse Mann zählte, und das Wuchern aller Spielarten der Gegen-Vernunft würde sehr rasch vor sich gehen. Die Macht würde dem zufallen, der die meisten und plausibelsten Requisiten des Aberglaubens bei der Hand hatte. Und hier – wenn die Organisation ausreichend groß und ausreichend effizient war – mochten selbst ein komischer Droschkengaul, selbst ein innerlich zerrissenes und gequältes Cockney-Mädchen ihre nützlichen Nischen in dem neuen, trüb erleuchteten Tempel finden. Ein Monopol auf Gespenster, ein Monopol auf Hexen, auf denkende Tiere. Irgendwo voraus, irgendwo vor diesem heißen stinkenden kleinen Flußdampfer lag der erste konkrete Entwurf dieser weltumspannenden und zersetzenden Phantasie. Hinter jeder Flußbiegung mochte nun das unappetitliche Basislager, das Depot auftauchen, das mühevoll zusammengebrachte Reservoir von

Lucys und Hannahs und Maiglöckchens – mißratene Nebenwerke der Natur, gescheitert, monströs oder tragisch vermengt. Das Projekt – wenn er es richtig entziffert hatte – war von einer Extravaganz, welche die Kunst jedes Geschichtenerzählers überstieg. Und doch war es nicht ohne Bezug zum gegenwärtigen Zustand der Welt. Als kommerzielles Unternehmen war es riskant – vielleicht sogar das, was die Börse ein doppeltes Risiko zu nennen pflegte. Aber man könnte eine recht überzeugende Werbebroschüre für das Vorhaben schreiben, wenn einem ein solch bizarrer Job zuteil werden sollte.

Nehmen wir das sogenannte Verlustgefühl – nehmen wir einmal das, sagte sich Appleby, während er zusah, wie Lucy von der Reling aus angelte. Es gibt dafür statistische Kurven, denn Versicherungsgesellschaften und Soziologen finden seine Veränderungen interessant. Das Spitzenjahr in Westeuropa war 1920. Und in eben diesem Jahr waren die Zeitungen voll von seltsamen Paradiesberichten, von Elysien, mit Whisky und Zigarren ausgestattet, *revenants*, die von idyllischen Tennisnachmittagen im Himmel berichteten. Und um diese Zeit fanden sich die Gesellschaften, wie sie zum Zwecke der objektiven Erforschung paranormaler Phänomene existierten, von neuen Mitgliedern überrannt, die alles andere als objektiv waren. Es gibt Zeiten, da jeder betet, wie es auch um seinen Glauben oder Unglauben bestellt sein mag. Und es gibt Umstände, in denen viele Männer und viele Frauen – hier brach Appleby ab. Das Beste wäre es vielleicht, nach unten zu gehen, an die Tür von Wines Kabine zu klopfen, einzutreten und ihn zu erschießen, und vielleicht sich noch die zusätzliche Befriedigung zu gönnen, den Kadaver zu den Alligatoren ins Wasser zu schleudern, ehe sein Gesinde sich ins Mittel legen konnte. Das – dachte Appleby, immer noch Lucy Rideout vor Augen – wäre schön. Nur mochte die Gedankenkette, die hierher führte, am Ende doch falsch sein. In gewisser Weise müßte sie es geradezu. Die Komödie von Lady Caroline und Bodfish, die Episode des Antiquitätengeschäfts in York, das extravagante Verschwinden von Hawke Square Nr. 37, das bedauerliche Abenteuer der Geburtstagsfeier, die ungeahnten Folgen des Gewittersturms – nichts davon hatte in sich die Qualität, hatte in irgendeiner Hinsicht die Atmosphäre, das Aroma dessen, worauf sie zusteuerten. Und doch hatte Appleby das sichere Gefühl, daß hier gewiß die Wahrheit lag. Eine Prüfung der Tatsachen führte ebenso gewiß zu diesem Ergebnis wie die langen Windungen dieses Flusses zu Wines Inseln der Glückseligen. Und das bloße Ausmaß der Operation ließ keine andere Erklärung zu.

Aber der Mann hatte sich verrechnet, dachte Appleby. Er baute auf das, was exaltierte Intellektuelle gerne das »Ende unserer Zeit« nannten. Und damit hatten wahrscheinlich auch diese sich verrechnet. Es ist wahr, daß Zeiten an ihr Ende kommen, aber das geschieht sehr viel seltener, als die Leute es erwarten. Die Geschichte ist voll von Perioden, die den Zeitgenossen als Entscheidungskämpfe und Jahre totalen Umsturzes erschienen, die in den Lehrbüchern später aber schließlich nur noch als Phasen eines verworrenen Überganges auftauchen. Verworren genug waren heutzutage die Dinge, und zum ersten Mal seit der Erschaffung der Welt lag jeder Kontinent und jedes Meer unter Feuer. Aber an das Ende seiner Zeit oder seines Landes, seiner Sprache, Zivilisation oder Rasse zu glauben, verspürte Appleby keine große Neigung. Wenn Wine mit dieser Art absoluter Subversion rechnete, hatte er wohl einen Fehler gemacht.

Möglicherweise schrieben jedoch all diese Gedankengänge seinen Plänen zu viel grundsätzliche Überlegung zu. Unter welchen Umständen auch immer die Kanonen schweigen würden, was immer von den Grundlagen ihrer Zivilisation die westliche Menschheit retten würde, in dem verbleibenden Überbau würde lange Zeit Verwirrung und Dunkel herrschen, würden verwirrte Hirne und schwankende Urteilskraft häufig genug zu finden sein. Wieder lief es einfach darauf hinaus: Wenn ein entschlossener Mann seine Organisation parat hatte, konnte er immensen Reichtum, immense Macht ernten.

Denken wir an Brownings »Mr. Sludge«. Appleby stand

auf und ging auf dem kleinen Deck hin und her. Denken wir an das Original des Browningschen Scharlatans. Im Herzen der massiven Solidität des viktorianischen Zeitalters hatte er es verstanden, eine äußerst profitable Hysterie an Orten zu entfachen, die den Zentren der englischen Kultur erstaunlich nahe lagen. Aristokraten hatten vor Untersuchungskomitees feierlich beschworen, daß sie ihn hatten aus dem Fenster hinaus- und wieder hereinschweben sehen, und wie er glühende Kohlen in der Hand durch die Salons von Mayfair getragen hatte. Und der Tenor des Ganzen – Englands erste spiritistische Epidemie – war in eigenartiger Weise genau derselbe wie jener jüngerer Bewegungen. In der Zeit zwischen den Kriegen, einer Zeit, als ein Großteil der Stabilität bereits verschwunden war, war es möglich gewesen, hysterische Ausbrüche wesentlich derselben Art herbeizuführen, und zwar in derselben herrschenden Gesellschaftsklasse. Diesmal war es nicht um Gespenster gegangen – vielmehr war es eine Art von Wiedererweckungsbewegung auf Cocktailpartys und Landhauswochenenden gewesen, welche der kritischen Vernunft in noch stärkerem Maße zuwider sein mußte. Der Tonfall war jedoch derselbe, man mußte nur die Dokumente studieren, um das zu erkennen. Und es zeigte sich dort, was alles möglich war. Unter den unsicheren und orientierungslosen wiedererweckten Christen waren viele Menschen ernster Überzeugung und Aufrichtigkeit. Aber zweifellos waren das die Gentlemen, die Sludges Levitationen beschworen hatten, ebenso gewesen. Dadurch wurde das Ganze nicht weniger pervers, nicht weniger gefährlich für all das, was Europa sich errungen hatte. Und nun, wenn Wine einmal anfing –

»Da wären wir also.«

Appleby wandte sich um und fand seinen Gastgeber neben sich an der Reling stehen; er deutete über den Bug hinweg.

»Willkommen, mein lieber Appleby. Willkommen auf den Inseln der Glückseligen.«

4

»Mein eigenes Hauptquartier«, sagte Wine, »liegt auf der Amerikainsel.«

»Amerikainsel?« Appleby sah weit den Fluß hinauf. Es schien ein Streifen Land am Horizont vor ihnen zu liegen.

»Ja. Das ist die größte Insel. Und dann kommt die Europainsel. Vielleicht wird Sie die am meisten interessieren. Insbesondere Haus England. Sehen Sie, wir haben es für das Beste gehalten, unsere Forschungen auf einer kontinentalen und danach einer nationalen Basis zu organisieren. Auf der Amerikainsel zum Beispiel arbeiten verschiedene Gruppen über die Probleme und – hmm – Möglichkeiten verschiedener Gebiete des Kontinents. Würde Radbone die Sache so weit entwickelt haben? Ich glaube es nicht.«

»Sicherlich nicht, würde ich meinen.«

Wine nickte und schien erfreut. »Nehmen wir den tiefen Süden, mein lieber Appleby. Die Probleme sind natürlich vollkommen verschieden von denen in, sagen wir, Neuengland. Und so haben wir ein Haus für den tiefen Süden und ein Neuengland-Haus, und jedem steht ein kompetenter Leiter vor. Sie müssen sich darauf einrichten, daß Sie nun etwas in ganz großem Maßstab zu sehen bekommen. Wir sind schon lange an der Arbeit.«

»Ich verstehe. Wäre es zutreffend, zu sagen, daß das Sammeln von Material – wie Sie es nennen – der tatsächlichen Erforschung ein gutes Stück voraus ist?«

»Nun, tatsächlich ist es wirklich so.« Wine hatte Appleby einen raschen Blick zugeworfen. »Wenn ich davon rede, daß jede Sektion einen kompetenten Leiter hat, dann denke ich eher an Leute mit Erfahrung in der Feldarbeit als an erstklassige Laborkräfte. Das Material ist etwas unübersichtlich geworden. Vor allem in Haus Deutschland.«

»Tatsächlich?«

»Man sollte es besser die deutschen Stallungen nennen.« Wine gab ein lustiges, leises Lachen von sich. »Die meisten denkenden Tiere sind dort – ihr Freund Maiglöckchen darunter. Deutschland war immer der Hauptort für so etwas. Man muß ein zählendes Pferd oder ein prophetisches Schwein vorweisen, wenn man wirklich einer Preußischen Akademie der Wissenschaften imponieren möchte. Und im Augenblick haben wir, ich muß gestehen, niemand, der wirklich mit den Kreaturen umgehen kann oder irgendwie mit ihrer Erforschung vorankäme. Und das ist nur ein Beispiel.« Wine, nunmehr düster, schüttelte den Kopf. »An Wissenschaftlern leiden wir offen gestanden Mangel. Und Radbone hat einige von den besten Leuten.« Er schwieg. »Und deshalb, wissen Sie, habe ich Sie und Hudspith hierhergebeten, damit Sie sich umschauen.«

»Aber wir sind keine Wissenschaftler.«

»Durchaus nicht. Aber sie besitzen Radbones Vertrauen. Und – nun! Ich sage Ihnen ganz offen, daß ich an die Möglichkeit einer Fusion denke. Ich hoffe, wenn Sie einmal gesehen haben, wie weit wir schon sind, werden Sie gehen – oder einer von Ihnen – und sehen, ob sich da nichts machen läßt. Zu Radbone gehen, meine ich, mit meinen Vorschlägen und Ihren eigenen Eindrücken.«

»Ich verstehe.« Da Radbone fast mit Sicherheit keine reale Existenz besaß, war dies kaum wahr: Appleby war weit davon entfernt, zu verstehen. Doch durfte man hoffen, daß er der Wahrheit nur vorgriff. Wenn man Wine in seiner eigenen Festung überwinden wollte, war es von dringender Notwendigkeit, das Rätsel eines solchen unerwarteten Vorschlages zu lösen. Aber vielleicht enthielt er nur wenig oder gar keinen Sinn; vielleicht war es nur weiteres Geschwätz zur Überbrückung, bis die beiden Männer, die ihm so unangenehmerweise auf die Spur gekommen waren, eliminiert werden konnten. »Ich verstehe«, sagte Appleby wieder, im nachdenklichsten Tonfall, der ihm zu Gebote stand.

»Ich habe mich vielleicht etwas abfällig über Radbone geäußert. Aber das ist nur die Indiskretion des Konkurrenten, schließlich und endlich. Ich glaube schon, daß er eine grundlegende, ernste Schwäche des Intellekts besitzt. Aber er ist doch zumindest ein brillanter Experimentator.« Wine sah

Appleby direkt, doch unbewußt in die Augen. »Und ein gut konzipiertes Experiment ist schließlich alles.«

»Zweifellos.« Irgendwie fühlte sich Appleby beinahe ein wenig bedroht. Und einen Augenblick lang spürte er den Impuls, ganz offen zu sein. Er würde ohne Umstände verkünden, daß er und Hudspith Polizeibeamte waren, und daß Wines Spiel aus sei. Selbst in den Wirren des Kriegs würde die britische Regierung nicht einfach zwei Männer ins Blaue verschwinden lassen. Man würde ihre Spur aufnehmen – Tausende von Meilen diesen Fluß hinauf. Und die Inseln der Glückseligen, wie fern und ungestört auch immer, gehörten auf jeden Fall zum souveränen Territorium eines befreundeten Staates. So daß in der Tat Wines Spiel bereits aus war und er am besten ohne viel Aufhebens mitkommen würde und... Appleby überlegte und entschied: Noch nicht. Denn es war ein letzter, verzweifelter Trumpf, und er konnte zu jeder Zeit ausgespielt werden.

»Es wird noch beinahe eine Stunde dauern, bis wir anlegen können.« Wine sah, während er sprach, durch ein Fernglas. »Also seien Sie doch so nett und holen Sie Hudspith – und wir werden das Ende dieser langweiligen Fahrt mit einem Glas Champagner feiern. Und Lucy kann uns dabei helfen. Oder wir halten besser noch ein Glas Ginger Ale bereit, falls sie gerade die Kleine ist. Lucy ist reizend, nicht wahr? Die Wahrheit zu sagen, war ich recht erleichtert, daß es möglich war, die anderen Damen mit dem ersten Boot vorauszuschicken. Eusapia, fürchte ich, ist außer Reichweite Ihres Freundes besser aufgehoben.« Und Wine, solchermaßen in einem fröhlich, neckisch und ganz der besorgte Gastgeber, gab seine Anweisungen für eine kleine Feier. Der Champagner war ausgezeichnet, und es gab kleine Cracker und ein Töpfchen Kaviar, aus dem man sich mit dem Messer bediente. Die meiste Zeit redete Wine immer noch von Radbone. Aber nicht ganz so, wie die letzte Zeit über. Es schien, als ob er sich nun der Gefahr bewußt wäre, daß man diesen geheimnisvollen Rivalen für ein Phantom halten könnte, und so strengte er sich an, ihn wieder in solidem Fleisch und Blut aufzubauen – ihn als realen Mann erscheinen zu lassen, dem man eine reale Botschaft schicken konnte. Und es gab keine Scherzchen über Polizeibeamte in Zivil.

Die Amerikainsel war etwa zwei Meilen lang und eine halbe Meile breit. Von ihrem Strand aus konnte man die gegenüberliegenden Ufer des Flusses sehen, wie auch einige kleinere Inseln weiter stromaufwärts. Einige von diesen lagen zu zweit oder zu dritt nebeneinander, so daß die ganze Inselgruppe aus der Luft das Bild eines einzelnen großes Fisches bieten mußte, der einen ganzen Schwarm von verschiedenen Trabanten flußabwärts führte. Es gab verschiedene Gruppen von Gebäuden, und die Insel war im wesentlichen abgeholzt worden – wie auch offensichtlich die Stromufer. Es hatte Versuche der landwirtschaftlichen Nutzung gegeben, doch gehörten sie der Vergangenheit an. Von dem kleinen Kai, an dem der Dampfer angelegt hatte, führte eine kurze, gerade Straße zum ersten Gebäude. Und hier saßen im Schatten der Veranda Beaglehole und Mrs. Nurse und tranken Tee. Einige Minuten lang herrschte ein liebenswürdiges, gut organisiertes Hin und Her; man begrüßte sich. Die Diener waren grünlich-braun und mußten einem von spanischem Blut unberührten Stamm angehören; hinter dem Haus drang eine Art rhythmisches Heulen hervor, das offenbar als musikalische Unterhaltung gedacht war. Trotzdem, dachte Appleby, ähnelte alles auf merkwürdige Weise der Ankunft bei Freunden in Hampshire zu einem Wochenendaufenthalt.

»Wir haben dieses Haus ausgewählt«, sagte Beaglehole, »weil es im kalifornischen Stil ist. Es gibt flußaufwärts noch etwas Geräumigeres, aber das sieht aus, als ob es nach Cape Cod gehörte. Und man muß an das Klima denken. Ich hoffe, Sie werden sich hier ein paar Tage lang nicht zu beengt fühlen. Wir mußten es so organisieren.«

Wine reichte eine Platte mit Sandwiches in die Runde. »Beaglehole«, erklärte er, »beaufsichtigt den ganzen Ablauf des Haushalts. Wir sehen in ihm in dieser Hinsicht den Majordomo, den Verwalter. Mrs. Nurse, diese hier sind, glaube ich, mit Gürkchen. Aber hier haben wir Tomaten, wenn Sie das vorziehen.«

»Dieses Haus *ausgewählt*?« fragte Hudspith, der sich angewöhnt hatte, seine Gastgeber mit mißtrauisch zusammengekniffenen Augen anzusehen. »Haben Sie's nicht gebaut?«

»Aber nein.« Beaglehole schüttelte amüsiert den Kopf. »Das wäre sehr unwirtschaftlich gewesen – und kaum das, was sich Wissenschaftler leisten können. Wir haben die ganze Anlage zu einem Spottpreis gekauft. Sie gehörte einem Teutonen namens Schlumpf. Er wollte eine jener utopischen Kommunen errichten, die sich die Leute von Zeit zu Zeit einfallen lassen, und er hat die Inseln gekauft und die Gebäude errichtet. Er war praktisch der König der Ansiedlung. Wir sind hier, wissen Sie, weit von Recht und Ordnung entfernt.«

Wine runzelte die Stirn. »Die Republik läßt gewiß in dieser Gegend nicht viel von sich hören. Also bestehen wir darauf, daß den Gesetzen der Krone Gültigkeit verschafft wird. Und wir haben keine Probleme – überhaupt keine Probleme, kann ich Ihnen versichern. Es gibt ringsumher einige recht widerspenstige Reste von Eingeborenenstämmen, aber sie lassen uns in Ruhe. Wir sind eine sehr friedlich existierende – hm – Forschungsstation.«

»Ah ja«, sagte Hudspith – und fügte plötzlich hinzu: »Was ist, wenn einer ihrer Gäste – Maiglöckchen, sagen wir einmal – verkündet, daß er nach Hause möchte?«

Beaglehole senkte abrupt sein Sandwich und erhob seine Stimme. »Schlumpf«, wiederholte er. »Seine Idee war es, daß für jedes beteiligte Land eine Insel da sein sollte, und daß dort die Leute ihr eigenes Leben führen sollten, in ihrer eigenen Art von Häusern wohnen undsoweiter. Aber an den Ufern sollten sie kooperativ arbeiten und sich auf diese Weise kennenlernen. Natürlich hat es nicht funktioniert. Und wir haben das Ganze übernommen.« Beaglehole grinste. »*Wir* funktionieren.«

»Das Experiment war kein Triumph für Schlumpf.« Wine lächelte liebenswürdig zu diesem kleinen Witz. »Und wir erkannten, wie nützlich die Struktur der Anlage für unsere

Zwecke sein würde. Aber natürlich mußten wir die Rodungen und den Anbau von Feldfrüchten aufgeben. Das war ohnehin nicht praktikabel. Denn – um ganz offen zu sein – Schlumpf war ein Schuft.«

»Ein Schuft?« fragte Hudspith. »Liebe Zeit. Liebe Zeit.«

»Ein Schuft, so leid es mir tut, das zu sagen. Die Utopie war eine Chimäre; was seine Utopisten bezahlten, um daran teilnehmen zu dürfen, war real und substantiell. Insofern haben wir ihn ohne Gewissensbisse sehr weit heruntergehandelt.«

»Es muß ein schönes Gefühl sein«, sagte Appleby, »wenn man sich sagen kann, daß man diese zwielichtigen Unternehmungen zum Guten gewandt hat.«

»Ein schönes Gefühl«, sagte Mrs. Nurse und strahlte, eine ihrer Lieblingsformulierungen zu hören.

»Ein wirklich schönes Gefühl, das stimmt«, sagte Wine. »Und nun müssen wir uns darum kümmern, daß Sie eine Unterkunft bekommen, obwohl ich sicher bin, daß Beaglehole das schon alles arrangiert hat. Mrs. Nurse, ich glaube, Sie kennen sich schon so gut aus, daß Sie Miss Rideout einweisen können?« Wine machte eine Pause, wie um den ordentlichen Anstand seiner Verfügungen zu betonen. »Und wo ist Miss Mood? Ich darf sicher sagen, daß wir uns alle freuen werden, sie wiederzusehen.« Er lächelte Hudspith an und schaute dann auf die Uhr. »Aber, Beaglehole, mein Lieber, vielleicht können wir uns noch eine halbe Stunde empfehlen und ein wenig nach dem Ausladen sehen. Wenn Sie es alle hier bequem haben –?« Und Wine setzte seinen Panama auf und führte seinen Assistenten davon.

Hudspith, der ein Sandwich mißtrauisch zwischen Daumen und Zeigefinger hielt, sah ihm mit gerunzelter Stirn nach. »Also verdammt noch mal!« sagte er.

»Mr. Hudspith!« Der Blick von Mrs. Nurse glitt warnend zu Lucy hinüber, und ihr Ton war streng. Dann war sie wieder gemütlich zufrieden. »Was für ein netter Mensch Mr. Wine ist! Eine sehr angenehme Überraschung, ihn wiederzusehen.«

Appleby ging auf der Veranda hin und her – scheinbar müßig genug, tatsächlich aber, um festzustellen, ob ihre Gesellschaft belauscht werden konnte. Nun blieb er stehen. »Mrs. Nurse, Sie hatten keine Ahnung, daß es Mr. Wine war, der sie hierher –« Er hielt inne und suchte nach dem rechten Wort.

»Bestellt hat? Ich hatte keine Ahnung. Doch die Leute treffen oft ganz seltsame Vorkehrungen. Vor allem die Skeptiker – ich nehme an, weil sie sich ihrer Vorhaben ein wenig schämen. Aber ich glaube, es wird schön hier. Nicht, daß ich gerne für Forscher arbeite. Nur wenige Medien tun das.« Mrs. Nurse redete vollkommen geradeheraus. »Sie machen die wirkliche Verbindung so schwierig mit ihren ganzen Bedingungen und ihrem Unglauben. Verstehen Sie? Negative Einflüsse, und alle möglichen dummen kleinen Geister unterbrechen einen. Und das macht es so ermüdend.« Ihre Stimme klang einen Augenblick lang erschöpft. »Oft bin ich so müde. Das Gefühl kurz davor und danach kann so schrecklich sein, Mr. Appleby. Aber trotzdem« – sie lächelte fröhlich – »glaube ich, daß es sehr schön wird.« Sie wandte sich zu Lucy. »Und ich glaube, Sie werden es auch mögen, meine Liebe. Kommen Sie.« Und Appleby und Hudspith fanden sich allein.

»Also«, sagte Hudspith, »ver*dammt* noch mal. Und glauben Sie das alles mit diesem Schlumpf?«

»Ja. Wine und Beaglehole sind jetzt wie wir und konstruieren ihre Schwindeleien so sparsam wie möglich. Zum Beispiel glaube ich nicht, daß sie dieses Haus in Kalifornien gestohlen haben und ein weiteres in Cape Cod. Sie haben nur ein Haus gestohlen - und ein einziges Haus zu stehlen, ist schon mühsam genug. Aber Schlumpfs phantastischer Architekturplan paßt gut mit Hawke Square Nr. 37 zusammen. Ist Ihnen aufgefallen, daß Wine niemals Hawke Square erwähnt hat? Er glaubt, wir wüßten nichts davon; vielleicht, daß niemand davon weiß, daß man es einfach nicht vermißt hat.«

»Aber es stand in der Zeitung.«

»Dieses eine Mal hat sein Nachrichtendienst versagt. Er glaubt, wir wüßten nichts davon. Und das ist ungeheuer wichtig für ihn.«

»Ich begreife nicht –«

»Aber ich. Ich glaube, ich begreife.« Appleby war wieder auf den Beinen und ging ruhelos auf und ab. »Und sehr angenehm ist es nicht. Immerhin ist es ein Ansatzpunkt. Und einen Ansatzpunkt brauchen wir.«

»Würden Sie mir freundlicherweise verraten, was in Ihrem Kopf vor sich geht?«

»Keinesfalls; genau das werde ich...« Appleby unterbrach sich, ging zum Rand der Veranda und starrte flußaufwärts. »Die Europainsel. Dschungel, Baumfarne, Pampa, Alligatoren und Kobras. Und ein sehr massives, herrschaftliches Londoner Haus, das sich soeben dazwischen erhebt. Grotesk. Aber nicht ganz so grotesk, wie es wäre, wenn Schlumpf nicht die Idee gehabt hätte, die Gegend mit Cape-Cod-Bungalows, Häusern aus dem schottischen Hochland und Schweizer Chalets zu dekorieren.« Er drehte sich wieder um. »Wissen Sie, was einen erstklassigen Experimentator ausmacht?«

»Nicht daß ich wüßte.«

»Die Fähigkeit, sich vorgefundener Bedingungen zu bedienen. Und Wine beabsichtigt, das zu tun. Dank Schlumpf ist ein Haus aus Bloomsbury, das hier im Urwald hockt, nicht in sich auffällig und unerklärlich. Es nimmt inmitten der Chalets und Hochlandhütten eine Art Schutzfärbung an. Wir werden dort hingebracht werden und uns nichts Besonderes dabei denken.«

»Aber –«

»Hören Sie gut zu.«

Und Hudspith lauschte. Am Ende starrte er Appleby mit fast offenem Munde an. »Ich kann es kaum glauben«, sagte er. »Es ist wie ein Traum.«

Appleby lächelte. »Ich würde sogar noch weitergehen. Der Traum eines Traumes.« Seine Stimme wurde leise und grimmig. »Und es hängt jetzt nur noch von den Maurern ab, ob es, wie im Liede, lange, lange dauert, bis mein Traum in Erfüllung geht.«

5

Hudspith schritt über die Veranda. »Aber wenn es stimmt, was Sie sagen –«

»Lassen Sie mich noch einmal wiederholen.« Appleby hob einen Zeigefinger. »Er weiß, daß wir Polizisten sind.« Er hob den Mittelfinger. »Aber er weiß nicht, daß wir wissen, daß er es weiß.« Er hob den Ringfinger. »Er meint, er hat uns erfolgreich eingewickelt, daß wir glauben, *er* glaube, wir arbeiteten für Radbone; er meint, wir glauben, Radbone existiere wirklich; er meint, wir glauben an den grundsätzlich wissenschaftlichen Charakter der ganzen Sache. So steht es im Augenblick.«

»Sie wären nicht bereit, das Ganze als kompliziert zu bezeichnen?«

»Nur, wenn man es in diesen wenigen Sätzen zusammenfaßt. Im Grunde ist die ganze Sache schlicht und einfach.«

»Und wir müssen auch einigermaßen schlicht und einfach sein – beziehungsweise er muß das annehmen –, wenn wir wirklich glauben sollen, daß das alles ein einziges großes wissenschaftliches Experiment ist. Wissenschaftler führen sich einfach nicht so auf, außer in Comics.«

»Durchaus richtig.« Appleby nahm sich eine letzte Messerspitze Kaviar. »Und ich glaube auch nicht, daß sich diese Im-Interesse-der-reinen-Wissenschaft-Pose noch länger als vierundzwanzig Stunden hält. Diese Inseln sind eine Art großes, verhülltes Konzentrationslager, in das Wine jedes Atom an Hokuspokus hineinpackt, dessen er habhaft werden kann. Später wird er dann Hokuspokus – den regional angemessenen Hokuspokus – verkaufen, wo immer Bedarf besteht. Die Themse und der Kongo sind für die große Organisation, die er aufbaut, gleich. Aber so ein Plan kann nicht sehr lange als ein grandioses Laboratoriumsexperiment getarnt werden. Er hat uns hierhergebracht, und wenn wir überleben, müssen wir notwendigerweise entdecken, was hier geschieht. Bedenken Sie all die verschiedenen Köder, die er ausgelegt haben muß; bedenken Sie, unter welch verschiedenen Bedingungen seine Medien, Zauberer und Prodigien hierher gereist sein müssen: Bedingungen, die von der direkten Komplizenschaft über die Täuschung bis zum Zwang reichen. Anscheinend steht uns eine Führung bevor – und irgend jemand muß einfach etwas Falsches sagen. Aber das wird Wine gleich sein.«

»Falls nicht –«

»Falls wir nicht verkünden, daß wir Polizeibeamte sind und es ihm so unmöglich machen, weiter Unwissenheit vorzutäuschen. Dann wäre er, in gewisser Weise, ratlos. Ich meine, im Hinblick auf den speziellen kleinen Plan, den er augenblicklich verfolgt. Wenn wir aber weiter zu glauben scheinen, daß er glaubt, wir glaubten an Radbone –«

»Ich glaube, es geht besser ohne das, was Sie die Zusammenfassung in wenigen Sätzen nennen.«

»Nun gut. Sein Plan – sein spezieller kleiner Plan – erfordert einfach folgendes: daß einer von uns die Inseln verläßt, solange er noch fest an Radbone glaubt. Wir mögen zwar wissen, daß das ganze Wissenschaftsgeschwätz Blödsinn ist, aber wir müssen an Radbone glauben, und sei es nur an Radbone als einen weiteren Schwindler.«

»Sagen wir es doch so.« Hudspith runzelte die Stirn in wütender Konzentration. »Es muß den Anschein haben, als sagten wir zu uns selbst: Was sind wir für schlaue Polizisten: Wir haben erreicht, daß er glaubt, wir seien die Agenten irgendeines anderen Schwindlers namens Radbone – und einer von uns kann entkommen, und wir können so Wine und Radbone beide fassen.«

»Genau. Damit hat er die Voraussetzungen für sein Experiment.«

»Für sein wissenschaftliches Experiment.«

Appleby lachte vorsichtig. »Wohl. Das Paradoxon ist ganz real. Und darin liegt unsere Chance.«

»Tatsächlich. Als Chance hätte ich das kaum bezeichnet. Aber auch hier wird vielleicht wieder einiges zusammengefaßt. Wir hätten etwa die gleiche Chance, wenn wir versuchen würden, uns mit den Alligatoren anzufreunden.« Hudspith machte ein paar Schritte und starrte die Straße zum Kai hinunter. »Noch nichts von ihnen zu sehen. Und wenn wir uns mit dem Material, dem Personal, wie immer er's nennen mag, anfreunden würden?«

»In der Tat. Wir könnten vielleicht eine Meuterei anzetteln. Beginnen Sie doch mit Miss Mood.«

Hudspith verzog böse das Gesicht. »Ich glaube, Mrs. Nurse wäre besser. Sie macht auf mich den Eindruck einer ehrlichen Frau.«

»Das ist sie in ihrer Alltagspersona wohl auch. Aber sie ist außerdem recht einfältig und ziemlich lethargisch. Ich würde es vorziehen, eine Verbündete in Lucy Rideout zu suchen.«

»In welcher?« Hudspiths Frage war vollkommen beiläufig. Lange schon hatten die kleineren Seltsamkeiten der Welt des Mr. Wine aufgehört, sie in Erstaunen zu setzen.

»In Richtiger Lucy. Ich fürchte zwar, ihr moralischer Charakter wird nicht lange der beste bleiben –«

»Ah«, sagte Hudspith – der alte Hudspith.

»Aber sie ist lebhaft und intelligent und wäre kein schlechter Rekrut für ein solches Unternehmen.«

»Hmm«, sagte Hudspith mißtrauisch.

»Und wenn wir Kranke Lucy und die Kleine loswerden könnten – vielleicht, ohne daß Wine es weiß –, dann hätten wir möglicherweise eine sehr starke Karte.«

»Mein Guter« – Hudspith starrte ihn verblüfft an – »wissen Sie nicht, daß die Heilung eines solchen Falles durch einen Spezialisten Jahre dauern kann?«

»Zweifellos. Aber es gibt eine ziemlich einfache Technik, die vielleicht funktioniert. Lucy – Richtige Lucy – hat selbst eine Ahnung davon. Man entscheidet, welche Persönlichkeit man behalten möchte und entmutigt die anderen, wann immer sie erscheinen.«

»Ausgezeichnet.« Hudspith sprach sarkastisch. »Warum sie nicht gleich umbringen?«

»Selbst das könnte nicht unmöglich sein. Manchmal benutzt man Hypnose, um die unerwünschten Persönlichkeiten einzuschläfern. Aber es könnte auch gehen, indem man sicherstellt, daß sie immer eine ihnen unsympathische Umgebung vorfinden. Soweit ich weiß, hat Richtige Lucy sich mit genau diesem Plan auf die Reise begeben. Wenn wir nun Lucy heilen und verläßlich werden lassen könnten – so daß sie immer die Richtige Lucy ist, meine ich – und dies gleichzeitig vor Wine verbergen –«

»Ich glaube, ich habe noch nie in meinem Leben einen so undurchführbaren und irrelevanten Plan vorgetragen bekommen. Sie könnten ebensogut versuchen, dieses italienische Mädchen von ihren Tricks mit der Spreizschere zu heilen.«

Appleby seufzte. »Vielleicht haben Sie recht. Aber es wäre schön, wenn man Lucy heilen könnte, und ich würde es gerne versuchen. Natürlich braucht man Zeit – und Material.«

»Material?«

»Ja. Eine lateinische Grammatik für Kleine Lucy. Die wäre, wie wir wissen, vorhanden. Und Kranker Lucy würde ich unerbittlich aus *Mopsie in der fünften Klasse* vorlesen. Früher oder später würden sie angewidert die Gegend verlassen.«

»Und Richtige Lucy sollte, andererseits, möglichst verwöhnt werden – sollte ihren Willen haben?«

Appleby nickte feierlich. »Ich bin der Ansicht, daß es therapeutisch angezeigt wäre, Richtiger Lucy in gewissem Umfang ihren Willen zu lassen. Höre ich unsere Freunde zurückkehren?«

»Zum Teufel mit unseren Freunden.« Hudspith war zu seinem Kollegen geschritten und sah mißtrauisch auf ihn hinunter. »Und mir gefällt Ihr Plan durchaus nicht. Richtige Lucy ist ein extrem kokettes Mädchen. Stark erotisiert. Sie können nicht sagen, daß ich das nicht beurteilen kann.«

»Gewiß nicht.«

»Die Art von Mädchen, denen Männer Pornographisches zustecken in der Hoffnung –«

»Tatsächlich sollte sie Ihrer Meinung nach auch nur *Mopsie* vorgesetzt bekommen?«

Hudspith entspannte sich. »Es ist manchmal schwierig, sich auf Ihre Art von Humor einzustellen. Ich nehme an, er lenkt von den Alligatoren ab.«

»Ah – die Alligatoren.« Wines Stimme erklang fröhlich aus

dem hellen Sonnenschein jenseits der Veranda, und einen Moment später hatte er sich zu ihnen gesetzt. »In dieser Hinsicht gibt es leider schlechte Nachrichten. Wir haben während meiner Abwesenheit einiges wertvolle Material an sie verloren. Die Schwestern Bonteen. Gedankenleserinnen mit einer wirklich bemerkenswerten Technik. Aber wie es scheint, wollten sie unbedingt und unvorsichtigerweise im Fluß baden. Man hätte meinen sollen, daß nur ein wenig Gebrauch ihrer speziellen Fertigkeit ihnen gezeigt haben würde, was die Tiere im Schilde führten. Und jetzt« – Wine schüttelte den Kopf, und sein Lächeln war gleichzeitig melancholisch und von reizender Fröhlichkeit – »wissen immerhin wir, was sie im Magen haben.«

»Sie meinen, die – die Schwestern Bonteen sind gefressen worden?«

Wine nickte. »Und Beaglehole ist besonders verärgert. Er haßt Verschwendung. Ersatz ist nachgerade so schwer zu beschaffen.«

»Wie französische Weine und die Zahnbürstengriffe, die früher aus Japan kamen.« Hudspith sprach mit schwerfälliger Ironie.

»Ganz genau; es ist sehr irritierend. Und vor nicht langer Zeit haben wir zwei unserer besten Hellseherinnen verloren. Ich glaube nicht, daß Miss Mood auch nur halb so gut sein wird. Ich nehme an, daß Sie schon von Mrs. Gladigan und Miss Molsher gehört haben?«

»Ich muß gestehen: nein.«

»Nun, das war der bei weitem ernsteste Verlust bis dato. Nicht, daß dabei nicht eine gewisse Menge interessanter wissenschaftlicher Daten als Resultat abfielen. Es war folgendermaßen.« Wine streckte sich bequem in seinen Sessel. »Mrs. Gladigan und Miss Molsher befanden sich in einem sehr bemerkenswerten körperlichen *rapport*. Das funktionierte bis zu einem Radius von dreißig Meilen – außerordentlich interessant. Miss Molsher verfiel in eine Trance, und man stach mit einer Nadel, sagen wir, in eines ihrer Gliedmaßen – ziemlich in der Art, wie Appleby hier es bei der guten Miss

Mood getan hat. Und Miss Molsher, wie Miss Mood, empfand nicht den geringsten Schmerz. Doch Mrs. Gladigan – die, wie gesagt, vielleicht dreißig Meilen entfernt war – spürte sogleich die entsprechende Empfindung an der entsprechenden Stelle.«

»Sehr bemerkenswert«, sagte Hudspith trübe; »wirklich sehr bemerkenswert.«

»Durchaus nicht, mein Lieber. Phänomene dieser Art sind gar nicht so selten. Radbone wird Ihnen das bestätigen. Aber was singulär war, war dies: Sobald Mrs. Gladigan den Schmerz spürte, dem Miss Molsher ausgesetzt worden war, konnte sie sie suchen und finden.«

Appleby runzelte die Stirn. »Ist das wirklich Ihr Ernst?«

»Ja. Es war, als folge ein Bluthund einer Fährte. Ohne irgendwelche vorherigen Informationen über Miss Molshers Aufenthaltsort wurde Mrs. Gladigan nichtsdestotrotz direkt zu ihr geführt, wobei sie unterwegs Eisenbahntickets und Busfahrscheine löste, wie es sich ergab. Ihre Erklärungen, wie das zuging, waren – was Sie nicht weiter überraschen wird – recht unklar. Sie schien von einer Art magnetischer Anziehung zwischen dem Glied von Miss Molsher, das verletzt wurde, und dem entsprechenden und sympathetisch reagierenden Teil ihrer eigenen Anatomie auszugehen. Und das war die Hauptfähigkeit der Damen, als sie sich bereit erklärten, hierherzuziehen – zum Zwecke einer rücksichtslos objektiven wissenschaftlichen Untersuchung, wie ich nicht hinzuzufügen brauche.« Wine lächelte. »Nun, die Untersuchung stellte sich als rücksichtslos genug heraus. Aber ich weiß nicht, ob man sie wissenschaftlich nennen könnte. Manche würden meinen, daß sie dazu zu spontan und ungeplant war. Ich habe, glaube ich, erwähnt, daß wir einige unruhige Eingeborenenstämme haben?«

»Das haben Sie, glaube ich.« Hudspith rieb sich das Kinn.

»Ich muß leider sagen, daß einige davon sehr unangenehm sind – wirklich sehr unangenehm. Und ehe wir mit unseren Experimenten beginnen konnten, die die angeblichen Fähigkeiten der Damen prüfen sollten, verschwand Miss Molsher.

Sie hatte sich ein Kanu geliehen und war äußerst unvorsichtigerweise zu einer kleinen morgendlichen Expedition einen Nebenfluß hinauf aufgebrochen. Sobald man sie vermißte, haben wir natürlich die Suche nach ihr organisiert. Doch es war alles vergeblich. Wir konnten keine Spur von ihr entdekken. Und es war etwa eine Woche später, daß Mrs. Gladigan Schmerzen zu empfinden begann – stärkere als gewöhnlich –, erst in einem Körperteil und dann in einem anderen.« Wine machte eine Pause und sah auf die Uhr. »Liebe Zeit!« sagte er. »Wie angenehm. Es wird bald eine durchaus angemessene Uhrzeit für ein Gläschen Sherry sein.« Er hielt wieder inne. »Wo war ich stehengeblieben? Ah ja, die arme Miss Molsher. Nun, wir haben das Motorboot genommen, ein, zwei Gewehre dabei, und Mrs. Gladigan hat gesteuert. Aber es war bald offensichtlich, daß irgend etwas nicht mehr stimmte. Sie war ganz verwirrt. In der Sprache des Jägers: Sie verlor ein ums andere Mal die Fährte. Wir fuhren vergeblich auf dem Strom hin und her. Und als wir schließlich landeten, war Mrs. Gladigan in einer sichtlich noch größeren Verwirrung. Sie schien erst in die eine, dann in eine ganz andere Richtung gezogen. Hudspith, mein Lieber, Sie sehen blaß aus. Ich fürchte, Sie haben einen doch recht anstrengenden Tag hinter sich. Diese elende Hitze! Es ist der einzige große Nachteil dieses Ortes.«

»Neben den Wilden«, sagte Appleby.

»Den Wilden? O ja, natürlich. An jenem Abend hörten wir, daß sie sich zerstreut hatten. Einige waren in dieser Richtung aufgebrochen, andere in jener. Kannibalen? Ja, ich glaube schon, daß sie das sind. Und Mrs. Gladigan hat es nicht überlebt. Eine Hirnhautentzündung hat sie wenige Tage später dahingerafft. Natürlich war sie ohne Miss Molsher von sehr geringem Nutzen. Trotzdem traurig. Und das Experiment selbst – wenn wir es so nennen dürfen – endete aufs Irritierendste mit einem unklaren Ergebnis. Man dürfte kaum wagen, es an eine gelehrte Zeitschrift zu senden, nicht wahr? Wie ich damals zu Beaglehole sagte: Wenn sie nur in der Lage gewesen wäre, uns zu einem übriggebliebenen Körperteil zu führen! Aber da kommen Mrs. Nurse und die liebe kleine Lucy wieder.« Er erhob sich und klatschte in die Hände, und sofort erschien ein Diener mit einer Karaffe und Gläsern. »Wir essen spät. Das entspricht spanischem Brauch. Und um den Appetit anzuregen, gibt es nichts Besseres, denke ich immer, als ein geruhsames Gespräch bei einem Glas Sherry.«

6

Am folgenden Morgen fand eine Führung auf der Amerikainsel statt. Außer den Gebäuden, die der skrupellose Schlumpf errichtet hatte, gab es mehrere strikte Nutzbauten, die Wines Werk waren. Der eindrucksvollste Bau darunter war sein privater Forschungsblock. Er umfaßte eine Bibliothek, ein Museum, Ruheräume und Wohnungen für die unter Beobachtung stehenden Personen, einen Filmvorführraum und ein Laboratorium. Auf letzteres war Wine besonders stolz.

»Mein lieber Appleby«, sagte er, »beachten Sie den Fußboden.«

Appleby sah auf den Fußboden. Er schien aus poliertem Parkett zu bestehen; die einzelnen Blöcke waren etwa achtzehn Zoll im Quadrat.

»Jetzt gehen Sie über den Fußboden.«

Appleby ging – etwas vorsichtig auftretend, doch ohne daß er Ungewöhnliches bemerkt hätte.

Wine ging zur Wand und drückte auf einen Knopf. »Nun noch einmal.«

Appleby machte sich wieder auf, nicht ohne Erinnerungen an die Abenteuergeschichten seiner Jugend, in denen sich bei solchen Gelegenheiten gähnende Abgründe unter den Füßen des Helden aufzutun pflegten. Und gewiß war jetzt etwas Eigenartiges an diesem Fußboden. Trotzdem erreichte er sicher die andere Seite des Raumes.

»Später werde ich Sie in den Keller führen und Ihnen die Mechanismen zeigen. Im Augenblick jedoch brauche ich nur zu erläutern, daß jeder Holzblock tatsächlich eine recht genaue Waage darstellt. Sollte man hier einen Tisch aufstellen und im Dunkeln herumsitzen, und sollten Sie sich dann bemüßigt fühlen – sagen wir – einen Faden an ihr Taschentuch zu binden und es an das andere Ende des Zimmers zu werfen, dann würde diese Tatsache drunten aufgezeichnet – und ebenso die Rückkehrspur des Taschentuchs, wenn Sie es über den Fußboden zögen. Und hier ist das Kabinett« – Wine war zu einer Ecke hinübergegangen, wo ein schwerer schwarzer Vorhang einen Winkel vom übrigen Raum abtrennte – »und dahinter der Rest der Paraphernalia, auf welchen unsere Medien so unnachgiebig bestehen. Wie Sie sich denken können, sind dort unsere besten Kameras. Sie sehen, daß die Decke überall sehr hoch ist. Das gibt Raum für eine Weitwinkelaufnahme. Ich frage mich, ob Radbone die Techniken der Luft- und Infrarotphotographie ausgewertet hat?« Wine lächelte liebenswürdig. »Ich habe es.«

»Sehr interessant«, sagte Appleby. »Aber gefällt es den Medien?«

»Für gewöhnlich wissen sie nicht das Geringste davon. Und nun beachten Sie dies hier.« Wine öffnete einen Wandschrank, und eine komplizierte elektrische Apparatur wurde sichtbar. »Sie wissen zweifellos, daß eine der größten Schwierigkeiten bei einer langen Séance darin besteht, zwischen einer Hand und zweien zu unterscheiden. Hudspith, wenn Sie sich derart das Kinn reiben, weiß ich, daß Sie ein wenig verwirrt sind. Lassen Sie mich also erläutern, was während eines typischen Experiments geschieht. Das Labor ist fast ganz verdunkelt, und das Medium sitzt an einem Tisch gerade vor dem Kabinett. Ich bin auf einer Seite des Mediums, ein Assistent auf der anderen. Mein rechter Fuß steht auf dem linken Fuß des Mediums, und der linke Fuß des Assistenten auf dem rechten dieser Frau. Und jeder von uns hält eine ihrer Hände. Das Medium windet und krümmt sich; es steht scheinbar unter dem Einfluß einer übernatürlichen Macht. Und ich versichere Ihnen, daß es irgendwann, obwohl mein Assistent und ich beide überzeugt sind, je eine verschiedene Hand zu halten, durchaus möglich sein könnte, daß wir ein und dieselbe halten.« Wine schüttelte den Kopf. »Es gibt wirklich nichts Besseres als ein wenig Forschung im Bereich des Paranormalen, um einen von der Unzuverlässigkeit der menschlichen Sinneswahrnehmung und der Schwierigkeit einer nicht nachlassenden Konzentration zu überzeugen. Aber glücklicherweise sind Maschinen unerbittlich. Ich nehme an, Sie haben in Schaufenstern schon Radioapparate gesehen, die sich anschalten lassen, indem ein Passant einfach mit der Hand vor einem bestimmten Punkt der Glasscheibe hin und her winkt? Diese Maschine verfeinert ein wenig dieses nicht sehr komplexe Prinzip. Wenn das Medium mit einer Hand unter den Tisch tastet – und ich fürchte, das wird sie in der Regel leider versuchen –, dann wird diese Maschine sofort – «

»Die arme kleine Eusapia«, unterbrach ihn Appleby. »Ich fürchte, sie hat keine Chance. Jetzt ist sie den ganzen Weg hierhergekommen, und nun das.«

»Eusapia steckt angeblich voller Tricks. Aber es besteht die geringfügige Möglichkeit, daß noch etwas anderes in ihr steckt.«

Und es besteht die geringfügige Möglichkeit, dachte Appleby, daß im Mond irgendwo doch ein Mann mit einem Reisigbündel steht. Aber wer würde deswegen ein teures Observatorium bauen und versuchen, diesen Nachweis zu erbringen? Und wer würde, wenn er andere davon überzeugen wollte, seine Sternwarte in der hintersten, einsamsten Weltgegend anlegen? Und doch war dieses Laboratorium, in dem Eusapias Spreizschere mit der Hilfe von Waagen und infrarotem Licht entlarvt werden würde, nicht eine bloße täuschende Attrappe. Es war tatsächlich eine komplizierte Forschungseinrichtung für das Gebiet, auf dem Wine zu arbeiten vorgab. Und hierin lag die Wahrheit über Wine.

Wenn es drei Lucy Rideouts gab, so gab es – in gewisser Weise – auch drei Emery Wines. Und der Name eines dieser Wines war – wiederum in gewissem Sinne – Radbone. Als Wine von den Schwächen dieses fiktiven Wissenschaftlers gesprochen hatte, da hatte er einfach ein Bild eines der Wines gezeichnet. Bewußt vielleicht, oder unbewußt. Aber so war es.

Es gab einen Wine, der Wissenschaftler war, der wirklich nach Wissen verlangte. Und es gab einen Wine, der ein Gangster war, einen Wine, der ausbeuten und an sich reißen wollte. Zu diesen beiden Wines, dem wissenschaftlichen und dem raubgierigen, mußte man aber noch einen dritten stellen: einen phantasiebegabten und leichtgläubigen Wine.

Aus dem Spiritismus und verwandten Gebieten der Wundersehnsucht wollte er eine große Gangsterfamilie aufbauen. Das Projekt war nicht unmöglich; trotzdem war es bizarr und extrem abwegig. Was hatte ihn auf einen so entlegenen Plan verfallen lassen? Dieselbe Neigung, die auch den Wissenschaftler auf ein solches Gebiet lockte – ein obskures Bedürfnis, zu glauben; ein Impuls, der auf intellektuell respektables Beweismaterial auch verzichten würde, wenn er den Mut dazu hätte. Als Hudspith eine Erscheinung simuliert hatte, wie sie traditionell mit dem Tod der erblickten Person in Verbindung gebracht wird, hatte Wine dies derart fasziniert, daß er versucht hatte, den Vorfall über Funk bestätigt zu bekommen. Der Versuch war vollkommen töricht gewesen, da ihm ein gußeisernes Verbot entgegenstand; insofern ließ sich daraus ableiten, daß hier ein nicht unbedingt kühl-kritisches Bewußtsein auf einen möglicherweise übernatürlichen Vorgang reagiert hatte. Tatsächlich hatte Wine am Morgen danach dies auch verraten. Und er hatte wiederum diesen Zug seines Wesens in dem Bild aufgedeckt, das er von Radbone gezeichnet hatte. Und noch einmal in seiner Vorliebe für unerhörte Geschichten – von denen die jüngste über Mrs. Gladigan und Miss Molsher sicherlich die unerhörteste und ungeheuerlichste war.

Und trotzdem dachte Appleby im weiteren Verlauf des Morgens – während er und Hudspith mit einer gewissen Hast durch andere Zonen der Amerikainsel geführt wurden – lange über die Geschichte dieser beiden unglücklichen Damen nach. Die sterblichen Überreste von Miss Molsher, die sich in Kochkesseln nach verschiedenen Himmelsrichtungen zerstreuten, und die daraus resultierende Ratlosigkeit von Mrs. Gladigans extrasensorischer Wahrnehmung: Die Vorstellung war eher absurd als entsetzlich. Wine hatte davon wie von einem gescheiterten Experiment erzählt, und wenn es auch zweifellos eine Phantasie war, so war doch das Experimentieren Wines eine Tatsache – eine Tatsache, die auch durch das umfangreich ausgerüstete Labor belegt wurde. Es hatte etwas auf sich mit Mrs. Gladigan und Miss Molsher. Sie waren eine Art Allegorie, sagte sich Appleby, für jenen Aspekt von Wines Aktivitäten, welcher ihn selbst, nach Wines Plan, ganz persönlich betreffen sollte.

»Wir haben ein halbes Dutzend recht interessanter Leute da drüben« – Wine deutete auf ein langes, niedriges Gebäude nahe am Ufer –, »aber ich glaube, wir sollten sie im Augenblick nicht aufsuchen. Tatsächlich sind sie einigermaßen lästig.« Er seufzte. »Einzelne dürften interessant sein, doch sie sind alle lästig. Das gehört zu den unangenehmen Begleitumständen unserer Arbeit.«

»Sie meinen«, fragte Hudspith, «daß sie unzufrieden sind? Sie würden gerne fortgehen?«

»Fortgehen?« Wine sah höflich verwundert drein. »Natürlich würden sie abreisen, wenn sie wollten. Tatsächlich haben die meisten, glaube ich, das Gefühl, daß sie Glück gehabt haben, hierherzukommen. Sie haben alle auf die eine oder andere Art doch ein sehr spezielles Nervenkostüm, und daraus folgt für gewöhnlich, daß sie in der Welt des Alltags unangepaßte Außenseiter bleiben. Hier stellen wir ihnen eine spezielle und sorgfältig eingerichtete Umgebung zur Verfügung, und ich glaube, sie würden keine Veränderung wünschen. Sie sind einfach deshalb lästig, weil sie ein nervöser, stark den verschiedensten Stimmungen unterworfener Haufen sind. Und ich weiß nicht, ob man nicht bei der Arbeit mit ihnen etwas von derselben ärgerlichen Konstitution annimmt.« Wine wandte sich zu Appleby und sagte vergnügt: »Wenn Sie mich – oder Beaglehole – gelegentlich merkwürdig finden, dann, wissen Sie, müssen Sie uns das zugute halten. Vielleicht werden wir ein andermal hierher zurückkommen. Ich hätte doch gerne, daß Sie Danilow kennenlernen. Er verspricht einige interessante Ergebnisse. Andererseits ist er vielleicht von allen der nervöseste.«

»Ein Medium?« fragte Appleby.

»Es ist wirklich schwer zu sagen. Er hat die Gabe, in Zungen zu reden – etwas, was in der Legende und den Märchen häufig vorkommt, was mir aber noch nie woanders begegnet ist. Eine Sprache kommt Danilow vielleicht eine Stunde lang, vielleicht einen Tag oder auch eine Woche. Dann verschwindet sie, und eine andere tritt an ihre Stelle. Seltsam, nicht wahr? Es ist immer nur eine auf einmal – zu seinem eigenen Russisch hinzu, heißt das. Der Sprecher der jeweiligen fremden Sprache versteht sich selbst, doch kann er kein Russisch. Der Danilow, der Russisch spricht, versteht keine der anderen Sprachen.«

»Sehr seltsam«, sagte Appleby.

»Nehmen wir an, Danilow wird im Augenblick vom Französischen heimgesucht. Sie können sich sowohl auf Französisch wie auf Russisch mit ihm unterhalten, aber nicht auf Französisch darüber, was soeben in Russisch gesagt wurde, noch auf Russisch über das soeben auf Französisch Gesagte. Verstehen Sie? Entweder wird der Mann auf irgendeine übernatürliche Weise von Sprachen heimgesucht, oder die verschiedenen Sprachen existieren in getrennten Abteilungen seines Bewußtseins.«

»Wissen Sie etwas über seine Lebensgeschichte?«

»O ja. Er ist in Dänemark geboren; seine Mutter war Engländerin und sein Vater ein spanischer Ingenieur. Als er vier war, ging die Familie nach Griechenland, wo er ein deutsches Kindermädchen hatte, das verrückt wurde und mit ihm nach Ägypten floh. Später wurde er von einem reichen Russen adoptiert, der mit einer Holländerin verheiratet war, welche lange in Frankreich gelebt hatte.«

»Verstehe.«

»Später jedoch führte er ein ziemlich unruhiges Leben und reiste viel durch die Welt. Er war in Rußland, als die Revolution ausbrach, und wurde bei den Kämpfen verwundet. Tatsächlich wurde sein Hirn von einer Kugel durchbohrt, und eine Zeitlang konnte er nicht mehr sprechen. Als er sich davon erholt hatte, begannen sich seine besonderen Begabungen zu zeigen. Er selbst ist jedoch überzeugt davon, daß es sich um Geister handelt.«

Sie gingen eine Anhöhe hinauf; es hing vielleicht damit zusammen, daß man Hudspith schwer atmen hörte.

»Und natürlich mögen es auch Geister sein. Man sollte nie vorschnelle Schlüsse aufgrund fragmentarischen Beweismaterials ziehen.« Wine lachte vor sich hin. »Ich führe sie diesen Weg, damit sie die Inseln aus der Vogelschau betrachten können. Dieser Hügel vor uns steigt bis vierhundert Fuß an. Man kann über den Archipel hinwegsehen.«

»Ich möchte beinahe meinen«, sagte Appleby, »daß Sie von Hudspith und mir erwarten, daß wir über mehr hinwegsehen als über den Archipel.«

»Ah.« Wine schwieg während einiger Schritte. Dann lachte er wieder leise. »Ich glaube, wir fangen an, uns gut kennenzulernen.« Wieder schritt er schweigend aus. »Denken Sie nur, mein lieber Appleby, was man mit Danilow als einer Art Evangelist alles machen könnte. Er reist um die Welt – vielleicht mit einem kleinen Chor oder Orchester – und die Sprachen kommen und gehen auf seinen Fahrten. Ungeheuer.«

Das Atmen Hudspiths wurde noch schwerer. Appleby, der ihn von der Seite ansah, als sie dahingingen, bemerkte mit einem gewissen Erschrecken auf seiner Stirne die Zeichen absoluter Konzentration. Es schien nur zu wahrscheinlich, daß der Platz der betrogenen Mädchen von einem neuen Thema usurpiert worden war. Hudspith jagte einen neuen Wal.

7

Sie stiegen höher. Die Amerikainsel erschloß sich unter ihnen in ihrer Form: ein unregelmäßiges Oval aus fleckigem Grün und Braun, umrahmt vom Gelb des unglaublichen Flusses. Auf dem Gipfel lag eine kleine Lichtung, um die herum niedriges Palmitogesträuch, Papayas und fiedrige Palmen wuchsen. Papageien flogen schwatzend über sie hinweg; unbekannte Schmetterlinge gaukelten; und überall hing der süße Duft von Espinillo de Olor. Daß auf dem Eiland Kultivationsversuche unternommen worden waren, konnte man erkennen – doch die Orangenhaine, im Quincunxmuster angelegt, waren nun verdorrt und standen verloren umher, einem stetig voranmarschierenden Einkesselungsmanöver ausgeliefert, dessen Speerspitzen niedrige Bäume waren, von Schlingpflanzen überwuchtert; ihnen folgte eine Armee von kreuz und quer geschrägtem Bambus. Ohne ständige Bewachung dauerte nichts Menschliches hier lange – die Natur sprang mit einem Ruck heran, wie von Eusapias Spreizschere geschnellt, und die Inseln der Glückseligen würden wieder sein wie ehedem, bevor noch Domingo de Irala und die Conquistadores hier vorbeigekommen waren.

Flußaufwärts erstreckten sich die anderen Inseln westwärts; die näheren erschienen sicher in der Flut verankert, die weiteren unklar zwischen Luft und Wasser schwebend. Jede war fleckig, braun und grün, von Pflanzen überwuchert und ohne besondere Merkmale, außer hie und da einer Aracá oder einer besonders hoch aufragenden Palme, doch zeigten sich viele der seltsam zusammengewürfelten Gebäude von Schlumpfs Traum klar im schattenlosen Mittagslicht. Dieses seltsame Projekt war konfus, unordentlich und kurzlebig gewesen; es wurde überlagert von den Spuren des noch seltsameren, doch planvollen und ordentlich durchgeführten Projekts von Emery Wine. Einfache Holzhäuser waren hier und da hinzugekommen; jede Insel hatte einen kleinen Kai von derselben Bauweise; ein zielbewußtes Netzwerk von Drähten verband die Häuser und überquerte auf Bojen mit hohen Masten die Fahrrinnen zwischen den Inseln; da und dort schoß ein Motorboot dahin, um die unklaren Geschäfte dieser kleinen Gesellschaft zu besorgen. Denn es war auf eine Art eine Gesellschaft: Der Mensch beherrschte diese Ecke der Wildnis, und die Natur trat ins zweite Glied.

Doch der majestätische Fluß strömte weiter, und ein paar

Meilen flußabwärts war die Welt das einsame Revier von Tapir und Capybara, von vor ihren Löchern sitzenden Vizcachas und auf ihren Stelzenbeinen meditierenden Flamingos. Der Fluß war eine endlose Welt aus Wasser und Weiden und Pampasgras, aus seltsamen Vögeln – Macaws und Magellanschwänen – und seltsameren Fischen –, Bagre und Dorado, Pacu und Surubi. Der Fluß und sein vielfältiges Leben waren eine Welt ohne Ende. Doch der Fluß war auch nicht mehr als ein stumpfglänzender Faden, der sich durch die unermeßliche Monotonie dessen wand, was aus dieser Höhe deutlich erkennbar war: der große grüne Ozean hohen, wehenden Grases, der die größere Welt dieses Teils des südamerikanischen Kontinents darstellte. Es war weit weg von Lady Caroline und dem staubigen kleinen Antiquitätenhändler in York.

Wine setzte sich in den Schatten eines einzeln stehenden Ñandubay. »Sie sehen hinab«, sagte er, »auf alle Reiche der Erde.« Die Worte waren nicht großsprecherisch gesagt, auch fehlten ihnen die Ironie oder die Fröhlichkeit, welche der Mann sonst einzusetzen pflegte. Appleby löste seinen Blick vom äußersten Rand der sich kräuselnden Pampa und sah ihn neugierig an, wie etwas Neues und Interessantes. »Und auf ihre Herrlichkeit«, sagte Wine. Sein Finger beschrieb einen Kreis in der Luft – einen kleinen Kreis, der nicht mehr zu umfassen schien als die Inselgruppe unter ihnen. »Warum also sollten Sie und ich einander noch länger etwas vormachen?«

»Es scheint wirklich überflüssig«, sagte Appleby. Und Hudspith nickte – durchaus nicht wie ein Mann, der glaubt, daß nur die Fähigkeit, dem anderen noch erfolgreich etwas vorzumachen, zwischen ihm und dem unvergleichlichen Verdauungsapparat des Krokodils steht.

»Radbone und ich wollen dasselbe; geben wir es also zu. Und möge er zugeben« – und wieder kreiste Wines Finger –, »daß ich ihm voraus bin. Er hat Sie hierhergeschickt, um zu schauen, wie es aussieht. Und nun« – und zum dritten Male kreiste Wines Finger – »sehen Sie es. Alle Reiche der Erde, geordnet und analysiert.«

Appleby sah hinab auf die Inseln, die Leitungsdrähte und Motorboote, sah sie als versprengtes, winziges Atom menschlicher Aktivität in der weiten, grünen Leere. Und er sah das Atom als eine rebellische Zelle im großen Organismus der menschlichen Zivilisation, eine winzige Zelle, oder vielleicht ein Nexus einiger Zellen, immer noch von einem kreisenden Finger zu definieren, doch mit dem Potential unbegrenzten und katastrophalen Fortwucherns. Hier wuchs das Ding in tückischer Verborgenheit, und endlich würde es den großen Fluß hinab wie in einen Blutkreislauf Armeen aussenden, die alle die geschwächten Zentren eines gespaltenen und erschöpften Planeten attackieren sollten. Es war ein großes Bild, und kein beruhigendes. »Gewiß scheint es überflüssig, sich noch etwas vorzumachen«, wiederholte Appleby.

»Ich habe Sie einmal daran erinnert: Bleibt man daheim, so wird man nie gescheit. Nicht wahr? Als junger Mann habe ich Ägypten besucht und Rom. Und ich sah, wie der Entschlossene Götter erfindet, um seine Mitmenschen in Ehrfurcht zu versetzen. Ich sah, welcher Glanz und welche Macht aus den infantilen Winkeln des Bewußtseins gewonnen werden können. Ich betrachtete, was Milton zutreffend die Viehgötter des Nils genannt hat – und dann betrachtete ich die Pyramiden. Indem sie beobachteten, wie Kinder eine irrationale Furcht vor einem Hund oder einem Käfer an den Tag legen, indem sie die riesenhafte Unvernünftigkeit des Unbewußten ein wenig ermaßen, hatten fähige Köpfe all diese Herrschaft und Befehlsgewalt an sich gezogen. Ich sah es, wie schon viele es vor mir gesehen haben müssen. Und ich sah es, wie Faust es sah.«

»Ah«, sagte Appleby. »Faust. Doch gibt es manche, die eher an Prometheus glauben.«

»Und ich ging nach Rom.« Im Schatten des Ñandubay sah Wine blicklos vor sich hin, viel zu versunken, um die obskure Unterbrechung zu bemerken. »Dort kam mir mein Plan. Es war, als ich sinnend in den Ruinen des Kapitols saß, während die barfüßigen Mönche die Vesper im Tempel des Jupiter sangen –«

Der Mann war der Inbegriff der Scharlatanerie, dachte

Appleby. Schwallte Gibbon daher. Machte immer aus allem eine unerhörte Geschichte. Und doch war er praktisch, effizient, skrupellos. Tatsächlich – doch man hörte ihm besser zu bis zum Schluß.

»–, daß ich erkannte, daß all dies wiederholt werden konnte. Ich sah, wie ein solches Reich rascher und sicherer, weil wissenschaftlicher aufgebaut werden konnte als je zuvor. Zwei Dinge waren notwendig. Zuerst die Beherrschung – besser: das Monopol – über alle die Seltsamkeiten und Abnormalitäten, welche das Werkzeug zur Errichtung eines allumfassenden magischen Systems sein müssen. Mrs. Nurse und ihre Stimmen, Eusapia und ihre Tricks, Danilow und sein In-Zungen-Reden; all dies Material mußte man bereithalten und durchorganisieren. Und zweitens bedurfte es eines Aufweichungsprozesses. Jedem erfolgreichen Angriff, falls er sich nicht auf eine plötzliche, verheerende Überwältigung verlassen kann, muß ein solcher vorausgehen. Und allein war dies nicht herbeizuführen. Es mußte die Stunde da sein ebenso wie der Mann.«

Die Frage ist aber, dachte Appleby: Ist der Mann, ohne es zu wissen, selbst das Produkt der Stunde? Und ist der Aufweichungsprozeß nicht ebenso der Ursprung des Plans wie sein Werkzeug? War nicht Wine in gewisser Weise in sein eigenes Zwielicht verstrickt – und war er nicht darin verwundbar? Das war die Frage.

»Aber die Auflösung war schon lange am Werk gewesen, ehe mein Geist die Situation erfaßte. Seit Jahrzehnten waren die großen institutionellen Glaubenssysteme abgebröckelt. Erinnern Sie sich an das Christentum?«

Hudspith, an den diese flamboyante Frage gerichtet schien, starrte zornig. Doch Wine war in einer Stimmung, wo er nicht viel um sich wahrnahm.

»Wie superb das Rationale und das Irrationale da zusammengehalten wurden! Welch ein Werkzeug das war!« Etwas von Wines Heiterkeit war unangenehmerweise zurückgekehrt, und er sprach wie ein Kenner von einem raren Jahrgang, der sich nicht mehr länger lagern läßt. »Alles zerfällt.

Die Mitte hält nicht stand. Anarchisch nur und losgelassen treibt die Welt.« Er schwieg, anscheinend weil dies ein Zitat war und entsprechend ausgekostet werden mußte. »Und so können wir von Neuem beginnen.«

Gelegentlich gab es Momente, wo der Mann in seiner Kraft perverser Phantasie eindrucksvoll war. Doch zu anderen Zeiten war er bloß verachtenswert. Und dies war zweifellos nur eine weitere Facette der Tatsache, daß es verschiedene Wines gab. »Und so«, sagte Appleby, »können Sie wieder von Neuem beginnen.«

»Ich beginne, wo immer der Aufweichungsprozeß einen Ansatzpunkt ergibt. Und es gibt solche Ansatzpunkte in beinahe jedem Land. In allen Klassen – in jedem Schlag, wie, glaube ich, Ihr Onkel Len sagen würde. Die verschiedenen Bereiche sind natürlich sorgfältig erforscht worden – ebenso sorgfältig, als wollte man eine neue Gesichtscreme oder Seife auf den Markt bringen. Im wesentlichen wird es sich um Spiritismus für die Oberklasse und Astrologie für die untere Schicht handeln. Spiritismus ist relativ teuer – kann extrem teuer sein –, während Astrologie ganz billig ist. Die Mittelschicht wird von beidem ein wenig profitieren. Für ländliche Bevölkerungsteile werden wir uns in erster Linie auf Hexerei stützen. Was man gelegentlich die Intelligentsia nennt, hat mich lange Zeit sehr beschäftigt. Yoga wäre nicht schlecht, und Reinkarnation und das kosmische Bewußtsein und vielleicht ein bißchen keltische Mythologie. Aber das Problem ist nicht wichtig, da wahrscheinlich äußerst wenige von ihnen übrigbleiben werden. Was wir zu berücksichtigen haben – und das gilt, meine Herren, ›von China bis Peru‹ über Paris, London und Berlin – sind lediglich Barbaren, Philister und Plebs. Die Klassifikation ist nicht besonders modern, doch ich möchte meinen, sie ist ausreichend. Ich darf sagen, daß die Vereinigten Staaten, die nicht einmal über Barbaren verfügen, das einfachste Problem von allen sein werden.«

»Darf ich das so verstehen«, fragte Appleby, »daß Sie Ihre eigene Kirche gründen wollen?«

»Wohl kaum. Doch darf ich sagen, daß es in manchen Ländern eher wie eine Kirche aussehen wird. Zum Beispiel werden wir in Amerika nach und nach die Kirchen – die Gebäude, meine ich – übernehmen. Aber in England, glaube ich, wären sie nutzlos für uns, selbst die, die noch ein Dach haben. In England werden wir die Varietés übernehmen. Sind Sie schon einmal bei einer guten Show in der Music Hall im Publikum gesessen? Eine beliebte Comédienne, die einen sentimentalen Song bringt, danach ein Bauchredner und ein paar Zaubertricks – das kommt manchmal der Atmosphäre, die wir herzustellen wünschen, schon sehr nahe. Das Publikum verschmilzt zu einem einzigen fröhlichen und leicht beeinflußbaren Monstrum. Es stimmt, daß die Music Hall in einem Niedergang begriffen ist, doch bei weitem nicht so stark wie die Kirche. Wir werden eines unserer Zentren aus ihr machen. Und das andere wird die Kneipe sein. Kennen Sie Wells' Erzählung von dem Mann, der in einem Pub ein Wunder zu tun versuchte – und es gelang ihm? Ich glaube, er befahl einer Lampe, auf dem Kopf stehend zu brennen. Wir werden darauf achten, daß alle unsere Pubs solche Lampen haben.«

Hudspith regte sich unruhig, als erbittere ihn der Gedanke an okkulten Mumpitz in Kneipen besonders. Einige Augenblicke lang sprach keiner; in der Mittagshitze hatten die Viuditas und Cardinales aufgehört zu singen; es herrschte Stille, nur direkt zu ihren Füßen setzte ein Tuco-Tuco wie ein Kobold seinen unterirdischen Monolog fort.

»Die gestürzte Lampe.« Wine hatte seinen Panama abgenommen – und mit ihm seine Munterkeit abgelegt, so daß er wieder abwesend und konzentriert über den Fluß hinausstarrte. »Das könnte unser Emblem sein. Eine nach der anderen sind die, welche die Menschen für die wahren Lampen hielten, ausgegangen, und nur die umgedrehten werden noch Licht geben. Aber stehen sie wirklich auf dem Kopf? Oder sind wir seit tausend Jahren und mehr falschen Lichtern gefolgt?«

Der Bursche hatte sich die Mühe gemacht, dachte Appleby, seine Schurkerei mit einer Art Philosophie auszustatten. Und die würde ihnen nun vorgeführt werden: Wenn nur

Hudspith sein professionelles Notizbuch und seinen Bleistift dabei hätte, könnte man eine wertvolle Abhandlung überliefern. Er lehnte sich gegen den großen Baum. Plötzlich rief über ihnen ein Teru-Tero – der Kiebitz der Pampa –, und undeutlich antwortete von unten der Tuco-Tuco. Zwischen ihnen hielt sich die wohlmodulierte Stimme Wines in der Mitte der Lüfte.

»Nehmen Sie ein Stück Papier und stechen Sie ein Loch hindurch und betrachten Sie durch das Loch eine brennende Lampe. Halten Sie die Stecknadel, Kopf nach oben, zwischen Lampe und Papier, so daß sie in Ihrem Gesichtsfeld erscheint, wie sie durch das Nadelloch schauen. Was geschieht?«

Hudspith, dessen Auge anscheinend dem Tuco-Tuco hatte nachgraben wollen, sah stirnrunzelnd auf. »Man sieht die Stecknadel verkehrt herum.«

»Genau. Tatsächlich ist es die Lampe, deren Bild auf der Retina verkehrt erscheint. Aber unser Intellekt weist dies zurück, und es ist die Stecknadel, die verkehrt gesehen wird. Unserem Kopf erscheint eine umgekehrte Stecknadel weniger unwahrscheinlich als eine umgekehrte Lampe. Und was der Intellekt zurückweist, soll unser Emblem sein: die umgekehrte Lampe.« Wines Stimme sank – sank, als wolle sie der unten grabenden Kreatur nachjagen. »Licht nach Licht erlischt, ein Feuer nach dem anderen wird verschüttet. Und diese sich ballende Dunkelheit ist das Werk der Wissenschaft. Das ist das Paradoxon. Die Christen hatten ein sehr klares Bild von den Dingen. Der einfältigste Bauer konnte es verstehen, und der subtilste Scholastiker konnte sein Leben mit der Interpretation verbringen. Es war schlicht und dauerhaft. Aber dann kam die Wissenschaft und ersetzte es durch etwas Schwieriges und Provisorisches. Jahrzehnt um Jahrzehnt wurde das Bild komplizierter und kurzlebiger – bis nunmehr weder die Gelehrten noch die Einfältigen irgendeine Ahnung haben, wo sie sich eigentlich befinden. Und so hat die Wissenschaft die Lampen der Vernunft ausgelöscht; auf diese Weise ist die Wissenschaft ein großer Aufweichungsprozeß, eine große Vorbereitung für den weltweiten Aberglauben. Die

Wissenschaft bietet keine Fixpunkte des Glaubens. Und die Wissenschaft ist im Bewußtsein der Menge die Sphäre des Unbegreiflichen und des Wunderbaren. Haben Sie die Comics studiert? Nichts könnte bezeichnender sein. Immer taucht der Wissenschaftler auf, und er ist nicht mehr und nicht weniger als der alte Magier. Er gehört in unser Lager. Und wir werden ihn zu nutzen wissen. Unter unserer Kontrolle wird er Teil dessen werden, was die Welt am meisten braucht.«

Appleby stand auf. »Und das ist – ?«

»Eine Handvoll einfacher und durchgreifender Aberglaubensvorstellungen, abgesichert durch Zauberkünstler, Freaks und Wunder.« Auch Wine erhob sich. »Wie nett wir uns unterhalten haben! Aber jetzt muß ich zum Boot hinunter. Ich glaube, Sie werden das Mittagessen warten finden, wenn Sie zurückgehen. Und würden Sie mich bei den Damen entschuldigen?«

Sie sahen ihm nach, wie er rasch den Hügel hinabstieg. Und Hudspith knurrte – so kräftig, daß der Tuco-Tuco unter seinen Füßen verstummte. »Aufweichungsprozeß!« sagte er. »Den werd ich aufweichen!«

»Im Gegenteil, es ist nur zu wahrscheinlich, daß er uns aufweicht. Licht um Licht erlischt, darunter zwei Leuchten von Scotland Yard.« Appleby reckte sich im Sonnenlicht. »Oder, wenn Ihnen das lieber ist – Licht nach Licht ist bereits erloschen, und darunter einige im Inneren unseres Freundes. Wie es in alten Büchern heißt: Er ist umnachtet.«

»Sie glauben, er ist wahnsinnig?«

»Was ist der Prüfstein? Wenn seine Phantasien nicht praktikabel sind – was ich annehmen möchte – dann ist er wahnsinnig. Aber wenn er seinen Plan verwirklichen könnte, oder auch nur einen nicht unbeträchtlichen Teil davon – dann müßte man ihm eine Art perverser geistiger Gesundheit zugestehen. Ich dachte, er hätte noch etwas mehr aus seiner Predigt über Wissenschaft und Aberglauben herausholen können – weil natürlich etwas dran ist an dem, was er sagt. Und wenn er nicht ganz so eindrucksvoll ist, wie er sein sollte, dann deshalb, weil er nicht der vollkommen objektive Parasit der Situation, wie er sie sieht, sein kann. Er meint, das Unheimliche kann die Welt bewegen. Warum? Hauptsächlich, weil es ihn zu bewegen vermag. Die Wahrheit ist, daß er zu denen gehört, die vor einem Gespenst in die Knie sänken.«

»Ich gehöre zu denen, die freiwillig einen Kniefall vor einem Hammelbraten und einer Halben dunkles Bier im *Strand* machen würden. Aber ich dürfte für meinen Kniefall wohl ebensowenig Anlaß haben wie er für den seinen.« Hudspith hielt inne, als wolle er die Syntax seines Satzes überprüfen. »Wir können nicht nach einer Abteilung Gespenster pfeifen, die ihm erscheinen sollen.«

»Wohl nicht.« Appleby warf einen letzten Blick auf die Inseln und stieg dann den Hügel hinunter. »Was aber den Hammelbraten betrifft, so werden wir wahrscheinlich einen ganz passablen Ersatz dafür vorfinden. Man kann sich nicht über eine zu schmale Kost beklagen.«

»Da wir von schmaler Kost reden« – Hudspith ging im gleichen Tritt neben ihm her –, »ist Ihnen schon aufgefallen, daß bei der ganzen Sache bis jetzt noch nicht viel passiert ist?«

»Nichts passiert?«

»Niemand hat eine Pistole gezogen oder ein Fenster eingeschlagen oder jemand anderen über die Klippe gestoßen.«

»Über die Klippe? Ich habe hier, glaube ich, keine einzige gesehen. Aber vielleicht sind wir tatsächlich etwas still gewesen.« Appleby hielt an, um einen Schwarm Kolibris zu betrachten, die in rätselhafter Schwebe über Blütenkelchen hingen. »Wäre es ein guter Plan, die Initiative zu ergreifen und die Sache etwas lebhafter zu gestalten?«

8

Auf halbem Weg den Hügel hinab blieb Hudspith stehen. Seine Empörung war stärker als sein Appetit. »Die Chuzpe von diesem Mann!« sagte er. »Erzählt das alles Leuten, von denen er weiß, daß es Polizisten sind.«

»Er weiß nicht, daß wir wissen, daß er es weiß.« Appleby stapfte weiter und benutzte seinen vertrauten Refrain als Marschrhythmus. »Er glaubt, daß wir meinen, wir hätten ihn übertölpelt. Wir sind Radbones Leute. *Wir* haben ihn davon überzeugt, daß wir Agenten eines Mannes sind, von dessen Existenz *er* uns überzeugt hat. Und das ist die Grundlage seines Plans – oder des kleinen Stückchens seines Plans, das Sie und mich betrifft. Wenn wir an Radbone glauben, und glauben, daß Wine glaubt, wir seien Radbones Leute – «

»Dann funktioniert das Experiment.«

»Genau. Dann ist es plausibel, daß er einen von uns zurückschickt, um etwas auszuhandeln, und den anderen als eine Art Geisel dabehält. Aber irgendwelches Mißtrauen unsererseits wäre Sand im Getriebe des Plans.«

»Dem Spuk ein Bein gestellt.«

»Ganz recht.« Appleby nickte wohlwollend zu dieser kryptischen Bemerkung. »Aber da wir von unseren Erwartungen reden, ich muß jetzt wirklich auf dem Mittagessen bestehen. Kommen Sie.«

Das Essen war ausgezeichnet; trotzdem wurde es in einer düsteren Atmosphäre verzehrt. Irgend etwas war Beaglehole über die Leber gelaufen, der seine Tischnachbarn mit offener Abneigung böse anstarrte. Mrs. Nurse war müde und fand nicht einmal die Energie, zu bemerken, wie schön alles war. Ihr gegenüber saß Kranke Lucy gedankenverloren, vielleicht mit *moneo* und *audio* beschäftigt, vielleicht mit Sokrates und Mark Aurel.

»Dieser Schlumpf«, sagte Appleby, heiter inmitten der mürrischen Stimmung, »hat der auch europäische Häuser auf der sogenannten Europainsel gebaut? Habe ich Wine einmal von Haus England reden hören?«

Beaglehole sah vorsichtig auf. »Haus England? Ja – und es sieht verdammt merkwürdig aus. Es ist der größere Teil von einem Haus, wie man es an einem Platz in Bloomsbury finden könnte.«

»Was für eine seltsame Idee. Etwas Ländliches hätte doch wohl viel besser gepaßt?«

»Der Mann war bescheuert.« Beaglehole sprach unfreundlich, doch gab er gut acht, offenbar sich dessen bewußt, daß hier ein für seinen Chef wichtiges und sensibles Terrain begann. »So ist es eben. Eins von diesen großen Häusern, die um eine Art düsteres Treppenhaus herum gebaut sind, mit einer Wendeltreppe, herum und herum.«

Mr. Smarts Treppe, dachte Appleby – und zuvor die Treppe von Colonel Morell. »Es hört sich«, sagte er laut, »nach einer sehr teuren Angelegenheit an.«

»Enorm teuer zweifellos. Aber das ganze Haus ist nicht hier.« Beaglehole nahm sich zusammen. »Ich meine, sie haben nur einen großen Teil von so einem Haus gebaut. Und mit altem Material, glaube ich. Stellenweise sieht es ganz echt aus.«

»Liebe Zeit.«

»Eine brillante Bemerkung.« Beaglehole, immer noch unerklärlich unruhig und verquer, war offen unhöflich. Aber er fuhr fort, sorgfältig erwogene Erklärungen zu geben. »Tatsächlich scheinen sie den Bau oder die Rekonstruktion oder was immer sehr schlecht durchgeführt zu haben. Wir hatten vor einigen Monaten einen Sturm, und ein großer Teil ist eingestürzt. Dumm, weil wir eine Menge Material für Haus England haben. Die Leute sind jetzt eben dabei, die letzten Reparaturen zu beenden.«

Appleby spürte eine Regung, dem würzigen Fischgericht vor sich vertraulich zuzulächeln. Als Erklärung für die merkwürdige Tatsache, daß an Hawke Square Nr. 37 immer noch gebaut wurde, war diese Mitteilung wohl das beste, was man sich zurechtlegen konnte. »Hört sich recht seltsam an«, sagte er. »Irgendwie bin ich gespannt darauf.«

Beaglehole legte Messer und Gabel hin. »Sie werden es schon noch zu sehen bekommen. Verdammter Unsinn. Bah!«

»Brillante Bemerkung Ihrerseits«, sage Appleby fröhlich. Es war deutlich, daß es Dinge gab, in denen Beaglehole und sein Chef bei weitem nicht übereinstimmten. Und es war nicht schwierig zu erraten, welche dies waren. Mit dem Grundsatz, daß ein gutes Experiment alles ist, hatte Beaglehole nichts im Sinn. »Und Sie haben eine Menge von dem, was Wine Material nennt, für Haus England? Die warten darauf, wieder einzuziehen? Sie wurden nicht im Sturm davongeweht?«

Beaglehole schob seinen Stuhl zurück; er war noch stärker irritiert als vorher. »Eine fehlt«, sagte er. »Eine verflixte – «

»Fehlt? Weitere Verluste?« Wine war zurückgekehrt und stand unter der Tür, seinen Assistenten mit einer Art heiterer Bestürzung anschauend. »Haben etwa die Alligatoren die alte Mrs. Owler erwischt? Oder den kleinen Cockshell, oder Miss Spurdle?«

»Die Alligatoren haben niemand erwischt. Aber dieses Weibsstück aus Yorkshire ist durchgegangen. Ich habe Ihnen gesagt: Mit der wird es Ärger geben. Nach ein paar Tagen ist sie auf und davon. Sie ist schon seit Wochen fort.«

Wine legte die Stirn in Falten, nunmehr tatsächlich verärgert, und wandte sich zu Appleby. »Das Mädchen namens Hannah Metcalfe. Ich habe sie schon ein, zwei Fahrten vor uns hergeschickt. Ein Fehler. Eine schwer zu kontrollierende Person, auf die ich ein Auge hätte haben sollen.« Er lächelte trocken. »Sie können Radbone erzählen, daß wir zumindest nicht hundertprozentig erfolgreich sind.«

»Und es ist nicht sie allein.« Beaglehole war nun ruhiger. »Sie hat ein Pferd mitgenommen.«

Wine nahm Platz; seine Stirn verfinsterte sich. »Doch nicht etwa Maiglöckchen?«

»Doch. So hat sie's geschafft. Sie hat sich nachts zu Haus Deutschland rübergeschlichen, das Tier und einen Sattel geklaut und ist mit ihm über den Fluß geschwommen. Danach hatte sie die Pampa vor sich. Aber sie ist mit dem alten Droschkengaul nicht weit gekommen, da können Sie sicher sein. Die Indianer haben sie mittlerweile. Darin liegt ein gewisser Trost.«

Mrs. Nurse, die unklar begriff, wovon die Rede war, sah bekümmert drein. Hudspith unterdrückte Symptome tiefster Mißbilligung. Und Appleby betrachtete unentschlossen seinen Fisch. *Haben Sie schon einmal von der Insel Capri ge-*

hört? Das hatte sie gesagt. *Die Inseln der Glückseligen*. Nun, zumindest hatte das Mädchen einen Ausbruchsversuch unternommen. Vielleicht wäre es gut, ihrem Beispiel zu folgen.

»Ich kann am Tod des armen Mädchens nichts Tröstendes finden.« Wine sah seinen Assistenten streng an, und es fiel Appleby ein, daß er vielleicht ganz einfach die Wahrheit sagte. »Solches Gerede ist lediglich rachsüchtiger Nonsens. Ihr Tod ist für uns ohne Nutzen.«

»Zumindest bedeutet er, daß nichts herauskommt.«

»Unsinn. Wenn sie sich zur Küste durchschlagen könnte, würde man sie nur für verrückt halten. Und lebend war sie wertvoll – sehr wertvoll. Man hätte sie überreden können. Und sie hatte Courage. Sie hatte das Zeug zur Jungfrau von Orleans – unserer eigenen Sorte Jungfrau von Orleans.«

»Erzählen Sie mir«, sagte Kranke Lucy klagend, »von den Stimmen der Jungfrau von Orleans.«

Niemand antwortete, und in dem kurzen Schweigen spürte Appleby, wie es ihn unbehaglich überlief. »Schließlich«, sagte er leichthin, »ist sie ja nicht unbedingt tot.«

»Ich hoffe nicht.« Wine streckte die Hand nach der Karaffe aus. »Tod ist reine Verschwendung – *nutzloser* Tod.« Einen Sekundenbruchteil lang sah er Appleby direkt in die Augen. »Wissen Sie was – ich glaube, morgen früh ziehen wir alle um auf die Europainsel.«

Es lagen Mordpläne in der Luft. Und an diesem Nachmittag beging Appleby zwei Morde. Es war schließlich an der Zeit, in die Offensive zu gehen.

Fast am oberen Ende der Insel hatte der davongezogene Schlumpf ein Schwimmbecken anlegen lassen – sorgfältig ausgeführt, wohl im Stile Kaliforniens gedacht. Hierher hatte sich Lucy Rideout – die Kleine Lucy Rideout – kurz nach dem Mittagessen begeben, und hier fand Appleby sie später, wie sie Sprünge übte, ziemlich unbeholfen. Eine Zeitlang sah er ihr zu – sah dem zu, was allen Lucy Rideouts gemeinsam war, wie es ins Wasser klatschte und wieder herauskrabbelte. Manchmal schwatzte sie, und es waren die Worte eines zwölfjährigen Kindes. Aber der Körper, der vor ihm im Bogen durch die Luft flog, durchs Wasser glitt, keuchte, war der einer erwachsenen Frau – der Körper einer erwachsenen Frau und einer Frau von spontaner Körperlichkeit. Tatsächlich der von Richtiger Lucy. In diesem irdenen Hause waren die anderen Lucys fehl am Platz …

Lucy Rideout klatschte auf und krabbelte aus dem Becken und keuchte; müde und nach Luft schnappend lag sie auf dem warmen Beton und schloß ihre Augen vor der Sonne. Sie öffnete sie, und plötzlich waren es die Augen von Kranker Lucy – angestrengt blickende Augen, die trostlos auf einen hellroten Badeanzug hinabsahen, auf einen vollen, wohlgerundeten Körper. Sie langte nach einem Handtuch und schlug es um ihre Schultern. »Wegen Sokrates«, sagte sie, »und was er über den Tod gesagt hat –« Sie schaute auf – rührend, ungesund, unausstehlich. Und Appleby fühlte den Entschluß zum Mord in seinem Herzen wachsen.

Kranke Lucy war in letzter Zeit so häufig zugegen gewesen; es war, als hätte Richtige Lucy sich bei ihrer Idee, was eine Veränderung der Umgebung bewirken könnte, verrechnet. Kranke Lucy gewann das Spiel. Und obwohl ein Interesse an Sokrates und den Weisen allgemein als höchst schätzenswert gilt, so war Appleby seiner doch überdrüssig. Er war dessen überdrüssig, wie es – glaubte er – mittlerweile auch ein Arzt sein würde. Und er würde die Verantwortung auf sich nehmen, es zu töten, wenn er es vermochte. Den Kopf dieser Lucy würde er so lange unter den glitzernden Wasserspiegel halten, bis sie nicht mehr atmete. Oder etwas Entsprechendes. »Über den Tod?« wiederholte er. »Sokrates war daran interessiert, was nach dem Tod geschieht – ob etwas geschieht. Aber er war nicht wie Wine. Er war nicht bereit, Leute zu töten, um es herauszufinden.«

»Was soll das heißen?« Kranke Lucy hatte sich aufgesetzt und sah ihn mit geweiteten Augen an, plötzlich zitternd und totenblaß.

»Wine fragt sich, ob es wirklich Geister gibt. Er hat ein Haus gestohlen, wo zweimal in der Vergangenheit die Geister ermordeter Männer angeblich Freunden erschienen sind. Er selbst wird dort einen Mann töten lassen, um es herauszufinden. Ich werde getötet werden, ohne daß Hudspith es weiß oder ahnt – und wird dann Hudspith meinen Geist sehen? Oder umgekehrt. Es ist das, was Wine ein Experiment nennt.«

»Das glaube ich nicht. Ich verstehe es nicht. Ich möchte nichts davon hören und nicht darüber sprechen.« Kranke Lucy kauerte sich in sich zusammen, furchtbar anzusehen. »Ich möchte mein Latein weiter lernen, möchte hören von...«

»Sie haben nicht gewußt, daß Wine so jemand ist? Sie haben nicht gewußt, daß so die Welt ist?« Appleby hatte sich vorgebeugt und flüsterte nun fast in Lucy Rideouts Ohr. »Das ist nur eines von Wines Experimenten. Andere werden sich mit Ihnen befassen. Er bringt Ihnen Latein bei, damit Sie hierbleiben – damit Sie am Leben bleiben, bis er soweit ist. Verstehen Sie? Er muß Sie ermutigen, oder die anderen würden Sie vertreiben – ins Nichts vertreiben. Sie sind stärker als Sie. Seit langer Zeit sind Sie nur noch am Leben, weil Sie an Wine glauben und an die Dinge, die er Sie lehrt. Die sind alle falsch. Das ist überhaupt kein Latein. Latein könnten Sie nie lernen – nur Kauderwelsch. Ihr Geist ist zu schwach. Ihr ganzes Leben war nur ein kränkliches Dahinflackern. Aber Wine hat es interessiert, weil es ein abnormales Leben ist. Was würde geschehen, wenn Sie sterben? Würde es drei Geister geben? Das ist die Art Probleme, die ihn interessiert. Verstehen Sie? Und es gibt noch anderes über diese Welt zu erzählen. Hören Sie zu ...«

Sie hatte einen letzten kleinen Schrei ausgestoßen ... unbeschreiblich schrecklich. Und er sah hinab auf ihren schlaff daliegenden Körper, und es wurde ihm schwach vor Reue und Angst. Doch ganz, ganz schwach atmete der Körper. Vielleicht – der Atem wurde undeutlicher, noch undeutlicher, hatte nun unbestreitbar ausgesetzt. Sekunden dehnten sich ohne Ende. Er wandte den Kopf voll Verzweiflung ab.

»Jacko.«

Er sah sie an, und sie war immer noch blaß wie ein Leichnam. Aber ihre Augen waren offen; waren voll ungläubiger Überraschung; voll Intelligenz und Leben.

»Jacko – John – « – die Stimme war schwach, aufgeregt, lebendig – »es ist etwas passiert; der Zicke ist etwas passiert.« Ihre Stimme hob sich in plötzlichem Triumph, in vollkommener Überzeugung. »Sie ist tot.« Richtige Lucy setzte sich auf und lachte – lachte glücklich und triumphierend. Und dann weinte sie zügellos – verwirrt, verlassen.

Aber Appleby saß still da und wartete, wie ein bizarrer Scharfschütze unter dem Baum des Lebens. Irgendwann würde Kleine Lucy auftauchen. Sie war kräftiger, als Kranke Lucy gewesen war; es würde weniger einfach sein, ihren Kopf unter das glitzernde Wasser zu drücken. Er saß still da und wartete und überlegte, mit welchen Worten ein Kind sich am besten töten ließ.

»Tot?« fragte Hudspith und hielt überrascht an, als sie noch einmal den Hügel hinaufgingen.

»Tot.« Appleby sah nach Westen, wo die kleineren Inseln in den Abend schwammen. »Sie erinnern sich, wie ich vorgeschlagen habe, daß man zwei der Persönlichkeiten systematisch entmutigen müßte? Das ist langsamer Mord, obwohl es sich um eine orthodoxe klinische Methode handelt. In diesem Fall hat sich rascher Mord als möglich erwiesen. Eine einzige tödliche Dosis Entmutigung hat jeweils gewirkt. Und zwei Dinge sind übriggeblieben: ein höchst kurioses moralisches Problem und eine wertvolle Verbündete. Müßte man mich aufhängen? Die Frage hat nur dann eine Bedeutung, wenn die Alligatoren um ihren Tribut betrogen werden. Was die Verbündete angeht – das ist unzweifelhaft. Richtige Lucy – Einzige Lucy, wie man wohl noch eine Weile an sie denken wird – mag nicht sehr züchtig und bescheiden sein. Aber sie hat viel Intelligenz und Entschlossenheit. Wines Plan gefällt ihr sehr.«

Hudspith keuchte, als der Anstieg steiler wurde. »Dann halte ich nicht viel von ihrem Geschmack.«

»Ich meine, es gefällt ihr, daß ihr Verstand den Plan entschlüsseln kann. Das gibt ihr eine intellektuelle Befriedigung, wie Ihnen oder mir.«

»Eine andere wird er Ihnen auch kaum geben.«

»Seien wir dankbar für kleine Freuden.« Im Westen war die Sonne geschmolzen, so daß der große Strom aus einem Kessel voll Gold ausgegossen schien. »Mir fallen immer noch Dinge ein, die dazu passen. Ich erinnere mich, daß Wine mir einmal gesagt hat, Beaglehole und er seien nur Bekannte – etwas in dieser Art. Er wollte sicher sein – Cobdogla oder nicht –, daß Sie und ich enge Freunde wären. Freundschaft war ein wichtiges Element in den beiden Spukfällen von Hawke Square - die vollständigen Manifestationen wurden einem mehr oder weniger intimen Freund zuteil. Der Geist von Colonel Morell sprach nur zu seinem Freund Captain Bertram, und der Geist von Mr. Smart nur zu seinem Schwager und Freund Dr. Spettigue. Als also Wine erkannte, daß wir neugierige Polizisten sind und gleichzeitig Freunde, ergriff er die Gelegenheit, zwei Fliegen mit einer Klappe zu schlagen.«

»Beziehungsweise zwei Fliegen einem Alligator vorzuwerfen.« Und Hudspith lachte – trübsinnig, aber länger, als es das Witzwort rechtfertigte. »Nicht, daß *ein* Freundespaar ausreichendes Material für das große Hawke-Square-Experiment bieten könnte. Ich bin mir sicher, daß eine ganze Serie von Experimenten geplant ist. Wenn ich es mir überlege – was ist mit Mrs. Gladigan und Miss Molsher? Vielleicht sind sie wirklich dafür benutzt worden. Vielleicht spielen Miss Molshers Geist und meiner diese Treppe rauf und runter Haschmich.«

Hudspith, dachte Appleby, entwickelte eine Ader für groteske Phantasie. Zweifellos wirkte die exotische Umgebung. Sie waren nun auf dem Gipfel des Hügels, und der Fluß, immer noch golden im Westen, floß dunkel und unwirklich unten vorbei. Mamey und Papaya, Rizinuspflanzen und fiedrige Palmen warfen lange Schatten; das Schwatzen des Chaja und des Bien-te-veo erstarb; bald würde es Nacht sein, ein Universum aus Glühwürmchen und Sternen – zahllose, flüchtige

Glühwürmchen, die Sterne fern und andauernd, wie ihre eigene abstrakte Idee, in einem Himmel tiefdunklen Nachtblaus aufbewahrt. »Miss Molsher?« sagte Appleby prosaisch. »Aber Hawke Square ist eben erst aufgebaut worden. Sie und ich sind Meerschweinchen Nummer Eins und Zwei.«

»Es sei denn ... «

»Es sei denn, man kann ihn von dem ganzen Plan ablenken. Schließlich ist diese echt experimentierfreudige Seite des Mannes nur ein Teil von ihm. Sein Gangsterreich, seine Spukkirche, seine Vorbereitung von grotesken Machtmitteln: Da liegt der wichtigere Teil dieses Mannes. Und Beaglehole – ihm liegt nur an der praktischen und nichts an der spekulativen Seite des Unternehmens. Er sieht darin eine Schwäche des Chefs und das ist es ja vielleicht auch – wenn es auch das ist, was ihn faszinierend macht. Wenn wir nun annehmen, daß das große Projekt in Gefahr geriete ... «

Hudspith schüttelte den Kopf. »Im Moment erscheint es mir unangreifbar.«

»Seien Sie sich da nicht so sicher. Wenn das große Projekt in Gefahr wäre, dann müßte Hawke Square, so teuer die Operation gewesen sein mag, eine Weile zurückgestellt werden.«

Hudspith setzte sich und lehnte den Rücken gegen den nun fast unsichtbaren Ñandubay. »Würden Sie sagen«, meinte er trocken, »daß Sie und ich dabei sind, Pläne zu schmieden?«

»Gewiß. Und wir haben einen ziemlich großen Handlungsspielraum – und werden ihn haben, solange wir den Eindruck machen, daß wir an Radbone glauben. Es ist kaum irgendeine Verzweiflungsaktion von uns zu erwarten, solange wir annehmen, daß einer von uns hier abreisen darf, um Verhandlungen mit ihm aufzunehmen. Zum Beispiel konspirieren Sie und ich hier in der Einsamkeit und niemand beobachtet uns. Ich habe einen Revolver im Koffer; niemand hat den Koffer aufgebrochen. Wir könnten Wine töten. Wir könnten Wine und Beaglehole töten. Würde das nicht dem ganzen Plan das Rückgrat brechen?«

»Nicht unbedingt.« Appleby konnte schwach erkennen, wie sein Gefährte den Kopf schüttelte. »Wir wissen nicht, was für fähige Subalterne, was für sorgfältig ausgewählte Nachfolger, was für stille Teilhaber es geben mag. Aber es wäre auf jeden Fall unser Ende. Es muß eine ganz beachtliche Bande über diese Inseln verteilt sein, um die Kontrolle über das, was Wine so gerne sein Material nennt, aufrechtzuerhalten. Wir könnten uns nie den Weg freischießen.«

»Ich stimme Ihnen zu.«

»Natürlich könnten wir eine Revolution anzetteln und das Material hinter den Barrikaden organisieren. Aber zum größten Teil ist es unbekannt, unzuverlässig und hat eine Macke. Außer Lucy – und die ist kein Material mehr, wenn ich Sie richtig verstanden habe.«

Appleby sagte nichts. Es war sehr still auf der Insel, und der Fluß strömte ohne Laut. Auf Dutzende von Meilen hin mochte sich außer dem unermüdlichen Maulwurf nichts regen, hätte man meinen können. Und doch war die Insel voller Geräusche – die rätselhaften Geräusche der südamerikanischen Nacht, die stets aus unbekannten Entfernungen zu dringen scheinen, wie ein Murmeln, bei dem nicht hörbar ist, ob es Hoffnung oder Angst ausdrückt.

»Die Wahrheit ist einfach die«, sagte Hudspith, »daß wir auf etwas von draußen warten müssen. Auf einen deus ex machina, der das Ganze zu einem guten Ende führt.«

Wieder sagte Appleby nichts. Es war dunkel, und tief drunten regte sich der Maulwurf wie ein unruhiges, kleines Gespenst.

Klatsch.

Vielleicht erschauerte Hudspith. »Alligator«, sagte er.

Aber Appleby legte eine Hand auf seinen Arm. »Hören Sie!«

Und es war ein neues Geräusch zu hören – ein nahes Geräusch vom Fluß drunten. Es folgte Schweigen, und dann war es wieder da. Es war kein Irrtum möglich.

»Ja«, sagte Hudspith trocken. »Ein Pferd.«

4. TEIL

Das unsterbliche Feuer

1

Das Pferd wieherte im Dunkeln. Als der Laut sich zum dritten Mal wiederholte, wurde der Tuco-Tuco zu ihren Füßen still, ein gebannter Dämon. Stille lag um sie wie ein regloser Teich – ein Wasserspiegel, hinter dessen Rand ungewisse Formen gegenwärtig waren, das rätselvolle Wispern schweifender Winde durch ferne Graskolonnaden. Das Pferd hustete.

»Es schwimmt«, sagte Hudspith.

Drunten – weit drunten, schien es – glänzten Lichter im kalifornischen Haus des vormaligen Schlumpf. Eines mochte das von Wine und Beaglehole sein; sie würden in Papiere vertieft dasitzen und ihren seltsamen Plan weiterspinnen. Eines könnte Mrs. Nurse gehören – Mrs. Nurse, die sich sehr schön fühlte, ganz leer, so müde. Und eines, wußte Appleby, war das von Lucy – das der des Lesens ungewohnten Richtigen Lucy, die mit einem dicken Buch vor sich ihre konzentrierte Intelligenz der Entzifferung jener bedeutsamen Geschichte von Hawke Square Nr. 37 widmete. Lichter glänzten auf ferneren Inseln. Weit weg kreiste kurz ein Lichtstrahl, als ein Motorboot in oberen Grenzen die Kolonie umfuhr – die Australieninsel, die Asieninsel, der Herr mochte wissen, was. Etwas klatschte und spritzte. Etwas glitt an Land und atmete schwer. Ein einziges kurzes Wort wurde von einer menschlichen Stimme gesprochen. Schweigen stellte sich wieder ein und dehnte sich.

»Pferd und Reiter.« Hudspith sprach leise. »Aber wer würde mit einem Pferd in diesen Alligatorenfluß gehen?«

Gegen das Dunkel flimmerten die Glühwürmchen, winzige, ziellos irrende Lichtpünktchen wie die zufälligen Bahnen schwirrender Moleküle, die man in einem physikalischen Labor aufzeichnet.

»Wer wohl?« sagte Appleby. »Wer, wenn nicht ein verrücktes Yorkshiremädchen!«

Sie warteten und strengten ihr Gehör an. Irgendwo auf der

Insel hatte ein Radio begonnen, die hohlen, körperlosen Laute einer zu laut gestellten Ansage auszuspeien, Nachrichten aus dem Chinesischen Meer, aus Samarra, aus San Francisco, die unablässig die Welt umkreisten und sie auf Knopfdruck überfluteten. Das schwache, hohle Schreien drang zu ihnen wie das Geräusch von Wasser, das ziellos in fernen Höhlen stürzt und dröhnt, aber sie lauschten nur auf einen Schritt oder den raschen Tritt von Hufen. Sie hörten immer noch das körperlose Hallen und die fernen Laute der Pampa, und dann, zum Erschrecken nahe, hörten sie im Dunkeln einen wiederkehrenden kurzen, knappen, zerrenden Ruck – ein Laut, der sekundenlang rätselhaft blieb und dann plötzlich unverkennbar war: der Laut eines herbivoren Tieres, das graste, während es sich fortbewegte. Und dann roch es nach Pferd.

Das Tier stand vor ihnen: ein Gegenwärtiges, eine schwache helle Wolke – eine warme, nach Pferd duftende Wolke. Wenn es gesattelt und gezäumt war, waren die Zügel um seinen Nacken geschlungen; wenn es einen Reiter hatte, war er unsichtbar, dunkel gegen die Nacht. Applebys Auge folgte dem ungewissen oberen Umriß der Wolke und hielt an, wo der Hintergrund nicht mit Sternen bestäubt war. Ja, es war ein Reiter da, ein Reiter, der unbeweglich saß und hinabsah auf die verstreuten Lichter, die Emery Wines Hauptquartier bezeichneten.

»Guten Abend«, sagte Appleby.

Ein leichtes Klirren, als hätte eine Hand einen Zügel fester gefaßt, war die einzige Antwort.

»Guten Abend«, wiederholte Appleby. »Erinnern Sie sich an den Laden in York, wo man die Dinge aus dem alten Haus von Hannah Metcalfe verkauft hat? Das muß nun gut vier Monate her sein.«

Wieder kam keine Antwort, doch die weißliche Wolke bewegte sich. Die weißliche Wolke, welche das Pferd war, streckte sich vorne und senkte sich viermal in die Luft hinab. Bodfishs und Lady Carolines Maiglöckchen hatte seine Kunstfertigkeit nicht verloren.

»Und jetzt«, sagte Appleby, »sind wir hier auf der Insel Capri.«

»Spotte.« Die Stimme war rauh und tief und nicht unmelodisch. »Spotte nur. Doch komm nicht näher. Ich bin nicht allein.«

Hudspith hatte begonnen, sich zu erheben. Aber Appleby legte eine warnende Hand auf seinen Arm. »Nicht allein?« sagte er. »Nun, da ist natürlich Maiglöckchen.«

»Das sind die Dämonen von Erde und Wasser und Luft.« Die Stimme des Mädchens war tief, sicher, ihrer selbst gewiß. »Ihr glaubt, in eurem kleinen Raum mit den Kameras und dem zitternden Fußboden könnt ihr den Dämonen befehlen. Aber ihr irrt. Ich bin es, die ihnen befiehlt.«

»Wir sind keine Freunde von Wine. Und wir haben kein Interesse an Dämonen. Wir glauben nicht an sie. Wir werden Sie sicher zurückbringen – zurück nach Haworth, das zu verlassen Sie töricht genug waren.«

Die Antwort war ein leises Lachen, und als die Stimme wieder sprach, lag dieses Lachen noch immer in ihr – boshaft, triumphierend. »Ihr seid die Freunde von Wine. Alle hier sind die Freunde von Wine – oder alle außer den Dämonen, an die ihr nicht glaubt.«

Auf unklare Weise begann das Mädchen die Oberhand zu gewinnen. Es war, als formte sich ein Bann. Appleby versuchte, ihn zu brechen. »Meine liebe Miss Metcalfe ... «

Sie lachte wieder. Seine Wörter zergingen an dem Lachen. »Hört«, sagte sie. »Hört die Dämonen der Erde.« Ein wenig verschob sich der Fleck sternlosen Himmels, als lehne sich das Mädchen über den Hals des Pferdes. Und Maiglöckchen wieherte. Und sofort ertönte von tief drunten, von jenseits der Ufer des gelben, unsichtbaren Stromes, hinter den ferneren Inseln hervor ein tiefes schwaches Pochen – ein Pochen, so tief, daß es weniger ein Laut als eine bloße Muskelempfindung des Ohres war. »Die Dämonen der Erde«, sagte Hannah Metcalfe. Und das Pochen – wie der ferne Klang vieler Trommeln – erstarb.

Es war seltsam; es war so seltsam, daß Appleby erst vorsichtig prüfte, ob ihm seine Stimme gehorchte, ehe er wieder sprach. »Und die Dämonen des Wassers?« fragte er.

Wieder wieherte Maiglöckchen – und noch einmal. Und sofort schwebten auf der tiefsten Dunkelheit, wo der große, langsame Strom dahinfloß, hundert Streifen fahlen Feuers. Die Streifen krümmten sich zu Bögen, zu Kreisen, zu rollenden und sich schneidenden Rädern aus phosphoreszierendem Feuer. »Die Dämonen des Wasser«, sagte Hannah Metcalfe, »und die Dämonen der Luft.« Als sie es aussprach, belebte sich der Himmel jenseits des Flusses wie mit Meteoren, belebte sich mit roten, zornigen Flecken und Lanzen aus Feuer. Sie hoben sich, flogen im Bogen und fielen, und die Sterne standen ungewiß und blaß hinter ihnen. Sekunden nur dauerte das Ganze, und dann trat die Nacht wieder ihre gewöhnliche Herrschaft an. Aus ihr kam Hannah Metcalfes Stimme, ernster nun. »Ist einer von euch Beaglehole?« fragte sie.

»Keiner von uns ist Beaglehole.« Applebys Stimme war stetig. »Wir sind die Feinde von Beaglehole und Wine.«

»Ich glaube dir nicht. Hier sind alle außer den Opfern die Freunde von Beaglehole und Wine. Seid ihr Opfer?«

»Wir sind Polizeibeamte.«

»Das ist Unsinn. Ihr seid die Freunde von Beaglehole und Wine. Sagt es ihnen. Aber sagt es vor allen anderen Beaglehole. Sagt ihm, ich vergesse nicht. Das Schiff.«

»Wir wissen nichts von dem Schiff.«

»Das kleine Schiff, das in Irland abfuhr. Ich wollte nicht gehen. Ich mochte die Männer nicht. Beaglehole ließ mich binden. Und er hatte eine Peitsche. Sagt ihm, ich vergesse nicht. Sagt ihm, nur die Opfer sollen entkommen und ihren rechtmäßigen Platz erhalten. Den ganzen Rest von euch holen die Dämonen.«

»Miss Metcalfe – «

Sie lachte. Die Wolke – die Wolke, die schwach nach Bodfishs offenem Landauer roch – regte sich, verblaßte, löste sich auf. Es herrschte eine lange Stille und dann drang die Stimme, ernst und boshaft zugleich, schwach zu ihnen empor. »Die Dämonen«, sagte sie. »Die Dämonen von Erde und Wasser und Luft.«

Sie tasteten ihren Weg den Hügel hinunter, stumm und in sich gekehrt. Als die erleuchteten Fenster vor ihnen sich klar abzuzeichnen begannen, sprach Hudspith. »Ich nehme nicht an – «

»Natürlich nicht.«

»In diesem Fall – «

»So ist es.«

Vielleicht rieb sich Hudspith das Kinn. »Wir wissen nicht genau, wann sie entkommen ist. Aber sie arbeitet schnell.«

»Und sie ist zweifellos eine begabte Organisatorin. Die Jungfrau von Orleans.«

»Hm.«

»Und das Pferd hilft natürlich.«

»Das Pferd?«

»Seine Tricks. Ein magisches Pferd. Als die Spanier hier zuerst aufgetaucht sind, haben ganz gewöhnliche Pferde die größte Sensation ausgelöst.«

»Ah.«

Die Veranda lag im Dunkeln, doch aus einer Ecke glühte eine Zigarette – eine Zigarette, die rasch und nervös gepafft wurde. Appleby begrüßte sie. »Hallo«, sagte er gutgelaunt.

Die Zigarette fiel und flog in die Nacht. Beaglehole sprach. »Sind Sie zwei das? Sie streifen noch spät herum. Wo waren Sie denn? Ich dachte, ich hätte etwas verdammt Eigenartiges gehört. Und haben Sie etwas am Himmel gesehen?«

»Wir wandern durch die Nacht«, sagte Appleby. »Was könnte an einem Ort voller Geister und Gespensterspuk angemessener sein? Natürlich ist es gefährlich. Der tapfre Banquo ging spät einher.«

Beaglehole fluchte. »Haben Sie etwas gehört, frage ich? Haben Sie irgend etwas gesehen?«

»Wir hörten Eulen schreien und Heimchen rufen. Ist Wine in der Nähe? Er wüßte sicher eine literarische Unterhaltung zu schätzen. Aber vielleicht ist es Zeit, zu Bett zu gehen. Schlafen, vielleicht auch träumen.«

»Verdammt«, sagte Beaglehole. »Wovon reden Sie da?«

»Von seltsamen Dingen. Man sagt, fünf Monde wurden heut gesehen.«

»Fünf Monde!«

»Vier davon starr, jedoch der fünfte fuhr in wundersamem Lauf durch die vier andern.«

»Ach was! Sie sind ja betrunken.« Und in der Dunkelheit wandte sich Beaglehole ab.

»Geben Sie acht«, sagte Appleby leise. »Geben Sie acht, mein Herr – die Peitsche.«

Es herrschte Schweigen. Sie waren wieder allein. »Interessant«, sagte Hudspith. »Ich hab noch nie erlebt, daß es Sie so erwischt, wenn es aufregend wird. Ganz wie Prinz Hamlet, der sich launisch gibt.«

»Wär einer Türschließer der Hölle ...«

»Was?«

»Dann wäre er wahrscheinlich so einer wie Beaglehole. Ist Ihnen Beaglehole nicht auch viel mehr zuwider als Wine? Das kommt daher, daß er ohne metaphysische – oder abergläubische – Seite ist. Ein Türschließer der Hölle, der nicht an das unsterbliche Feuer glaubt.«

»Wohl«, sagte Hudspith abwesend und gähnte. »Aber ich glaube, für heute ist es genug.«

2

Das Motorboot legte ab; die Maschine stotterte und röhrte auf; über den Ceibas mit ihren großen, purpurroten Blütentrauben erhoben sich Macaws, blau, rot und gelb, um vor einem Morgenhimmel aus Amethyst und Gold zu flattern. Die Natur war in einer ihrer schmerzhaft häufigen grellbunten und geschmacklosen Stimmungen. Aber Lucy Rideout klatschte in die Hände und schrie entzückt auf. »Oh, sehen Sie nur, ihre Flügel!« rief sie. »Oh, schauen Sie nur die schönen Schnäbel!«

Aus dem Augenwinkel sah Appleby Hudspith erschauern.

Die richtige und einzige Lucy Rideout hatte trotzdem noch eine deutliche Erinnerung an ihre verstorbenen Schwestern; sie stellte sie, hätte man sagen können, naturgetreu dar. Wine, in liebenswürdig-eleganter Haltung am Heck stehend, konnte keine Ahnung von seinem jüngsten Materialverlust haben. Aber für diejenigen, die Bescheid wußten, waren Lucys Rollenspiele ein wenig unheimlich. Und waren sie nicht vielleicht auch riskant? Solcherart ermuntert, mochten da Lucys Geister nicht umgehen? Daß Kranke Lucy und Kleine Lucy im Mondenschein tatsächlich wiederkehrten – sogar irgendeine schattenhafte Wiederauferstehung in jenem nunmehr frohen und lebhaften Körper dort am Bug anstrengen konnten? Aber von solchen Gedanken wurde Lucy selbst sichtlich nicht heimgesucht. Sie war ledig und ganz; sie war an dem Gegenplan, den man zusammengebracht hatte, beteiligt; sie war in ein großartiges Abenteuer verwickelt. Und nun wandte sie sich mit plötzlich ernstem Blick an Hudspith. »Mr. Hudspith«, sagte sie, »erzählen Sie mir etwas über die Gespräche des Epiktet.« Sie rutschte ein wenig näher an Appleby heran. Ein unglaublicher Spaß.

Und Hudspith rieb sich das Kinn und runzelte die Stirn – doch ehe er eine angemessene Antwort finden konnte, lehnte sich Wine vor. »Sie können es nun sehen«, sagte er. »Haus England. Oder vielleicht besser Schlumpfs Narrenburg.«

Phantastisch gegen den Morgen stehend, rechteckig inmitten der verschlungenen, sich windenden Üppigkeit des Ortes, rußverschmutzt in der klaren Luft ragte Hawke Square Nr. 37 ein wenig wacklig vor ihnen auf. Ein großes Haus, das man hastig abreißt und in hohem Alter über den Äquator transportiert, kann nie mehr ganz wie früher aussehen – besonders nicht, wenn es als Teil einer Reihenarchitektur entworfen worden ist. Doch da stand es, erkennbar ein Stück Bloomsbury, und angeblich noch genügend von seinem genius loci mitführend, um die Experimente des Mr. Emery Wine zum Paranormalen zu rechtfertigen. Es wäre vielleicht einfacher gewesen, das Haus an Ort und Stelle zu übernehmen und dort ein, zwei Mordtaten auszuprobieren. Vielleicht hatte Wine der hauptstädtischen Polizei mißtraut. Oder vielleicht war er auch nur dem Instinkt des Sammlers gefolgt, alles möglichst bequem in Reichweite haben zu wollen. Jedenfalls stand hier das Haus – so aufgestellt, daß der gelbe und endlose Fluß fast an das fragmentische Souterrain leckte. Hier waren Colonel Morell und jener unglückselige viktorianische Kaufmann Mr. Smart gestorben. Das Gebäude sah auch so aus, als könnten in ihm verschiedene Hausbedienstete zu Tode geplagt worden sein, die nun schwer auf seinem Gewissen lasteten – ihre Geister, besenschwingend oder unablässig Kohleneimer von Geschoß zu Geschoß schleppend, mochten wohl mit hartnäckigem Haß umgehen.

»Ich schätze besonders«, sagte Wine, »die schlichten und strengen Linien der Haustür.«

Appleby sah die Haustür an – die Tür, durch welche vor fast zweihundert Jahren Dr. Samuel Johnson und sein Negerdiener Mr. Francis Barber das Haus nach ihren fruchtlosen Nachtwachen verlassen hatten. Und natürlich waren auch die Leichname auf diesem Wege herausgeschafft worden. Aber da, wo Leichenwagen und Trauergäste gestanden hatten, waren nun nur Schilf und Wasser und Alligatoren. Tatsächlich sah die Haustür – man hatte sie frisch grün angestrichen, und in der Mitte, hellglänzend, hing ein messingner Löwenkopf, einen Ring im Maul – eher nach Venedig als nach London aus: Man hätte das Nahen einer Gondel angemessener gefunden als das einer Sänfte. Immerhin hatte alles viel Zeitkolorit, und es stieg sogar Rauch aus den Schornsteinen auf. Und Appleby betrachtete es eingehend. Dann wandte er sich an Wine. »Der Mann, der das hier errichtet hat, war durch und durch verrückt.« Er machte eine Pause. »Finden Sie nicht auch?«

Wine betrachtete nachdenklich seine Fingernägel. »Nun – natürlich würde ich es ungern übernehmen, die Luzidität des alten Schlumpf zu verteidigen. Ich kannte ihn kaum. Und das Ding sieht wirklich verrückt aus. Aber man kann nie ganz sicher sein. Hinter dem scheinbar verrücktesten Projekt mag sich mehr verbergen, als man ahnen kann. Glauben Sie nicht? Hudspith, mein Lieber, glauben Sie nicht?« Wine lächelte heiter zu der unartikulierten Antwort, die auf seine letzte Frage folgte. »Aber zumindest wollte man es doch gar nicht anders haben – der Bau ist reizvoll merkwürdig. Selbstverständlich ist vieles auch an unserem eigenen Projekt merkwürdig – Lucy, mein Kind, Sie sollten, glaube ich, Ihren Hut aufsetzen – und vielleicht sind Schlumpfs vergangene Merkwürdigkeiten da ein wenig zuviel. Deshalb ist Beaglehole so erholsam. An ihm ist nichts Merkwürdiges. Ein handfester Geschäftsmann, der mit beiden Beinen auf der Erde steht – oder auf Deck, wenn wir unseren endlosen Fluß hinauf- und hinunterdampfen.« Wine sprach freundlich und scheinbar ziellos. »Da fällt mir ein: Der Dampfer fährt morgen mit Beaglehole ab. Also, fürchte ich, werden Sie nicht mehr viel Zeit haben, unsere Merkwürdigkeiten zu erforschen oder die von Schlumpf. Einer von Ihnen, heißt das.«

»Einer von uns?« fragte Appleby. Das Boot fuhr in einem Halbkreis ans Ufer; gleich würde Hawke Square über ihnen emporragen wie eine drohende Felsenklippe.

»Entweder Hudspith oder Sie. Ich möchte, daß einer von Ihnen so schnell wie möglich mit Radbone Verbindung aufnimmt. Haben Sie in letzter Zeit Nachrichten gehört? Es gibt wirklich keine Zeit mehr zu verlieren; unsere Fusion sollte, wenn wir uns einigen können, möglichst bald stattfinden.«

»Vielleicht sollten wir beide fahren?«

Wine legte den Kopf ein wenig schräg, als sinne er einem vernünftigen Vorschlag nach, auf den er noch gar nicht gekommen war. »Vielleicht, ja. Und doch bin ich mir nicht ganz sicher. Es gibt so vieles, was ich mit einem von Ihnen noch besprechen könnte. Ich glaube, wir könnten schon einen kompletten strategischen Entwurf ausarbeiten. Nein« – seine Stimme war höflich entschieden –, »ich glaube, das machen wir doch nicht. Wir müssen Zeit sparen, wo wir können. Aber wer von Ihnen sollte wohl gehen?«

»Ich glaube, das macht keinen großen Unterschied«, sagte Hudspith.

»Nein«, sagte Wine liebenswürdig. »Das ist wohl richtig.«

Verlassen und leer hallend, die ungefüge eingesetzten Fenster und Türen und Täfelungen im trockenen Wind der Pampas knarzend und quietschend – so hatte sich Appleby unwillkürlich die neue Nr. 37 vorgestellt. Aber das Haus stellte sich als bewohnt, als überbelegt heraus. Miss Mood schien sich seit ihrem letzten Auftritt durch einen Spaltungsprozeß, wie er bei niederen Lebensformen üblich ist, massiv vermehrt zu haben – man traf sie in den Korridoren aller Stockwerke. Und obwohl Mrs. Nurses selten sind, gab es einige davon. Man mußte bedenken, daß Hawke Square Nr. 37 auch Haus England war, und daß Mr. Wine besonders gut mit Material für spätere Operationen in England ausgestattet war. Medien und Gedankenleser und Naturwunder wanderten durch alle Stockwerke und liefen durch die numerierten Türen der Zimmer, hinein, hinaus. Außerdem war es wahrscheinlich, daß es für jede Person, die man zu Gesicht bekam, noch eine weitere gab, die zu unzuverlässig oder exzentrisch war, als daß man sie offen hätte zeigen können. Tatsächlich war das Haus überfüllt wie eine billige Pension. Und dies, dachte Appleby, als er nach dem Mittagessen auf dem Treppenflur des ersten Stocks stand, machte die Situation mehr als seltsam. Vielleicht bot es unerwarteten Handlungsspielraum. Gewiß schränkte es die Möglichkeiten des Gegners ein.

»Jacko?«

Er sah auf und erblickte Lucy, die ihm aus dem nächsten Stockwerk winkte. Sie war in glücklicher konspirativer Stimmung. Er stieg die Treppe hoch und ging zu ihr. »Haben sie Ihnen ein anständiges Zimmer gegeben?«

»Nicht schlecht. Eine Dachstube. Es ist komisch mit diesem Haus. Kommen Sie mit, ganz nach oben.«

Sie stiegen hinauf. »Es ist komisch mit der Gewohnheit.«

»Mit der Gewohnheit?« Die Prosa von Richtiger Lucy, dachte Appleby, hatte noch ein wenig von Kleiner Lucy. Sie war zugleich infantil und zwingend, wie die raffinierteren Texte von Miss Gertrude Stein.

»Es ist komisch mit einer Stufe, von der man meint, sie ist im Dunkeln da, wenn sie gar nicht da ist – nicht wahr?«

»Wenn man einen Schritt abwärts machen will und keine Stufe mehr da ist? Man kann recht erschrecken dabei.«

»Ja. Na, ich erschrecke mich immer ein bißchen, wenn ich in das Souterrain gehen will, und es ist keines da. Wissen Sie, das Haus, wo wir alle gelebt haben vor den Bomben – «

»Wir alle!«

»Mam und ich und die anderen.«

»Natürlich.«

»Das war genauso, und natürlich waren wir immer im Souterrain und in den Dachkammern. Und jetzt gibt's kein Souterrain, nur drei, vier Stufen, dann ist es aus. Ich glaube, mehr konnten sie vom Souterrain nicht stehlen. Immerhin ist der ganze Dachboden da. Gehen wir ganz rauf.«

Sie stiegen höher. Das englische Material von Emery Wine huschte vorbei, knallte Türen zu, sprach, sang, spielte irgendwo Klavier. Es ist komisch mit diesem Haus, dachte Appleby. Es ist komisch –

»Jacko – das mit Mr. Smart.« Sie hatten das Ende der Wendeltreppe erreicht, und Lucy lehnte sich über die Balustrade. »Hier ist er hinuntergefallen. Es ist nicht gerade ein Treppenschacht, wie? Mehr eine Art Schlitz.«

Sie standen mehr oder weniger genau auf dem Fleck, von welchem in London 1888 ein unglückseliger Kaufmann tödlich hinabgestürzt war. Ein Kreuzchen, dachte Appleby beim Hinabsehen, bezeichnet die Stelle. Es war komisch mit Mr. Smart. Und es war in der Tat kaum ein Schacht. Was man unten sah, war ein schmales Rechteck aus Bodenfliesen.

»Natürlich«, sagte Lucy, »würde man bis unten fallen. Aber nicht – nicht sauber. Man würde anstoßen.«

Die Beobachtung war korrekt; wahrscheinlich würde der Körper anstoßen, wahrscheinlich würde er wie eine Kugel in einem Flipperautomaten hin- und hergeschleudert werden. Und dies war irgendwie schlimmer als ein einziger Fall und Aufprall.

»Natürlich«, sagte Lucy, »könnte er es auch mit Gift versuchen, wie bei dem anderen Mann – dem Colonel. Aber ich glaub's nicht.« Sie sah stirnrunzelnd auf das kleine Fliesenmuster unten hinab. Er schaute sie interessiert an. »Aber ich glaub's nicht«, wiederholte sie.

»Warum nicht?«

»Weil der – der Fall von Colonel Morell weniger sicher ist. Ich glaube, er will den eindrucksvolleren – reproduzieren.«

Eindrucksvoll, dachte Appleby, war wohl das richtige Wort. Er schaute sich auf dem Treppenabsatz um. Es schien niemand in der Nähe. »Sie haben wohl recht«, sagte er.

»Obwohl er natürlich auch etwas völlig anderes anstellen könnte. Die – die ... « Sie brach ab, weil sie die entsprechende Abstraktion nicht fand.

»Die Rahmenbedingungen des Experiments wären immer noch gegeben.«

»Ja. Aber irgendwie glaube ich, die Treppe ist's. Also überlegen Sie, was er dann tun muß. Und nehmen wir an, es ist Hudspith.«

»Nehmen wir an, es ist Hudspith.«

»Also, Hudspith muß mit Beaglehole mit dem Dampfer aufbrechen wie zu einer langen Fahrt. Das bedeutet: Wochenlang kein Beaglehole. Und das ist wichitg – wenn wir's schaffen.«

Appleby sah sie mit zusammengekniffenen Augen an. Er hatte Kollegen, die ebenso kompetent vorgingen und ebenso logisch dachten. Aber nicht viele.

»Und dann muß Hudspith zurückgebracht werden – oder überredet werden, zurückzukommen. Und niemand hier darf es wissen. Und er muß hier runtergestürzt und ermordet werden, und immer noch darf niemand von all den seltsamen Leuten etwas wissen, und dann wird lange gewartet, während Sie denken, er fährt immer noch den Fluß hinunter. Es war eine ganz lange Zeit, bis Dr. Spettigue – «

»Aber das war, weil Dr. Spettigue erst nach längerer Zeit in seine neue Praxis gezogen ist.«

Sie schüttelte den Kopf. »Das ist nicht ganz richtig, Jacko. Ich meine, wir wissen nicht, ob der Geist sich irgendwie rascher gezeigt hätte, auch wenn Dr. Spettigue sofort eingezogen wäre. Vielleicht brauchen Geister ein Weilchen, um sich zu sammeln. Vor allem nach – « und ihr Blick folgte dem langen Fall bis in die Einganghalle hinunter.

»Sie haben ganz recht. Wine muß bereit sein, Wochen oder sogar Monate auf Ergebnisse dieses speziellen Experiments zu warten. Und dabei ist es nur ein Nebenproblem für ihn, eine kleine schwächliche Neigung zur reinen Wissenschaft bei einem vorwiegend praktisch veranlagten Mann. Interessanter Bursche.«

Lucy schüttelte ungeduldig den Kopf. »Seien Sie nicht so kühl und gelassen, Jacko. Das ist reine Angabe. Und – und tut nichts zur Sache.«

Appleby sah seine einstige Patientin, sein einstiges Opfer respektvoll an. »Fahren Sie fort«, sagte er.

»Sache ist folgendes: Hudspith wird hier hinabgestürzt, ist tot, und niemand darf es wissen. Das heißt, daß man die Leiche rasch verschwinden lassen muß. Was werden sie tun? Sie an die Alligatoren verfüttern, nehme ich an. Und was ist mit Beaglehole? Der darf sich nicht sehen lassen. Wenn Sie hören, daß er da ist, oder ihn sehen, dann wäre das ganze Experiment geplatzt. Die ganze Sache hängt davon ab, daß Sie keinen Verdacht schöpfen. Wenn Sie den Verdacht bekämen, daß Hudspith tot ist, dann könnten Sie eine Erscheinung *erwarten*. Und das Experiment muß so angelegt sein, daß das vermieden wird, was das dicke Buch ›spezifische Erwartung‹ nennt.«

»Sie kennen sich aus, Lucy. Haben Sie einen Vorschlag?«

»Nun, es ist ziemlich klar, was man machen *könnte*, oder? Die Frage ist, würde es funktionieren? Wir werden's versuchen.« Sie seufzte und grinste ihn an, blaß und aufgeregt. »Wissen Sie, es ist bloß gut, daß die Kleine und die Zicke hier nicht dabei sind. Die würden total Angst bekommen.«

»Und Sie, Lucy?«

Sie reckte sich wohlig und gefährlich, gegen die Balustrade gelehnt. »Ich, Jacko? Na, ich glaube, das Kino werd ich mir von jetzt ab schenken.«

3

Dämmerung hing zwischen den Schornsteinen. Wenn man halb die Augen schloß, konnte man sich einen ganzen Wald davon vorstellen, ein ganzes London heraufbeschwören. Und vielleicht würde eines Tages London – würden alle großen Städte so sein: irgendein einziges überlebendes, stark mitgenommenes Gebäude zwischen Sumpf und Gras, die sich in alle Richtungen bis zum Horizont erstreckten. *Die Zeit nach London* – eines der Bücher einer der Lucys ... die Geschichte einer spärlichen Feudalkultur, verstreut über die umliegenden Grafschaften des London, des industriellen Herzens, das in irgendeiner ungenannten Katastrophe verschwunden war ... Appleby spähte über die dunkelnde Pampa hinaus. Auch hier, in diesen fernsten und unzugänglichsten Bereichen des ungeheuerlichen Flusses gab es Speere, Pfeil und Bogen; gab es die Reste primitiver Stammesorganisationen. Vielleicht würden die Wilden am Ende die komplizierteren und aufwendigeren Gesellschaftsstrukturen auslachen können. Vielleicht –

Ein Rußflöckchen, das ihm auf die Nase fiel, unterbrach seine Tagträumerei. Drunten in den Eingeweiden von Hawke Square Nr. 37 feuerte man echte Kohle. Ruß und Kohlenstaub waren zweifellos das angemessene Räucherwerk dieses Schreins, und besonders vonnöten, wenn die richtige übernatürliche Atmosphäre erzeugt werden sollte. Das phantastische Experiment, das Wine vorbereitete, hatte viel von einem rituellen Opfer. Tatsächlich mochte ein Psychologe sagen, daß sein Verhalten vollkommen atavistisch war – ein bloßer Rückfall in primitive Magie – und daß die ingeniöse Idee eines ungewöhnlich drastischen Experiments zur außersinnlichen Wahrnehmung lediglich eine Rationalisierung war. Was es aber auch war – dachte Appleby, der auf dem mühsam transferierten Bleidach von Hawke Square Nr. 37 saß – was es auch war, es *war*. Und zwar in einem ziemlich fortgeschrittenen Stadium. Und es gab nur eine Möglichkeit.

Sie mußten zu Wine gehen und ihm sagen, daß sein Experiment sinnlos war – sinnlos, weil sie davon wußten. Sie mußten ihm sagen, daß ihnen klar war: Radbone war eine unsinnige Erfindung, und man wußte, daß sie von der Polizei waren. Mußten sagen, daß sie Polizisten mit mächtigen Reserven im Hintergrund waren, daß sie ihn den Fluß hinaufbegleitet hatten in voller Kenntnis seiner Pläne, daß ihre Vorgesetzten ebenfalls über diese Pläne unterrichtet waren, daß bereits diplomatische Schritte unternommen wurden, sie zu zerschlagen, daß seine beste Chance darin lag, sich still zurückzuziehen, ohne ein Kapitalverbrechen begangen zu haben. Die Regierung würde eingreifen und seine Unternehmung liquidieren, aber mit etwas Glück würde er selbst einer gerichtlichen Verfolgung entgegen.

Appleby rasselte es in Gedanken herunter – und es gefiel ihm nicht. Die Perfektion von Wines Experiment konnten sie zwar zerstören, das stimmte. Keinem ahnungslosen Freund in jenem Hause würde je der Geist eines ermordeten Mannes erscheinen (oder nicht erscheinen). Mit dem ersten Wort wäre dieses mühevoll arrangierte Projekt Wines zerstoben. Aber darüber hinaus sah es trübe aus. Wine würde sich kaum einschüchtern lassen. Er würde beinahe so gut wie sie selbst wissen, wie langwierig und schwierig der Weg von den Glückseligen Inseln nach Scotland Yard war. In einer Welt im Frieden würde die Suche nach zwei verschollenen Polizeibeamten in der Tat unerbittlich sein, aber trotzdem langsam. Unter den gegenwärtigen Umständen könnte sich Wine – dessen ganzes Riesenprojekt ein Spiel mit gewagtem Einsatz war – durchaus ausrechnen, daß seine eigenen Mächte schon lange, ehe man ihren verletzlichen Ausgangsort entdeckt hatte, überall in Stellung gegangen sein würden, überall triumphiert hätten.

Der Strom floß an der Haustür von Hawke Square Nr. 37 vorüber. Die Alligatoren klatschten in Hörweite der Speisezimmer ins Wasser. Solche Widersprüchlichkeiten, absichtlich von einem logischen, wenn auch perversen Kopf herbeigeführt, besaßen eine geheime Kraft, den Willen zu lähmen, den Intellekt zu verwirren. Das galt nicht für Lucy Rideout. Sie wußte viel zu wenig von der Welt, als daß sie in Gefahr gewesen wäre, entgeistert auf einen Stuhl zu sinken. Und sie kannte sich im Melodramatischen einigermaßen aus und hatte genügend Mutterwitz, um hinreichend verblüffende eigene Gegenstrategien zu entwerfen. Vielleicht wäre es gar nicht schlecht, Lucy einfach ihren Willen zu lassen.

Ein Schatten bewegte sich zwischen den Schornsteinen. Wine war auf das Dach hinausgetreten – eine fremdartig wirkende Figur in seinem zurückhaltend makellosen Tropenanzug. »Appleby, sind Sie's? Ich freue mich, daß Sie diesen amüsanten Aussichtspunkt entdeckt haben.« Wine setzte sich geschickt auf das Bleidach. »Wer würde es je für möglich halten, daß man das Herz Südamerikas vom Dach eines Londoner Hauses erblicken könnte? Und doch sind wir hier, und dort ist Südamerika.« Er schwenkte fröhlich die Hand. »Vollkommen irrational und doch eine Tatsache. All die wirkkräftigsten Tatsachen sind vollkommen irrational. Das ist unser Thema. Die Menschen haben die Dampfmaschine entworfen, indem sie beobachtet und ausgenützt haben, wie die Dinge tatsächlich funktionieren. Wir werden weitaus mächtigere Maschinerien bauen, indem wir beobachten und ausnützen, wie sich das Funktionieren der Dinge in den Köpfen der Menschen malt. Betrachten wir, mein Lieber, die Sterne.«

Appleby sah auf zu dem sich verdunkelnden Himmel. In wenigen Minuten würden dort die Sterne hängen, würden dort hängen, ob man sie betrachtete oder nicht ... »Die Sterne?« fragte er halb abwesend.

»Die Sterne. Was glaubt man natürlicherweise von ihnen? Was für Vorstellungen über sie treten spontan in das Bewußtsein der Menschen? Ganz offensichtlich die Ideen der Astrologie. Mit diesen verglichen sind die Ideen von Kopernikus und Newton, von Kepler und Einstein zeitbedingt, lokal und in höchstem Maße exzentrisch.«

»Aber die Ideen von Kopernikus und seinen Nachfolgern funktionieren. Ihre Vorhersagen treffen ein. Wogegen die Astrologen – «

Wine unterbrach ihn mit einem liebenswürdig abschätzigen Schwenk seiner Hand. »Die Menschheit, mein lieber Appleby, ist viel zu krausköpfig und hat ein viel zu kurzes

Gedächtnis, als daß sie sich je darum kümmern würde, ob Vorhersagen eintreten oder nicht. Das einzige, was sie haben will, ist eine bestimmte Qualität der Vorhersagen selbst. Sie müssen ein magisches und irrationales Element enthalten, das ausreichend groß ist, um die magischen und irrationalen Begierden zu befriedigen, die neun Zehntel des menschlichen Bewußtseinsinhalts ausmachen. Das werden wir zur Verfügung stellen – Radbone und Sie und ich.«

»Und Hudspith.«

»Und Hudspith natürlich.« Wine schwieg einen Moment, als hätten seine Gedanken eine andere Richtung eingeschlagen. »Hat einer von Ihnen zufällig einen Revolver?« fragte er plötzlich.

»Ich habe einen. Aber ich glaube nicht, daß Hudspith einen hat. Möchten Sie ihn sich leihen?« Appleby sprach leichthin, doch mit einer gewissen unverhohlenen Überraschung. Wenn man Lucys haarsträubendem Plan folgen wollte, war es notwendig, einen absolut arglosen Eindruck zu machen.

»Liebe Zeit, nein. Es kam mir nur, daß ein grober Überblick über unsere Bewaffnung wünschenswert wäre. Die Wahrheit zu sagen, es gibt Gerüchte über die Eingeborenen der Umgebung, die mir nicht ganz gefallen wollen.«

»Ich hoffe, sie haben keine weiteren Materialverluste verursacht?«

»Nein; das Problem scheint eher zu sein, daß sie sich ganz zurückgezogen haben. Dies bringt mich auf den Gedanken, sie könnten einen Überfall planen. Und obwohl sie bei Tage unsichtbar sind, erzählt man sich allerlei Geschichten von merkwürdigen Dingen, die bei Nacht zu sehen und zu hören sind.«

»Merkwürdige Dinge? Das hört sich doch nach Ihrem ureigensten Thema an. Vielleicht wollen sie nur ihr Scherflein zu Ihrer schönen und irrationalen Neuen Welt beitragen.«

Wine lachte – vielleicht eine Spur unsicher. »Nach soviel Beaglehole ist es wirklich ein Genuß, mit jemandem zu reden, der einen Scherz zu machen versteht. Doch im Ernst – ich bin ein wenig beunruhigt. Sie haben ohne Zweifel die beiden

Frauen verzehrt, die in so interessantem *rapport* gestanden haben.«

»Miss Molsher und Mrs. Gladigan?«

»Ja. Und nun haben sie fast mit Gewißheit das Mädchen aus Yorkshire gefressen, das mit dem Pferd geflohen ist. Das ist sehr ärgerlich, denn sie war wahrhaftig eine äußerst vielversprechende Hexe. Doch fürchte ich, daß all dies sie auf den – nicht mehr zu bändigenden – Geschmack gebracht hat, auf ein Faible für weißes Fleisch im Kochkessel. Ich glaube, das ist gelegentlich schon vorgekommen.«

»Zweifellos. Tatsächlich ist eine Abkehr vom Kannibalismus, wenn man es großzügig genug betrachtet, wahrscheinlich zeitbedingt, lokal und in höchstem Maße exzentrisch. Und wenn die Wilden beginnen, ganz spontan zu handeln, dann werden wir wahrscheinlich alle als Koteletts enden.«

Wines Lachen war diesmal deutlich schärfer. »Ganz recht. Wir möchten keine magischen Praktiken in allzu großer Nähe erleben. Vielleicht kann sich Hudspith beglückwünschen, daß er morgen früh flußabwärts fährt. Er zumindest wird nicht von Kannibalen gefressen werden.« Wine schwieg. Vom Fluß drunten her kam das leise *Klatsch!* eines Alligators.

»Aber für uns, die wir bleiben, besteht Ihrer Ansicht nach wirklich Gefahr?«

»Nur die der Unbequemlichkeit und einer lästigen Auseinandersetzung. Die Wilden sollen in recht beträchtlicher Zahl existieren, und hier am Oberlauf des Flusses sind sie nie unter Kontrolle gebracht worden. Aber glücklicherweise sind sie ohne jegliche intelligente Führung.«

»Ah ja.« Appleby klopfte seine Pfeife aus und sah zum Himmel empor. Ja, da waren die Sterne – Armeen des unabänderlichen Gesetzes. Und wie er hier im Dunkel auf seinem Staubkorn im Raume hockte, blinzelte er ihnen zu. »Man stelle sich vor«, sagte er. »Man stelle sich vor: Eine Yorkshirehexe endet im Kessel eines amerikanischen Wilden. Irrational, nicht wahr?«

Hudspith ließ die Schlösser seines Koffers zuschnappen. »Ich frage mich, warum die Wahl auf mich gefallen ist?« fragte er gelassen. »Natürlich ist es Wine klargeworden, daß meine Vision von Lucy in jener Nacht ein Schwindel war. Aber ich habe das Gefühl, daß er trotzdem noch Ihre Geschichten geglaubt hat – daß ich die Art Mann wäre.«

»In gewisser Weise sind Sie auch die Art Mann.« Appleby saß spät in der Nacht auf seinem Bett und sprach leise. »Sie sind eine düstere Figur mit abwesendem Blick und haben diesen Spleen mit den entführten Mädchen. Sie wirken geradezu distinguiert. Und ich bezweifle nicht, daß Wine Sie als, in seinem Sinne, sensitiv betrachtet. Trotzdem werden Sie den Geist abgeben und ich den Perzipienten, da gibt es keinen Zweifel. Wahrscheinlich besagt seine Theorie, daß nur eigenartige Leute die Voraussetzungen für ein gutes Gespenst mitbringen. Wenn man es bedenkt, dann werden Geister tatsächlich von Krethi und Plethi aufs Wahlloseste gesehen. Wenn man sie überhaupt sieht, meine ich.« Appleby machte eine Pause, um sich auf das Laden seines Revolvers zu konzentrieren. »Während recht häufig der Geist eine Person von besonderer Statur war. Ich glaube, Sie müssen es als Kompliment sehen, daß Sie für diese spezielle Rolle ausersehen worden sind.«

»Meine Rolle – ein Sturz«, sagte Hudspith. Er lachte laut über diesen Kalauer und hielt plötzlich inne, als das Geräusch mit lautem Widerhall durch die Nacht klang. »Wissen Sie – ich kann mir nicht helfen, das Ganze hat etwas von Verschwendung.«

Appleby legte den Revolver aufs Bett. »Das begreife ich. Alle zum Tode Verurteilten dürften die bevorstehende Exekution als eine durch nichts zu rechtfertigende Verschwendung betrachten. Sie müssen das Gefühl haben, daß ein wirtschaftlich denkendes Gemeinwesen zwangsläufig den Spruch in einen freundlichen Tadel abändern müßte.«

»Ganz so meine ich's nicht. Lesen Sie Kriminalromane?«

»Um Gottes willen! Was sind das für Fragen? Nein, ich habe seit Jahren keinen Kriminalroman mehr gelesen.«

»Ich lese ziemlich viele. Erholsam, finde ich.« Hudspith hatte das Licht ausgemacht und sprach aus dem Dunkel. »Sie lenken einen ganz vom Alltag ab, wenn man in meinem Beruf arbeitet.«

»Verstehe. Keine entehrten Mädchen.«

»Nicht viele entehrte Mädchen. Verkauft sich nicht. Wieviele Leute, würden Sie sagen, haben Kriminalromane geschrieben?«

Appleby gähnte. »Hunderte, könnte ich mir denken.«

»Ganz recht – und manche davon haben Dutzende von Büchern verfaßt. Leute von bescheidener bis guter bis hervorragender Intelligenz. Einige Frauen sind wirklich ganz brillant; es gibt kein anderes Wort.«

»Was Sie nicht sagen. Hören Sie, Hudspith, es muß schon sehr spät sein.«

»Und hinter was sind all diese Hundertschaften von Leuten ständig her, würden Sie sagen?«

»Geld.« Applebys Stimme war schläfrig, doch entschieden.

»Sie suchen ständig ein wirklich originelles Mordmotiv. Und hier haben wir eines. Ich werde ermordet, um den Zwekken der Erforschung außersinnlicher Wahrnehmungsmöglichkeiten zu dienen. Ermordet, um einen Geist herzustellen. Es ist ein genuin neues Motiv, und keiner hat je daran gedacht.«

»Wahrscheinlich kommt es schon irgendwo vor. Sie haben nur diese eine Geschichte nicht gelesen. Gute Nacht.«

»Aber ich habe noch nicht erklärt, was ich meine. Mit der Verschwendung, meine ich.« Hudspiths Stimme fuhr fort, schwerfällig die Nacht zu durchdringen. »Hier haben wir ein perfektes Motiv für einen Kriminalroman, aber wir befinden uns in keinem.«

»Mein Lieber, Sie reden daher wie eine Figur von Pirandello. Schlafen Sie gut.«

»Wir befinden uns in einem Ragout aus Phantastik und konfusem Abenteuer, das gar kein richtiger Kriminalroman ist. Wir könnten von Michael Innes sein.«

»Innes? Ich habe nie von ihm gehört.« Appleby sprach mit

deutlicher Ungeduld. »Sie könnten Ihre letzten Stunden nützlicher verbringen als mit diesem Geschwatze über die literarische Unterwelt. Schlafen Sie. Schlafen Sie und träumen Sie von dem guten weichen Ei, das man an dem fatalen Morgen in die Todeszelle gebracht bekommt.«

Hudspith seufzte und war eine Weile still. »Scherz beiseite«, sagte er schließlich. »Diese Idee von Lucy – meinen Sie, das klappt?«

Schweigen antwortete ihm.

»Glauben Sie's? Schließlich ist das, von meinem Standpunkt aus betrachtet, nicht ganz unwichtig.«

Doch wieder herrschte Schweigen. Appleby war eingeschlafen.

4

Weiche Eier waren ein wesentlicher Bestandteil des Frühstücks gewesen, und während man sich über ihre Meriten unterhielt, war Wine mit Hudspith, ausführlich im Detail, noch einmal die Bedingungen durchgegangen, die jener seinem Auftraggeber Radbone darlegen sollte. Hudspith hatte sich Notizen gemacht, sein zweites Ei ausgekratzt und war ungerührt an Bord des kleinen Dampfers gegangen. Und niemand hätte erraten können, daß er glaubte, mit dem Tode zu spielen. Er stand neben Beaglehole am Heck, und manchmal winkte er und manchmal winkte Beaglehole, und bald schon waren sie weit flußabwärts ununterscheidbare Punkte. Wine, dessen Lebewohl unverhohlen herzlich gewesen war, zog sich für den Rest des Tages zu seinen Verwaltungspflichten zurück. Und wieder erstieg Appleby den Hügel und setzte sich unter den Ñandubay.

Hudspith war fort. Der Polizist, der glaubte, als solcher nicht durchschaut worden zu sein, war gegangen als Ergebnis dessen, was er sich als erfolgreiche List einbildete – gegangen, um Truppen, Polizei und Gesetz und Ordnung zu den Inseln der Glückseligen zu bringen. Doch in all dem täuschte er sich. Radbone war eine Fiktion, die man ihm erfolgreich eingeredet hatte. Und er ging in seinen Tod – einen merkwürdigen Tod, nützlich für die Wissenschaft.

So war das Bild, das sich Wine nun bot. Und wie sah Wine Appleby? Als einen weiteren Polizisten, der glaubte, als solcher undurchschaut zu sein, einen Polizisten, der nun nur noch so tun mußte, als glaube er an Radbone, einen Polizisten, der nur in unverdächtiger Ruhe abwarten mußte, bis sein Kollege mit reichlicher Unterstützung zurückkehrte. Doch in all dem ein weiterer übertölpelter Polizist. Denn zu Appleby würde kein Hudspith im Fleische zurückkehren. Es könnte nur einem Appleby ohne Arg, ohne Ahnung vom Tod seines Freundes, eines Tages Hudspiths Geist erscheinen – ein Geist, der nach Rache rief. Anderen mochte sich der Geist auch zeigen, doch bei Appleby, wie bei Captain Bertram und Dr. Spettigue, würde eine vollkommene Enthüllung versucht werden. Hudspith sollte sterben, und anschließend würde sich der ahnungslose Appleby unter wissenschaftlicher Beobachtung befinden. Hat er etwas gesehen? Hat der Geist seines ermordeten Freundes es vermocht, mit ihm Kontakt aufzunehmen? Dies würden die Fragen sein, die man stellte. Und all das als eine Art Nebentätigkeit von Wines riesiger Organisation. Dort saß der Mann, versammelte und registrierte seine wachsende Armee von Hellseherinnen und Astrologen und Wundertätern, zu strikt praktischem Zwecke. Aber er hatte diese kleine Schwäche für die wahre Wissenschaft. Und daher die seltsame Transplantation von Hawke Square Nr. 37 und Hudspiths gegenwärtige Reise ... Appleby schaute den Fluß hinunter. Der kleine Dampfer war um eine Biegung gefahren. Nur Wasser, gelb und leer, war zu sehen.

Appleby stopfte seine Pfeife. Er zündete sie an, stieß den Rauch aus, dachte an Hudspiths Tod. Es war wichtig, sich dieses melancholische Ereignis klar auseinanderzusetzen.

Hudspith mußte hier sterben. Es hatte keinen Sinn, ihm fünfzig Meilen flußabwärts die Kehle durchzuschneiden – sein Geist mochte sonst vergebens eine nur von den Flamingos und den Scherenschwänzen belebte Einsamkeit heimsuchen. Und nicht nur mußte er hier sterben – hier in Hawke Square Nr. 37 –, hier mußte auch die Gewaltanwendung gegen ihn beginnen. Wines wissenschaftliche Gründlichkeit würde darauf bestehen. Der Mord mußte, sozusagen, hier beginnen und hier enden.

Hudspith mußte also zurückgebracht werden, ohne daß er irgendeinen Verdacht schöpfte. Und heimlich; niemand durfte es wissen. Nicht einer der Bewohner des wimmelnden Hauses durfte es wissen. Selbst durchaus verläßliche Komplizen waren auf ein Minimum zu beschränken – denn je mehr es von diesen gab, desto größer war die Gefahr, daß das Experiment durch die Wirkung von Telepathie zunichte gemacht wurde. Ein Bewußtsein, das von dem Mord wußte, könnte auf Appleby einen diffusen Schrecken übertragen.

Hudspith mußte hier ermordet werden. *Und er mußte es wissen.* Appleby runzelte die Stirn, als ihm dieser Punkt klar wurde. Wenn man nicht weiß, daß man ermordet wird, dann ist es immerhin vorstellbar, daß der Geist später nicht wissen wird, daß man ermordet wurde. Hudspith muß ahnungslos zurückgebracht werden; es muß ihm klargemacht werden, daß seine Ermordung unmittelbar bevorsteht; er muß mit dem Wissen von so wenigen Personen wie möglich ermordet werden; sein Leichnam muß sogleich und ohne Risiko beseitigt werden; alles muß so sein, als führe er noch friedlich mit Beaglehole zusammen den Fluß hinunter.

Dies waren die Grundlagen des Experiments. Das meiste hatte Lucy bereits formuliert; und Lucy hatte erkannt, wie drastisch begrenzt der Manövrierraum des Gegners war. Wie konnte der Plan durchgeführt werden?

Appleby sah hinauf in den leeren südamerikanischen Himmel. Es brauchte einen Aeroplan, dachte er.

Der Dampfer konnte nicht zurückkommen. Aber Hudspith mußte wiederkommen. Nehmen wir also an, Beaglehole gibt vor, sich plötzlich an einen alles entscheidenden Punkt in dem Abkommen mit Radbone zu erinnern, den Wine nicht geklärt hat. Nehmen wir an, daß ein Stück flußabwärts ein Flugzeug Wines günstigerweise auftaucht. Nehmen wir an,

Beaglehole schlägt vor, mit diesem rasch zu den Inseln der Glückseligen zurückzuhüpfen und wieder zurückzukehren, ehe der Dampfer seine Fahrt noch eine allzu weite Strecke fortgesetzt hat. Dies würde dazu dienen, einen nichtsahnenden Hudspith zurückzubringen und – ebenso wichtig – Beaglehole sofort nach dem Mord wieder verschwinden zu lassen. Denn niemand durfte wissen, daß Beaglehole geheimnisvollerweise zurückgekommen war und sich hier herumgedrückt hatte. Sofort nach der Ermordung Hudspiths war es wünschenswert, daß sich Beaglehole dünnmachte. Ein Flugzeug war ideal. Ein Wasserflugzeug konnte im Dunkeln landen und starten. Und es war beinahe sicher, daß Wine über eines verfügte. Alles half zusammen, um Lucys Plan in den Bereich des Möglichen zu rücken ... Appleby klopfte die Pfeife aus und trat den Rückweg an. Lucy Rideout war in Ordnung. Man wußte, woran man mit ihr war – mittlerweile. Aber was war mit Hannah Metcalfe – und Maiglöckchen? Er sah über das üppigdunkel bewachsene Flußufer hinaus in die unendlichen Räume dahinter. Eine Armee könnte dort aufmarschieren.

Schwarzer Kaffee ist die beste Trägerflüssigkeit für ein heimlich beigebrachtes Schlafmittel, und an jenem Abend um halb neun erweckte Appleby den Eindruck, eine beträchtliche Menge schwarzen Kaffee zu trinken. Eine Stunde später sagte er zu Wine und Mrs. Nurse, er fühle sich schläfrig. Und wiederum eine halbe Stunde später lag er im Bett. Er lag im Bett und in der Dunkelheit – denn die Nacht war sehr dunkel. Er lag im Bett und dachte an die seltsame Wendung, welche die Dinge – so war es geplant – nehmen sollten. Es ging um äußerste Sorgfalt; man mußte ständig auf überzeugende Details achten. Und Appleby streckte den Arm aus und knipste eine kleine Lampe neben seinem Bett an. Er warf ein offenes Buch, Rücken nach oben, auf den Boden. So sähe es aus bei einem Mann, den ein Opiat überwältigt hatte.

Alles war gegen elf sehr ruhig; so ruhig in diesem überfüllten Haus, daß man in Versuchung war, anzunehmen, es sei allgemein eine Runde Laudanum ausgegeben worden. Der träge Fluß klatschte halbherzig an die Steinstufen vor der Haustür von Hawke Square Nr. 37; ein leichter Wind klapperte immer wieder in irgendeinem hauptstädtischen Kaminmechanismus auf dem Dache; in weiter Ferne riefen die Kreaturen der südamerikanischen Nacht, selten und halbherzig, einander etwas zu – der Ruf wilder Lebewesen, die stets halbwach bleiben, da vielleicht ein Alarm, eine Katastrophe eintreten könnte. Auch Appleby hatte nur ein *vielleicht*; es wäre unvorhergesehen, würde er in dieser Nacht schon in den Strudel gewalttätiger Geschehnisse hinausgeholt. Doch war er sehr wach.

Wine kam um zwanzig nach zwölf. Er klopfte an die Tür – leise; glitt in den Raum – lautlos; sprach – sehr, sehr leise. »Appleby, mein Lieber, ich hoffe, es macht Ihnen nichts aus –« Er hatte das Zimmer durchquert und stand neben dem Bett, nun sagte er nichts mehr. Appleby, schweratmend, spürte, wie er sich setzte. Und dann fühlte er eine Berührung, leicht, doch entschlossen, an seinem Handgelenk. Wine fühlte ihm den Puls.

Ständig mußte man daran denken, daß alles sehr wissenschaftlich zuging. Wenn man daran dachte, vermied man Überraschungen.

Zweifellos würde diese Pulskontrolle während der nächsten Stunden in regelmäßigen Abständen wiederholt werden. Denn in der Nähe des schlafenden Mannes würden sich nächstens interessante Ereignisse abspielen. Wie interessant – wie wissenschaftlich interessant –, wenn dieser Puls sich wie unter einer unklaren Ahnung von dem Drama in der Welt der Wachenden beschleunigte!

Wine mußte ihn mit größter Konzentration beobachten. Und indem Appleby sich diesen Blick vorstellte, spürte er seine eigenen Lider beben, wie es die eines tief schlafenden Menschen nicht tun sollten; es gelang ihm rechtzeitig, sich unruhig zu bewegen, aufzustöhnen und seinen Kopf ins Kissen zu vergraben. Und was würde sein Puls nun aussagen? Wine war ein Mann, der nicht leicht zu hintergehen war.

Das Licht der Nachttischlampe sickerte immer noch schwach hindurch zu Applebys Retina; außerhalb des Zimmers, auf dem Korridor im zweiten Stock, würde auch ein schwaches Licht brennen. Aber überall sonst würde samtene Schwärze herrschen; nur von hoch oben mochte der Fluß vielleicht als Streif von stumpfstem Silber erscheinen. Zweifellos konnte ein geübter Pilot – Appleby lauschte. Von weit unten am Fluß kam ein murmelnder Laut, der kurz an Stärke zunahm und dann verging. Schweigen herrschte, dann rief in der Ferne ein Vogel. Ein Vogel rief und ein anderer antwortete; viele Vögel riefen, und der sich vermengende Klang ließ denselben murmelnden Laut, aber lauter, entstehen, so daß das dumpfe Klatschen des Flusses und das Knarren des Londoner Schornsteins droben ausgelöscht wurden. Wieder herrschte Schweigen, und wieder schwoll das Murmeln an, noch lauter. Eine Kolonie nach der anderen, den langen Flußlauf entlang, erwachten die Vögel und riefen und versanken wieder in ihrem Schlaf. Hoch über ihnen ging etwas dahin – und nun konnte man eine neue Vibration spüren, ein neues Geräusch hören. Das schwache rasche Dröhnen der Maschine nahm zu. Und wieder spürte Appleby die Berührung an seinem Handgelenk.

Die Maschine verstummte. Sekunden vergingen. Nun mußte das Flugzeug auf dem Wasser sein. Aber es war nichts mehr zu hören, und die sich dehnenden Minuten schlichen endlos vorüber.

»Appleby!« Es war Wines Stimme, plötzlich und gebieterisch dicht an Applebys Ohr. Dies war jedoch auf jeden Fall zu erwarten gewesen, und die träge Bewegung des Kopfes, welche die einzige Reaktion blieb, mußte überzeugend genug gewesen sein. Denn nun nahm Wine Applebys rechten Arm und schob den Ärmel vorsichtig hoch bis zum Ellenbogen. Etwas Kühles, Festes, Bindendes wurde angelegt, und der Arm begann leise zu pochen. Noch mehr Wissenschaftlichkeit. Ein Finger am Puls reichte nicht mehr aus; hier war eines dieser Apparätchen, die soviel genauere Informationen über das menschliche Pumpwerk lieferten ... Wieder vergingen

Minuten, und dann drang ein scharfes, kratzendes Geräusch durch das Fenster. Das war ein Boot, dachte Appleby; Hudspith und Beaglehole waren angekommen. Und *das* – ein Klicken und fernes Hallen – war die sich öffnende und schließende Haustür. Und gleich würden Schritte auf der Treppe zu hören sein.

Mr. Smarts Treppe – die Treppe, welche dieser respektable Kaufmann nach seiner Rückkehr von dem glücklichen Urlaub in Yarmouth hinaufgegangen war. Und nun ging Hudspith hinauf, und Beaglehole vielleicht ein paar Schritte hinter ihm ... Das Pochen in Applebys Arm änderte sein Tempo; dagegen war nichts zu machen: Wine mochte es interpretieren, wie er wollte. Und nun waren sie draußen auf dem Treppenabsatz, und es schien eine Pause einzutreten. Hier mußten sie anhalten, wenn der Vorschlag gemacht worden war, Wine auf seinem Zimmer aufzusuchen. Würden sie höher hinaufgehen? Beaglehole hatte ein Zimmer im nächsten Stockwerk – jenem, wo Mr. Smarts Kinder gewohnt hatten. Ließ sich daraus ein Vorwand ableiten? Appleby strengte sein Gehör an. Ja, sie gingen hinauf. Wine saß ganz still.

Ein Stimmengemurmel drang kurz herunter. Stimmen im Gespräch – und dann eine Stimme voll Überraschung, Zorn, Entsetzen. Ein Sekundenbruchteil war Stille, und dann kam ein seltsames Krachen oder Knacken, von einem dumpfen Aufschlag gefolgt. Schweigen durchflutete das Haus, wurde vom tiefen Aufstöhnen eines Mannes, der eine Last hochhebt, unterbrochen. Dann ein kurzes Rutschen, ein Schlag, wieder ein Rutschen und ein weiterer Schlag. Und schließlich, von unten, ein einziger und sehr schrecklicher Laut.

Appleby drehte sich um, stöhnte und lag wieder still; der Vorgang gab ihm Gelegenheit, seine nervliche Anspannung ein wenig zu lockern. Wahrscheinlich standen Schweißtropfen in seinem Gesicht; auch damit mußte Wine anfangen, was er eben wollte. Schritte kamen die Treppe herab. Sie gingen am Treppenabsatz vorbei und weiter hinunter, ohne Eile, ohne Pause. Und dann mußte die Haustür wieder geöffnet worden sein. Denn von draußen hörte man ein lautes Aufklatschen. Der unvergleichliche Verdauungsapparat der Krokodile wurde in Dienst genommen – und vielleicht gab es in der ganzen Affäre keinen ärgeren Augenblick als diesen … Eine sehr lange Pause folgte. Auf diesen glatten Marmorplatten, so weit verfrachtet für einen so bizarren Zweck, würde man nun verstärkte Reinigungsarbeiten durchführen müssen. Aber schließlich war auch dies vorüber, und vom Fluß her kam der Laut vorsichtig eingesenkter Ruder. Er erstarb, und damit löste sich auch der Griff um Applebys Arm. Wine packte sein Instrument ein. Jetzt, mit der stillen Befriedigung eines Forschers, der erfolgreich die Grundlage für ein wichtiges Experiment gelegt hat, würde er zu Bett gehen.

Das Frühstück war noch besser als gewöhnlich. Melone wurde in riesigen Scheiben serviert, welche die Diener so zugeschnitten hatten, daß sie den Eindruck wunderlich gezackter Zahnreihen machten, und Wine, ein eigentlich bescheidener Gastgeber, mußte doch gestehen, daß er auf die gegrillten Forellen stolz war. Mrs. Nurse schenkte gemütlich am Kopfende des Tisches den Kaffee aus. Hinter ihr, durch das unpassend urbane Fenster sah man den frischen, schönen Morgen, beinahe englisch kühle Lüftchen und wollige Wolken. Auf einem der nähergelegenen Inselchen konnte man eben noch, in Grün eingebettet, ein Schloß und ein Chalet ausmachen, welche vergnüglich an die Phantasien des einstigen Schlumpf erinnerten. Alles lächelte und war vergnügt. Nur Lucy Rideout sah ein wenig abgespannt und bleich aus. Kranke Lucy pflegte so auszusehen.

»Wie reizend muß es sein«, sagte Wine, »an diesem Morgen den Fluß hinabzufahren. Ich muß sagen, ich beneide unsere Freunde förmlich. Mrs. Nurse, noch eine Forelle? Sie sind schmackhaft, aber klein. Oder ein weiches Ei?« Er sah sich, momentan verwundert, auf dem Tisch um. »Ich bin sicher, weiche Eier gesehen zu haben. Aber hier haben wir einen kapitalen Schinken. Lucy, meine Liebe, eine Scheibe Schinken wird sicher später Ihre Lateinstudien befördern. Wir haben unser Latein in letzter Zeit fast vernachlässigt. Und bald müssen wir mit dem Deutschen beginnen. Eine Sprache voll interessanter Nuancen. Was meinen Sie wohl, was der Unterschied zwischen *essen* und *fressen* ist?« Wine sah sich froh in der Runde um. »Es handelt sich um *essen*, wenn wir die Forellen verzehren; um *fressen*, wenn die Alligatoren uns verzehren. Ob man wohl daran gedacht hat, ein paar von diesen deliziösen kleinen Fischen an Bord des Dampfers zu nehmen? Hudspith, ich bin sicher, wüßte sie zu schätzen.«

Der Mann hatte eine makabre Phantasie, die im Augenblick selbst für Lucys robust melodramatischen Geschmack zuviel zu sein schien. Sie schob ihre Melone weg – die hatte ein ziemlich alligatorenmaulähnliches Aussehen – und verließ rasch den Raum. Wine sah ihr ohne Neugier hinterher; schon konzentrierte sich sein Interesse auf Appleby. Wie lange benötigte ein Geist, um seine Operationen zu beginnen? Vielleicht würde es eine anfängliche Periode unklarer Andeutungen geben. Oder vielleicht würde er so prompt aufmarschieren wie der Schatten Banquos. Appleby, sich wie Wine vage nach den weichen Eiern umsehend, runzelte düster die Stirn. *Versäumt nicht unser Mahl* ... Was, wenn der Tote wirklich umgehen sollte? Und auch er schob seinen Teller weg – eine Geste von mehr Ausdruckskraft als Eleganz – und verließ den Tisch. Der Tote ... Appleby war die Vorstellung eines Totschlags zuwider.

Lucy stand auf der Veranda, und er näherte sich ihr mit einer unausgesprochenen Frage in den Augen. Sie nickte – vorsichtig, achtsam, aufgeregt. »Tot«, sagte sie.

»Sofort?«

»Ja.« Ihr Blick wurde unruhig. »Jacko, mit diesen Eiern –«

»Eier?«

»War es zu riskant, sie einzustecken? Schließlich muß er –«

Appleby lächelte leicht. »Man muß Risiken eingehen.« Er machte eine Pause. »Wissen Sie, Lucy, mir macht die – nun, die Gewalttätigkeit der ganzen Geschichte irgendwie Kummer.«

Sie sah ihn verwundert an. »Aber es hieß: Einer oder der

andere. Oder eher noch: Er oder wir alle. Und ich laß mich auf keinen Fall einfach abservieren, wenn ich was dagegen tun kann. Sie müssen immerhin bedenken, daß ich gerade erst anfange als – als Person.«

»Das stimmt, Lucy. Und viel Glück.«

»Und nun haben wir viel Zeit gewonnen, und vielleicht können wir alles zum guten Ende bringen. Wir müssen bloß immer Eier stehlen, und zwar so, daß es niemand merkt.«

Appleby lachte. »Dieser Geist muß essen. Wo ist er übrigens?«

»Ich habe ihn in meinem Zimmer versteckt. Und das Flugzeug haben wir auch versteckt.«

»War ein Pilot dabei?«

»Nein. Beaglehole ist selbst geflogen. Also haben wir's nachher den Fluß raufgefahren und in einen Seitenarm rein.«

»Aber um Himmels willen, er hat doch nie –«

»Er schien sich ganz gut auszukennen. Aber es macht ihm Sorgen, daß er auf meinem Zimmer versteckt ist. Er hält es für nicht ganz – anständig.«

»Das ist es ja auch nicht. Aber, meine Güte, ich glaube, seit Casanova hatte niemand so oft Anlaß, sich in Zimmern junger Frauen zu verstecken wie Hudspith.«

»Wer war Casanova, Jacko?«

»Tut jetzt nichts zur Sache.«

5

Zweifellos war Zeit gewonnen. Die Liquidierung Beagleholes zu dem Zeitpunkt, da Hudspith hätte liquidiert werden sollen, war in ihrer Art ein Meisterstück. Der gerettete Hudspith konnte bis auf weiteres von den gemausten Eiern leben. Und Wine war im Rahmen seines eigenen Experiments gezwungen, geduldig abzuwarten, was sich ereignen würde. Zweifellos gab es eine Grenze für die Effektivität der Täuschung. Der Beaglehole, der wieder flußabwärts hätte fliegen sollen, hatte sicherlich Aufträge zu erledigen und Berichte abzugeben; trat dies nicht ein, würde Wines Mißtrauen geweckt; und obwohl man sich verschiedene Erklärungen für Beagleholes Ausbleiben ausdenken konnte, würde doch seinem einstigen Arbeitgeber etwas in der Richtung der wahren Erklärung als möglich aufgehen.

Zeit war gewonnen, dachte Appleby – und noch einmal verzog er das Gesicht bei dem Gedanken daran, wie es geschehen war. Beaglehole – unangenehmer Schuft, der er war – war von einem aggressiv moralischen Polizisten und einem grünen, charmanten Mädchen ermordet worden. Es war richtig, daß er im Augenblick eines Mordversuches umgebracht wurde; wahr, daß es in gewissem Maße Selbstverteidigung gewesen war, ihn zu töten. Jeder andere Versuch, die Situation in den Griff zu bekommen, wäre wahrscheinlich für die schlußendlichen Interessen von Recht und Gesetz tödlich gewesen. Immerhin war Beaglehole mit Bedacht und als Ergebnis eines vorher sorgfältig und ingeniös ausgedachten Planes getötet worden. Legal gesehen war es Totschlag irgendeines Grades. Moralisch war es Mord. Appleby hielt es für richtig, an diesem Gedanken festzuhalten. Ein Polizist, der sich zu Totschlags- und Mordaktionen gezwungen sieht, sollte dies zumindest in einem düsteren Licht sehen ... Und Appleby sah auf das Grün und Gelb des unglaublichen Flusses hinaus. Jedenfalls hatte Beagleholes Tod, Verbrechen oder nicht, den Alligatoren gleich gegolten.

Zeit war gewonnen – aber war es sicher, daß das Gewonnene von Nutzen war? Zeit, die ganze Stärke von Wines Organisation auszukundschaften; aber wußten sie nicht ohnehin, daß sie zu stark war, um sie zu bekämpfen? Sie hatten auf Zeit gespielt, obwohl sie wußten, daß Zeit nichts besonders Attraktives war, unter diesen Umständen; sie hatten auf Zeit gespielt, weil es keine andere Spielmöglichkeit zu geben schien. Sie hatten sie gewonnen, und es blieb ein zweifelhafter Gewinn. Aber in derselben Partie hatten sie noch etwas anderes gewonnen. Nicht nur eine unbestimmte Verlängerung der Affäre, sondern das Mittel, plötzlich »ENDE« darunterzusetzen. Ein Mittel, dachte Appleby, direkt aus dem letzten

Kapitel eines Abenteuerbuchs. Ein Flugzeug ... Und Appleby, der über die Europainsel schlenderte, sah über die Schulter. Nicht weit hinter ihm machte Wine einen kleinen Spaziergang nach dem Frühstück, der ihn in dieselbe Richtung führte.

Und sehr wahrscheinlich würden ab jetzt Wine oder ein anderer immer da sein. In diesem phantastischen Gemeinwesen war Appleby nun Gegenstand großen wissenschaftlichen Interesses, etwas, was für den Erforscher außersinnlicher Phänomene viel faszinierender war als je Miss Molsher und Mrs. Gladigan. Einen Mann, dem bei jedem Schritt eine genuine Gespenstererscheinung begegnen kann, lohnt es sich wirklich im Auge zu behalten. Und dies ist natürlich irritierend für jemand, dessen Gedanken stets ein gut verstecktes Flugzeug umkreisen.

Appleby hielt an und wartete, daß Wine ihn einholte. Hatte es genügend Treibstoff und Öl? Natürlich könnte Hudspith sich nachts damit davonmachen, das wäre die ideale Lösung. Nur war Hudspith, kraft welcher Inspiration auch immer er es fertiggebracht hatte, die Maschine in ihr Versteck zu bringen, sicherlich nicht in der Lage, sie unter Kontrolle zu halten, wenn sie einmal in der Luft war; das war, dummerweise, eine Fertigkeit, die nur Appleby besaß. Sie war hier die beste Chance. Wenn das Ding einmal in der Luft war, sollte es möglich sein – auch wenn die Kiste ihm völlig unvertraut war –, irgendwie flußabwärts zu fliegen. Das Problem wäre, die Überwachung abzuschütteln – eine Überwachung, die nachts besonders strikt sein würde. Denn nachts erscheinen Geister und Gespenster. Vielleicht, dachte Appleby, während er sich rüstete, eins von Wines herzlichsten Lächeln zu empfangen, vielleicht ließ sich das mit dem Abschütteln machen. Aber irgendwie hatte er nur geringes Vertrauen in das Flugzeug. Er hatte schon früher versucht, Abenteuer mit den simplen Mitteln des Jugendbuches zu Ende zu bringen. Und immer war etwas schiefgegangen. Es war, als sei das erwachsene Universum nicht so konstruiert. Natürlich gab es noch eine andere Methode, dieses jämmerliche Abenteuer auf den Inseln der

Glückseligen zu beenden – eine Methode, die so bizarr war, daß sie sich dem Realismus der Jugendbuchleser nicht empfahl. Aber eine Methode, die er jetzt am besten gleich einleitete. »Ein angenehmer Tag«, sagte er, »aber mit einer Spur von etwas irgendwie Drückendem, meinen Sie nicht auch?«

»Vielleicht.« Wine schaute abwesend das Wetter an. »Ich hoffe, Sie haben gut geschlafen?«

»Danke – ja. Recht tief. Ich nehme an, es ist die Pampasluft.«

»Sehr wahrscheinlich.« Wines Hand schoß vor und traf säuberlich einen Moskito in der Luft. »Ich schlafe selbst nicht immer gut auf den Inseln. Meiner Erfahrung nach sind sie den Träumen sehr förderlich. Und Träume – wenn man sie einmal gründlich studiert hat, meine ich – sind lästig, wenn sie in Scharen kommen. Träumen Sie?« Die Frage fiel gleichgültig. »Oder träumen Sie hier mehr als gewöhnlich?«

Appleby schien zu überlegen. »Nein, ich glaube nicht.«

»Letzte Nacht zum Beispiel, als Sie, wie Sie sagten, besonders tief schliefen – haben Sie da irgend etwas geträumt?«

»Ich bin sicher, das habe ich nicht. Oder ich glaube, sicher zu sein. Aber ich nehme an, man hat viele Träume, an die man sich nicht erinnert. Ich glaube, man hat Menschen während des Schlafs studiert und getestet, um herauszufinden, ob sie wirklich die ganze Zeit träumen oder nicht.«

»Tatsächlich?« Wine reagierte mit geringerem Interesse, als es einem Mann der Wissenschaft anstand. Er deutete flußaufwärts. »Ich habe besonders Freude an diesen Magellanschwänen.«

Sie gingen schweigend eine Weile nebeneinander her. Zeit. Sie hatten Zeit gewonnen. Aber irgendwie war sich Appleby jetzt sicher, daß er keine brauchte – oder nicht so viel. Warum nicht weiter, drauflos? Sie gingen durch einen kleinen Hain. Kein schlechter Ort – ein Hain. Einige Sekunden lang ging er abwesend dahin. Dann hielt er plötzlich an, fuhr herum, starrte hinter sich. Es war das Szenario eines Augenblicks; und nun ging er mit Wine weiter. »Diese Nebel«, sagte er; »sie scheinen recht lange zwischen den Bäumen zu hängen.«

»Nebel?« Wines Augen wurden ein wenig größer. »Ah ja. Gewiß.«

Nicht, daß es anging, zu schnell zu werden. Die Hauptschwierigkeit lag darin, daß eine ziemlich ähnliche Nummer schon einmal für Wine inszeniert worden war. Er war bereit gewesen, an Hudspiths angebliche Vision in der Nacht der Geburtstagsfeier zu glauben; sicher wäre er bei einem zweiten Mal auf der Hut. Immerhin war klar, daß er einen Zug zur Leichtgläubigkeit hatte. Und an diesem Punkt konnte man ihn vielleicht so bearbeiten, daß er am Ende einen vollkommenen nervösen Zusammenbruch erlitt. Das Experiment – vielleicht sollte man es das Gegenexperiment nennen – war nicht einfach. Aber es war verlockend. Und ein ziemlich direkter Weg mochte der beste sein. Appleby zündete sich die Pfeife an. »Was würden Sie tun«, sagte er, »wenn Sie einen Geist sehen würden?«

Wines Augen folgten einem Kolibri. »Einen Geist?« meinte er. »Welch eigenartige Frage!«

»Ich weiß nicht, wie ich darauf komme.« Appleby runzelte die Stirn. »Ich nehme an, es ist so: Sie bereiten sich darauf vor, mit Aberglauben zu handeln – daran in größtem Umfang zu schmarotzen. Tatsächlich werden Sie vom Unheimlichen in einem bisher unerhörten Ausmaß profitieren.«

»Nun, es wird wohl einige Zeit dauern, bis ich mit unseren theologischen Freunden zu ihren Glanzzeiten konkurrieren kann. Aber in großem Umfang, sicherlich. Übrigens finde ich das nicht sehr glücklich formuliert – ›schmarotzen‹, ein widerwärtiges Wort.« Wine lächelte fröhlich. »Aber Sie wollten sagen – «

»Daß Sie vorhaben, das Übernatürliche profitabel auszubeuten.«

»Genau wie Radbone und Sie beide.«

»Schon richtig. Ist Ihnen aber einmal der Gedanke gekommen, daß all das ziemlich respektlos ist?«

Wine blieb stehen. »Ich fürchte, ich kann Ihnen nicht folgen, mein Lieber.«

»Sie behaupten, daß Sie das Ganze vorurteilslos angehen.

Sie führen Experimente auf höchst wissenschaftliche Manier durch. Das würden Sie nicht tun, wenn Sie nicht als möglich annähmen, daß die ganzen übernatürlichen Strukturen des traditionellen Aberglaubens und Glaubens tatsächlich existieren. Nehmen Sie einmal an, sie tun es. Nehmen Sie an, Ihre Experimente führen zu eindeutigen positiven Ergebnissen. Nehmen wir an, Sie sehen – wie gesagt – einen Geist. Wo stehen Sie dann?«

»Ein Stück weiter auf dem Weg der Wissenschaft, nehme ich an. Ich habe dem Wissen der Menschheit etwas hinzugefügt.«

»Das haben Sie dann in der Tat. Sie haben zu Ihrer eigenen Zufriedenheit den Beweis erbracht, daß wir am Ende doch in einem magischen Universum leben. Nicht in einem materialistischen und rationalen, in welchem wir uns natürlich am besten so verhalten, daß wir uns möglichst viel vom Hier und Jetzt zu schnappen versuchen. Im Gegenteil, dann leben Sie in einem unerklärlichen Universum, in einem, das viel mehr dem ähnelt, das unsere, wie Sie sagen, theologischen Freunde propagieren. Wenn Sie einmal wirklich glauben, einen Geist gesehen zu haben, dann müssen Sie, wenn Sie darüber nachdenken, auch sehr viel hinter ihm sehen: böse, dem Menschen übelwollende Dämonen, eifersüchtige Mächte. Wenn Hamlet wirklich den Geist seines Vaters gesehen hat – woher kam der?«

»Aus schwefligen und qualvoll heißen Flammen; wenn wir Shakespeare glauben wollen, heißt das.«

»Aber erschiene ein wirklicher Geist in Ihrem Labor, könnten Sie dann sagen, daß er nicht von diesem Ort kommt?«

»Wohl nicht, nein.«

»Tatsächlich würden Sie sich in einem neuen Universum finden, und in einem, wo die praktische Seite Ihres Unternehmens sehr viel weniger schlau ausschaut als im Augenblick. Denn ist das Universum am Ende doch ein spirituelles Universum, dann dürfte die Ausbeutung von Geistern und Spiritismus zu materiellen Zwecken –«

»›Respektlos‹ war, glaube ich, Ihre Formulierung.«

»Genau.« Wine, dachte Appleby, war in einem Nervenkrieg nicht so leicht zu erschüttern. Immerhin, vielleicht schritt die Unterminierung fort. »Denken Sie an Faust. Er hat einen zu tiefen Blick in das Wesen der Dinge getan.«

»Und wurde von Dämonen davongezerrt.« Wine lachte leise und nahm seinen Spaziergang wieder auf. »Tatsächlich«, sagte er schließlich, »denke ich gelegentlich an Faust. Ihr Gedankengang ist mir nicht unvertraut. Sie formulieren es nicht schlecht.« Er ging eine Weile schweigend weiter. »Und schließlich, mein lieber Appleby, sitzen Sie im selben Boot. Ich frage mich, was *Sie* tun würden ...«

Er brach ab, und Appleby sah ihn unschuldig an. »Was *ich* tun würde – ?«

»Nichts, mein Lieber; gar nichts.« Sie hatten kehrt gemacht und befanden sich wieder in dem kleinen Hain, wo ihr Gespräch begonnen hatte. »Nebel?« sagte er. »Wissen Sie, mir ist es gar nicht aufgefallen.«

»Nebel«, sagte Appleby. »Ich habe einen Nebelstreif gesehen, wo keiner war. Und ich fand den Morgen irgendwie drükkend, obwohl er herrlich war. Ich weiß nicht, ob Sie selbst es hätten besser machen können.«

»Ah«, sagte Hudspith.

»Das glaube ich sicher nicht«, sagte Lucy. »Nicht, daß ich nicht meine, daß Mr. Hudspith sehr klug ist.«

»Aber es war ein Fehler.« Appleby schüttelte schwermütig den Kopf. »Wir brauchen ein Element des Unerwarteten. Der Geist von Hudspith ist seinem Freund Appleby erschienen. Das wiederholt das Muster der anderen Hawke-Square-Geschichten. Das Experiment ergibt ein Resultat, das bereits in Betracht gezogen wurde. Und wenn es auch nicht besonders behaglich für Wine sein mag, daß er sich sagen muß: Das Universum enthält tatsächlich unerklärliche Kräfte – so ist doch das unangenehme Ergebnis von ihm vorhergesehen, und darin liegt eine gewisse Beruhigung. Sein Gleichgewicht würde wohl viel eher von etwas gestört, was sowohl übernatürlich wie *unerwartet* ist. *Er* sieht den Geist seines Opfers, *ich* sehe den Geist meines Freundes nicht. Etwas in dieser Art.«

»Ah«, sagte Hudspith wieder. Etwas mürrisch pellte er die Schale von einem harten Ei.

Lucy kam von der Tür, wo sie lauschend gestanden hatte, quer durch das Zimmer gegangen. »Es ist schade mit den Leintüchern«, sagte sie.

»Den Leintüchern?«

Sie deutete auf das Bett. »Hübsche Pastellfarben. Aber man braucht ein gutes altes weißes Laken für einen Geist.«

Appleby seufzte. »Irgendwie habe ich das Gefühl, Wine kriegen wir nie mit einem Laken, wie schneeweiß auch immer es sein mag. Was ist unser Plan? Nichts weniger, als ihn reuig zu stimmen. Es ist fast absurd.«

»Faust hat sich so erschrocken, daß er alle seine Bücher verbrennen wollte.«

»Meine liebe Lucy, wo haben Sie das gelernt?«

Lucy zog die Stirn in Falten. »Ich weiß nicht. Aber ich könnte Ihnen eine ganze Menge so komischer Sachen erzählen. Sachen über Sokrates und Mark Aurel und – «

»Ich verstehe.« Ihre früheren Schwestern wurden für Lucy Rideout rasch immer undeutlicher; schon waren sie nur noch wie Träume, an die man sich bruchstückhaft erinnert. Nach weiteren vierundzwanzig Stunden würde es so aussehen, als ob sie Miss Molsher und Mrs. Gladigan auf der einigermaßen rasch anschwellenden Liste von Wines Materialverlusten Gesellschaft leisten sollte. Befriedigend, im Augenblick jedoch nicht so wichtig. Appleby erhob sich. »Ich muß gehen. Es wartet einer auf mich am Ende des Korridors, und wenn mein Besuch bei Lucy zu lange dauern sollte, wird er vielleicht neugierig. Wine wird nicht bereuen. Geister würden ihn nicht glauben machen, daß der Handel mit Geistern blasphemisch und gefährlich ist. Er wird uns nicht die Hand schütteln und sich ins Privatleben zurückziehen. Aber ein einziger Geist – selbst in Pastellfarben – könnte ihn eine Zeitlang doch ein wenig aus der Fassung bringen. Denken Sie an die Geburtstagsfeier, und daran, wie aufgeregt er da zunächst gewesen sein muß.« Appleby wandte sich an Hudspith. »Das Flugzeug – hat es Treibstoff?«

»Das nehme ich schon an. Beaglehole wollte auf jeden Fall sofort wieder mit ihm zurückfliegen. Das ist natürlich auch das, was Wine annimmt. Beaglehole sollte direkt zurückfliegen, ohne daß außer Wine irgend jemand wußte, daß er und ich hier waren. Man würde doch meinen, daß er gleich Treibstoff für den doppelten Flug getankt hat.«

»Es hängt von der Kapazität des Tanks ab. Aber hoffen wir das Beste. Das Flugzeug ist unsere größte Hoffnung, wenn die auch nicht viel wert ist. Wenn alles seinen normalen Gang geht, haben wir keine Chance – ich werde viel zu sorgfältig beobachtet, als daß ich verschwinden könnte. Aber heute nacht lassen wir unseren Geist los und hoffen auf fünfzehn Minuten Chaos. Dann versuchen wir zu fliehen.«

Hudspith nickte. »Aber muß es wirklich ein Laken sein? Ich bezweifle, daß das bei den Geistern Mode ist.«

»Seit Jahrhunderten nicht mehr. Nein, dieser Geist soll triefend und blutig dem Fluß entsteigen.«

»Das hört sich sehr unbequem an.«

»Es wird dazu eine Welle von Leichengestank – nein, von Alligatorengestank auftreten. Und ein eiskalter Luftzug.«

»Aber ich sehe nicht – «

»Von phosphoreszierendem Glühen ganz zu schweigen. Ich glaube, Lucy und ich können heute nachmittag alles vorbereiten.« Appleby ging zur Tür. »Und jetzt essen Sie ihr letztes Ei – mein Lieber, wie Wine sagen würde.«

6

Eine tatsächliche Verführung wäre unmoralisch. Und unter den gegenwärtigen Bedingungen ständiger Überwachung wäre sie, wenn nicht unmöglich, so doch zumindest von größter Dreistigkeit. Was also dann? Das Angebot von Bargeld war eine Möglichkeit. Oder man konnte es mit Drohungen versuchen. Oder sich eine Herausforderung an die professionelle Eitelkeit ausdenken ... Appleby, über die Europainsel spazierend, schüttelte den Kopf. Wenn er den Typ richtig einschätzte, dann ging es nur über Sex. Vielversprechender Anfang einer vulgären kleinen Affäre. Hudspith konnte sicher reichlich technische Tips geben. Aber Hudspith würde das mißbilligen. Abgesehen davon mißbilligte Appleby es selbst. Er war generell zur Bewunderung bereit, zögerte aber, ernsthaft auf die Jagd zu gehen – in dieser Hinsicht eins mit der Mehrheit kluger Männer, welche die erste Hitze jugendlicher Unverantwortlichkeit hinter sich haben. Und doch mußte das Mädchen eingefangen werden. Appleby spazierte weiter.

Sie wohnte in einer Art Konvent. Das war zunächst eine Schwierigkeit, im weiteren Verlauf vielleicht ein Vorteil – denn sie mußte sich entschieden langweilen. Und wahrscheinlich auch ärgern: Das Essen würde ihr nicht zusagen, und man zwang sie wohl auch zu baden. Letzteres wäre natürlich wieder von Vorteil. Doch inzwischen erhob sich hier eine hohe weiße Mauer. Appleby erkletterte sie und setzte sich obendrauf. Er winkte fröhlich. Und der dunkelhäutige Mann, der ihm an diesem Nachmittag unauffällig überallhin folgte und der seinen Schritt beschleunigt hatte, als er ihn auf die Mauer steigen sah, grinste sardonisch und setzte sich auf einen Fleck Rispengras. Appleby winkte wieder; oder vielleicht sollte man besser sagen, daß er eine offenherzige südländische Geste machte. Denn dort war sie. Er sprang auf der anderen Seite hinunter und näherte sich ihr. Worauf der dunkelhäutige Mann sich erhob, seinerseits die Mauer erstieg und sich oben wie auf einen Platz in der ersten Reihe setzte. Nun, mochte er zusehen. »Buenas tardes«, sagte er.

Es war lange nach dem Abendessen. Ein kleines Feuer – ein richtiges Kohlenfeuer – war in dem kleinen Zimmer im Erdgeschoß angezündet worden, das Wine als Büro und Studierzimmer diente. Er und Appleby waren allein und tranken Whisky und Soda beim weichen Licht einer Stehlampe. Wine wurde zusehends leutseliger. »Wie ich höre«, sagte er, »haben Sie heute unsere südeuropäischen Freunde besucht.« Und er lachte gutgelaunt.

»Ich weiß wirklich nicht, wie Sie das erfahren haben.« Appleby strengte sich an, mit einer Art beschämter Vorsicht zu antworten.

»Mein Lieber, ich muß mich wirklich entschuldigen. Mit so vielen seltsamen Existenzen hier – Dutzenden und Aberdutzenden, wie ich stolz behaupten darf – sind wir notwendigerweise ein wenig zum Polizeistaat geworden. Die Bediensteten sind alle Spione aus Instinkt, und sie behalten vor allem Neuankömmlinge immer im Auge. Ich fürchte, einer hat Sie eifrig beschattet. Äußerst absurd, ich weiß – aber auf diesem Wege habe ich meine kleine Information bekommen.« Wieder lachte er in sich hinein. »Ich hoffe, Sie fanden den Besuch interessant? Und nicht zu ermüdend?« Wine warf noch ein Stück Kohle ins Feuer, ganz Mann von Welt.

»Das Ganze kam mir vor wie ein Konvent.«

»Genau. Das ist es, was ich da drüben anstrebe. Bei etwa einem halben Dutzend Mädchen, die unter südländischen Umständen aufgewachsen sind, schien es der beste Weg zur Bewältigung einer sonst möglicherweise sehr schwierigen Situation. Nicht, daß ich irgend etwas dagegen hätte, wenn sie von Zeit zu Zeit einen Besucher empfangen, mein Bester. Wir haben dort zum Teil sehr vielversprechendes Material – ich meine, von unserem professionellen Standpunkt aus. Einige sehr vielversprechende Unterschichtmedien. Und insgesamt recht brav. Nur gelegentlich muß ich ihnen damit drohen, daß ich einen der Väter holen lasse, der ihnen ins Gewissen redet.«

»Einen der Väter?«

»Unsere nächsten Nachbarn.« Wine hatte einen Augenblick gezögert, ehe er antwortete. »Es gibt eine Jesuitenmission, etwa achtzig Meilen von hier nach Norden, durch schwieriges Terrain. Tatsächlich stehen wir in keinerlei Kontakt. Aber die Mädchen wissen, daß sie da sind, und empfinden ehrfürchtiges Entsetzen vor ihnen.«

Appleby starrte nachdenklich in das kleine Feuer. Das war

eine Neuigkeit. Und ganz offensichtlich authentisch – vielleicht etwas, was zu verbergen Wine sich nun nicht mehr die Mühe machte. Aber es würde besser sein, nicht allzu große Neugier zu zeigen. »Es war dort das Mädchen namens Eusapia … « sagte er vorsichtig.

»Aha!« Wine zeigte – eine fröhlich-spöttische Geste – mit seinem Glas auf Appleby. »Sicherlich. Tjaja.«

»Aber ich wünschte, ich wäre nicht hingegangen. Als ich zurückkam, hatte ich ein seltsames Gefühl, daß etwas nicht stimmt. Nicht mit dem Mädchen. Eher mit dem Haus hier.«

Wines Augen wurden schmal. »Daß etwas nicht stimmt hier?«

»Ja. Als wäre etwas geschehen … ich kann es wirklich nicht erklären.« Appleby schwieg und ließ seine Augen unruhig in dem kleinen, von Schatten erfüllten Zimmer umherirren. »Komische Sache, Sex. Man fühlt sich schuldig. Nur, das Schuldgefühl nimmt alle möglichen seltsamen Formen an. Oder?«

»Wohl schon.« Hier sprach eher ein vorsichtiger Wine als der Mann von Welt.

»Manchmal hat man einfach das Gefühl, daß alles unheimlich geworden ist.« Appleby runzelte die Stirn, nervös und verwirrt. Würde Hudspith, fragte er sich, einen besseren Auftritt hinlegen? Er bezweifelte es. »Aber wenn ich's recht bedenke, habe ich das Gefühl heute auch schon eher gehabt. Als wir durch den kleinen Hain gegangen sind, heute morgen.«

Wine saß ganz still in seinem Sessel. Aber seine Stimme war immer noch von gelassener Beiläufigkeit. »Mein Lieber, das ist sicher nur Ihre Leber. Ich würde mich nicht diesen freudianischen Ideen hingeben, wenn ich Sie wäre. Schuld und Unheimlichkeitsgefühle, weil Sie hinter der Hecke ein Mädchen geküßt haben? Unsinn. Trinken Sie noch einen Schluck.« Er stand auf und griff nach der Karaffe. »Und sollen wir die Lampe ausmachen? Ich meine, es gibt wenig Beruhigenderes für die Nerven als einfach das Licht eines Feuers. Wir brauchen kaum Wärme heute abend, aber das Flackern und Leuchten ist für Exilanten wie uns ein Vergnügen.«

Exilanten. *Das unbekannte Land, von dessen Grenze kein Reisender zurückkehrt* ... Aus der marmorgefliesten Halle von Hawke Square Nr. 37, düster unter den herabstarrenden Stockwerken, die hinaufführten zu den Kinderzimmern des Mr. Smart, drang ein schwaches, rasches Schnarren – der Klang einer Standuhr, die sich anschickt zu schlagen. Und dann kamen die Schläge. Es war Mitternacht.

»Mitternacht!« sagte Wine. Er stellte sein Glas ab. »Vielleicht sollten wir zu Bett gehen. Hat es nicht die Tür aufgeweht?« Er drehte sich in seinem Sessel um. Die Tür hatte sich in der Tat geöffnet; sie war ein Rechteck aus Dunkelheit in der schwach vom Feuer erhellten Wand. Und ein Luftzug, kühl und etwas feucht, als führe er feine Gischt mit sich; ein Luftzug, plötzlich seltsam kalt ...

»Seltsam«, sagte Wine. »Die Temperatur scheint nachts wirklich stark abzusinken. Aber ein so kalter Wind –«

Er hielt inne. Denn der Luftzug war nun nicht mehr nur kalt; es war eine arktische Luft, ein Wind, eisig wie die russische Steppe ... Und abrupt war Wine aufgestanden. »Der Geruch!, sagte er heiser. »Mein Gott, der Geruch!«

»Geruch?« sagte Appleby. Es herrschte in der Tat ein Geruch, ein plötzlicher, unbeschreiblicher Gestank wie aus dem Grab, ein dicker Dunst wie von Wurmesfraß und Zerfall. »Geruch? Ich rieche nichts. Aber es ist ungewöhnlich kalt. Und ich fühle mich verdammt merkwürdig.«

Wine setzte sich wieder. »Sie nehmen die Kälte wahr, aber nicht den Geruch?« fragte er. Im Flackern des Feuers konnte Appleby sehen, wie er mit einer letzten Anstrengung leidenschaftsloser Intelligenz abwägend die Stirn runzelte. War die Kälte tatsächlich – genuin? Und war der Geruch ein subjektives Akzidenz? Dem halben Wissenschaftler, der in Wine steckte, war anzusehen, wie er mit dem Entsetzen rang. Alles war sehr still. Von irgendwoher jenseits der Schwärze der offenen Tür kam ein langer, tiefer Seufzer.

Er war wieder aufgesprungen und herumgefahren. »Haben Sie das gehört?«

»Ich kann nichts hören.«

»Sehen Sie!«

Ein Flimmern grünlichen Lichtes erschien im Türrahmen; es konzentrierte sich, nahm Gestalt an und wurde ein Mann. Oder es war das Phantom eines Mannes, reglos und von Dunkelheit umgeben. Es war, dachte Appleby, wie ein guter Zaubertrick – die Assoziation lag gefährlich nahe, wenn der Zuschauer bei kühlem Verstand war. »Wine!« rief er. »Was zum Teufel starren Sie denn so! Wine!«

Das Zimmer stank immer noch. Das Phantom Hudspiths näherte sich. Wasser troff von seinem schlammigen und blutigen Tropenanzug; eine Seite seines Gesichts war ein entsetzlicher Brei aus Blau und Orange. Langsam hob er einen Arm.

»Sehen Sie nichts?« Wine klammerte sich an die Lehne seines Sessels.

»Sehen?« Appleby starrte perplex auf die Tür. »Sie sind verrückt. Ich sehe nichts. Es gibt nichts zu sehen. Ihr verdammtes Labor und Ihre Experimente haben Sie wahnsinnig gemacht! Warum sind Sie nicht beim Geschäft geblieben, Sie armer Irrer, und haben mit dem Herumgefummel aufgehört? Radbone leichtgläubig! Bah!«

Das Phantom streckte deutend den Finger vor. Und es sprach. »Ich wurde ermordet«, sagte es mit tiefer Stimme. »Ich wurde ermordet, Appleby, ermordet – «

Wine kreischte – kreischte, die Augen starr auf den Kopf des Phantoms geheftet. Ein Teil des Kopfes fehlte, als sei er weggeschlagen, weggeschossen, abgebissen. Und doch fehlte er nicht ... denn ein großes Fragment des Schädelknochens schwebte, als wolle es sich nicht mit der Trennung abfinden, über der Wunde. »Ich wurde ermordet«, sagte das Phantom, »ermordet von – «

Wine kreischte wieder; er wandte sich um und taumelte zu seinem Schreibtisch. Er griff zu; er hielt einen Revolver in der Hand und feuerte; er betätigte wild den Abzug, während der zitternde und qualmende Lauf ziellos auf den Fußboden zeigte. Hinter Appleby ertönte ein Krachen und eine zweite Tür flog auf. Zwei Männer waren im Zimmer; einer davon der Dunkelhäutige, der ihn den ganzen Tag beschattet hatte. Sie beachteten ihn nicht und liefen zu Wine; Wine lag nun auf dem Boden; außerhalb des alptraumhaften, feuerflackernden Raumes hallte das ganze verrückte Haus von Tumult und Verwirrung. Gut, dachte Appleby, es war so angelegt, daß es viel Chaos enthielt ... Er drehte sich um und schlüpfte rasch in die Dunkelheit der Halle hinaus.

»Es ist nur ein Ruderboot«, sagte Hudspith. »Wir hätten vielleicht eines von den Motorbooten nehmen können. Aber wir machen so weniger Lärm.«

»Ich weiß nicht, ob es notwendig gewesen wäre, Lärm zu vermeiden.« Appleby wischte sich in der Dunkelheit über die Stirn, als sie ablegten. »Es geht hier laut genug zu.«

Es stimmte. Als hätte sich die Panik auf geheimnisvollem Wege fortgepflanzt, war die ganze Inselgruppe in Aufruhr. Der Lärm schlug zu den Sternen empor, und überall sah man seltsam sich bewegende und huschende Lichter. Sie legten sich kräftig in die Ruder.

»Jacko«, Lucys Stimme kam aus der Dunkelheit am Heck, »Ihre italienische Freundin hat uns gut ausgerüstet.«

Appleby lachte leise. »Das hat sie allerdings. Und alles auf Kredit.«

»Wie meinen Sie das, auf Kredit?«

»Schon gut. Wie hat sie das mit dem kalten Wind gemacht?«

»Mr. Hudspith versteht es.«

»Äther.« Hudspith spähte angestrengt flußaufwärts. »Äther, aus der Krankenstation gestohlen und vor einen großen elektrischen Ventilator gestellt. Der Alligatorengestank hat den Geruch überdeckt.«

»Und der Alligatorengestank?«

»Das wird Lucy beantworten.«

»Schon gut«, sagte Lucy.

Sie ruderten weiter. Wines Zusammenbruch hatte eine beinahe unerklärlich allumfassende Konfusion ausgelöst; das ganze Dunkel war voller Tumult, Geschrei, klatschendem

Wasser. Appleby sah mit gerunzelter Stirn in die Nacht, öffnete den Mund, um zu sprechen, überlegte es sich anders und war still.

»Ich glaube, der nächste Arm ist es«, sagte Hudspith.

»Um Gottes willen! War es nicht riskant, es so nahe zu verstecken?«

Hudspith lachte kurz, als er an seinem Ruder zog. »Nicht halb so riskant wie der Versuch, das Ding noch weiter zu lenken.«

»Ein Wasserflugzeug zu fahren ist so schwierig nun auch nicht.«

»Lucy wird Ihnen sagen, wie es war.«

»Es war wie der Tod«, sagte Lucy knapp.

»Oder wie wenn man einen auf Schlittschuhe montierten Rennwagen durch ein Labyrinth steuert, im Dunkeln.« Hudspith drehte sich um und spähte noch einmal voraus. »Langsam jetzt.«

Sie waren, zweimal abbiegend, auf eine große Wasserfläche im Schilf gelangt, und die nächste Insel lag in einiger Entfernung hinter ihnen. Doch immer noch war die Nacht geheimnisvoll lebendig und von Bewegung erfüllt; der Himmel flackerte seltsam; man hörte Geschrei aus allen möglichen Richtungen.

»Wenn wir es in die Luft kriegen«, sagte Appleby, »werden wir etwas unternehmen.« Seine Stimme war besorgt; das Flugzeug war ihre einzige Hoffnung; und immer noch war er irgendwie nicht in der Lage, daran zu glauben ... Das kleine Boot trieb um eine letzte sanfte Kurve – er rieb sich die Augen. Denn da lag das Flugzeug – authentisch, real, wartend. Nur war da etwas Seltsames. Die Nacht war sternenübersät wie immer, doch hier im Schilf war es sehr dunkel. Was seltsam an dem Flugzeug war, war die Tatsache, daß es *sichtbar* war.

Es war gegen ein trübes, rotes Glühen silhouettiert. Und am Himmel waren Lichtpunkte und Lichtspuren, fliegende Halbkreise rötlichen Feuers. Eine Garbe von ihnen hob sich, fiel. Eine Flammenzunge schoß aus dem Heck des Flugzeugs, eine zweite stieg daneben auf, eine dritte aus dem Cockpit. Das Flugzeug stand in Flammen.

Und hinter ihnen, als sie mit reglosen Rudern dasaßen, hörte man klatschende Geräusche im Wasser; Appleby drehte sich um und sah einen Halbkreis aus dunklen Köpfen. Das war es natürlich. Der allgemeine Aufruhr hatte seine Erklärung gefunden – wie auch die Zerstörung ihrer einzigen Verbindungsmöglichkeit zur Außenwelt. Aber dies war nicht der Augenblick nachzudenken. Er schlug Hudspith auf die Schulter. »Ans Ufer!« rief er. »Und heraus und hinauf!«

Das kleine Boot fuhr im Uferschlamm auf; nach wenigen Sekunden stolperten sie durch ein Monté aus Baumfarnen und Bambus, und es war sehr dunkel. Doch in ein wenig größerer Entfernung vom Wasser würde das Terrain lichter sein, und es war notwendig, daß sie etwas sahen, selbst auf das Risiko hin, gesehen zu werden. Man verfolgte sie nicht, es sei denn verstohlen – und in den Attacken dieser Nacht schien die Phase der verstohlenen Aktionen bereits vorüber. Der Lärm von den Inseln war nunmehr unbeschreiblich, und von irgendwo weiter drunten am Ufer ertönte wilder, triumphierender Gesang. Sie stolperten weiter und kletterten nun aufwärts; sie waren auf der Höhe eines kleinen Hügels, kahl bis auf einen großen Baum, der sich schützend ausbreitete. Sie taumelten unter die Zweige und schauten, momentan vor Entdeckung geschützt, zurück. Hudspith knurrte. Lucy stöhnte auf und legte eine Hand auf Applebys Arm. Es war ein singulärer Anblick.

Ganz offensichtlich war der Angriff, der so seltsam mit dem Schock interner Verwirrung auf der Europainsel zusammengefallen war, ein vollständiger Erfolg. Das Erbe Schlumpfs, das Reich von Emery Wine ging allenthalben in Flammen auf; der Himmel glühte schon wie von einem einzigen großen Scheiterhaufen; über dem Fluß sammelte sich eine Rauchwolke. Die Fenster von Hawke Square Nr. 37 glühten trübe – glühten wie von einem wütenden Blick, daß nach so kurzer Frist schon die zweite Nacht der Gewalt und Schande folgte. Der Friede des augustäischen Zeitalters hatte über seine Geburt gewacht; es hatte die lange, anstrengende Ruhe des viktorianischen Zeitalters gekannt; nun hatten Feuer und Zerstörung es von einem Kontinent zum anderen verfolgt.

Die Wilden waren auf Zerstörung aus. Doch wollten sie, wie es schien, nicht töten. Deutlich sah man auf der nächsten Insel – und es war auch noch auf ferneren zu erkennen – , daß sie mit Gewalt, aber auch mit einer Art seltsamen rituellen Respekts das reichliche und vielfältige Materiallager von Wines nun gestürztem und zerschmettertem Unternehmen davontrugen. Nackt, in Gruppen, dunkelhäutig und kräftig schleppten sie üppige Frauen, verängstigte Mädchen, verwunderte Männer davon. Medien und Chiromanten, Gedankenleser, Kristallkugelseher und Astrologen – sie wurden davongetragen wie von Teufeln in einem alten Glasfenster, verschwanden in einem Aufruhr verdrehter Glieder und hektischer Gesten, wie die Sabinerinnen auf einem zügellos barocken Gobelin. Der Lärm der eigentümlichen, großangelegten Gewalttat hallte über den Fluß und die Pampa; die Flammen wuchsen und stiegen; die Sterne verblaßten.

»Sehen Sie!«

Lucy zeigte hinunter. Gerade unter ihnen und näher am Fluß lag ein weiterer kleiner Hügel. Und in einem plötzlichen Aufzucken von Licht – die Flamme hatte wohl das Benzin im Flugzeug erreicht – sahen sie eine einzelne Gestalt bewegungslos dastehen und die Szenerie überblicken.

»Die Hexe«, sagte Lucy.

Und es war Hannah Metcalfe. Sie stand ganz still und betrachtete den Brand mit leicht geöffneten Lippen. An Beaglehole und seiner Peitsche, an Wine und der Insel Capri hatte sie ihre Rache geübt.

Hudspith bewegte sich abrupt. »Mein Gott!« sagte er. »Sie ist wahnsinnig. Nur ein Teufel heckt so etwas aus.«

Appleby nickte. »Vielleicht. Und nur eine sehr mächtige und begabte Persönlichkeit führt es durch. Ich glaube – « Er hielt inne und berührte seine beiden Gefährten mit warnender Hand. »Hören Sie!« flüsterte er.

Das Geräusch war ganz nahe. Es kam von der anderen Seite des großen Baumes. Und es war das Wiehern eines Pferdes.

Im Flackern der fernen Feuer sah man das Tier wolkenhaft und undeutlich. Licht zuckte hell auf, und sie sahen es klar umrissen: Es stand hoch aufgerichtet, tänzelnd, prächtig. Plötzlich schrie Lucy auf – von den dreien schien sie die schärfsten Sinne zu haben. »Jacko, sehen Sie!«

Appleby drehte sich um. Das Wasser lag immer noch hinter ihnen. Und nun lag vor ihnen, stetig sich nähernd, eine große Sichel aus tanzenden Flämmchen. Ihre Bedeutung war klar: Eine lange Reihe von Wilden schloß sich um sie, mit Fackeln, und es gab keine Möglichkeit für einen Rückzug. Die sich im Wasser wiegenden Köpfe mußten sie endeckt haben; jetzt fing man sie ein. Appleby schätzte die Distanz. »Fünf Minuten«, sagte er, »mehr haben wir nicht.« An seiner Schulter eine zuckende Bewegung; er wandte sich um und betrachtete das große Pferd; das Tier warf den Kopf seltsam in die Luft. »Eins – zwei –«, sagte Appleby, »drei – vier – fünf: bei Gott, es ist Maiglöckchen!«

»Maiglöckchen?« sagte Hudspith. »Unsinn! Maiglöckchen ist ein abgearbeiteter Droschkengaul. Ein schöneres Pferd als das hier –«

»Das ist die Pampa. Es war dasselbe mit den Spaniern, als sie ankamen. Sie landeten mit einer Herde von Schindmähren –«

»Sie kommen näher«, sagte Lucy warnend.

» – aber nach einem Monat Pampaluft – « Appleby brach ab; er bemühte sich, den Haltestrick des Pferdes zu lösen. »Hudspith, ich habe so ziemlich die Orientierung verloren. Auf welchem Ufer sind wir?«

»Nord.«

»Dann schaffen wir es vielleicht. Können Sie reiten?«

»Nein.«

»Aber sie können sich an einen Steigbügelriemen hängen. Stellen Sie sich vor, Sie seien ein Infanterist, der mit den Scots Greys zusammen attackiert.« Appleby saß im Sattel. »Ruhig,

Maiglöckchen, ruhig! Lucy, rauf mit Ihnen. Und brüllt, ihr beide; brüllt wie verrückt.« Mühsam lenkte er den Kopf des Pferdes auf die vorrückende Flammenlinie hin. Das Tier stieg, es machte Sprünge wie ein Fohlen. Und Appleby ließ ihm die Zügel schießen. »Maiglöckchen!« schrie er. »Hie Maiglöckchen!« Wie in einem Alptraum donnerten sie den Hügel hinunter. Wilde tanzten und schrien vor ihnen. Maiglöckchens Hufe dröhnten unter ihnen und Hudspith hielt sich fest wie an einem Hurrikan. Hinter ihnen löschte der Feuerschein der brennenden Inseln der Glückseligen den Orion aus und stieg zum Kreuz des Südens empor.

7

»Mich überrascht?« Der Jesuitenpater sah Appleby unschuldig an. »Nein, ich könnte nicht sagen, daß Sie das getan haben. Außer vielleicht, was das Pferd betrifft. Eine außergewöhnliche Leistung, das durchzuhalten. Man möchte ihm einen Pokal mit Wein reichen wie dem Tier in Brownings Gedicht. Schätzen Sie Browning? Ich sehe in ihm einen Elisabethaner nach der Zeit. Er hat die theatralische Sicht Italiens und des Papsttums, die so wesentlich dem Elisabethanischen Zeitalter zugehört.«

»Mich bedrückt der Gedanke, daß all diese armen Geschöpfe von den Wilden verschleppt worden sind.«

»Es ist eigenartig, daß er in der dramatischen Form so wenig zustande gebracht hat.« Der Priester schüttelte den Kopf, kultiviert, streng, behaglich. Zweifellos, dachte Appleby, konnte er so geläufig über die Dichter von einem halben Dutzend semibarbarischer Nationen reden – und freute sich, wenn sich Gelegenheit dazu ergab. »Aber Verzeihung. Sie sagten – ? Ah ja – wegen der armen Leute, die verschleppt wurden. Es gibt kaum Möglichkeiten, sie zu retten, fürchte ich sehr. In einem zeitlichen Sinne. Sehen Sie, diese Stämme kommen von ziemlich weit her aus dem Südwesten. Wir haben keinerlei Kontakt. Aber ich kann Ihnen versichern, daß ihre Beutestücke es sehr komfortabel haben werden. Man wird sie als Götter behandeln.«

Hudspith löste den Blick von dem kleinen sonnenhellen Hof mit seinem Kreuzgang. »Ist das komfortabel?«

»Menschlich gesehen dürfte es nicht so schlecht sein. Wir müssen natürlich für sie beten.« Der Priester schwieg eine Minute. »Sehen Sie, all die Eingeborenen hier in der Gegend haben einen ungeheuerlichen Appetit auf Wunder. Es führt gelegentlich zu Peinlichkeiten, das kann ich Ihnen versichern.« Er lächelte ernst, ein Mann, der nicht ohne weiteres auf seinem Weg aufzuhalten war. »Und sie sind sehr zahlreich. Sie werden Hunderte von Heiligen und Wundertätern ohne das geringste Anzeichen spiritueller oder intellektueller Magenbeschwerden aufnehmen.«

»Für genau dieses«, sagte Appleby, »meinte Wine, sei die Welt insgesamt nun reif.«

»Ich glaube, um die Welt insgesamt können wir uns kümmern.« Der Priester lächelte wieder. »Sie und ich«, sagte er höflich.

»Die Sache hat ein seltsames Ende genommen. Einen Augenblick lang neigte ich dazu, es poetische Gerechtigkeit zu nennen. Aber das stimmt nicht ganz.«

»Es hat eine gewisse künstlerische Symmetrie, Mr. Appleby. Mehr dazu zu sagen, wäre – unbesonnen.«

Lucy Rideout, etwas verschreckt in fremder Umgebung, sah schüchtern auf. »Es tut mir so leid für Mrs. Nurse.«

»Ihrer soll besonders gedacht werden.«

Lucy blinzelte, sehr verwirrt. »Und Sie glauben, daß Mr. Wine – ?«

»Es ist wahrscheinlich, daß er getötet worden ist. Wir hörten wenig von ihm, doch zweifellos hatte er einen schlechten Ruf. Und hierzulande, glauben Sie mir, ist das eine fatale Sache. Ich frage mich, was mit dem Mädchen ist, die als Hexe galt. Sie muß große Macht erworben haben. Sie, glaube ich, können wir retten. In solchen Dingen, wo es wichtig ist, sind wir nicht ohne Möglichkeiten.«

»Sie halten Hannah Metcalfe für wichtig?« fragte Appleby.

»Sie hat großes Talent und könnte unter diesen Menschen ein wichtiges Werkzeug zum Guten sein. Sie wird gefunden werden. Und unterrichtet.« Er lächelte wieder und erhob sich. »Und nun sind Sie sicherlich müde.«

Es war Zeit vergangen, und selbst Harrogate war nicht mehr ganz dasselbe. Hier und dort fehlte ein Stück. Der Feind, der sich seines Empfangs in besser gerüsteten Gegenden nicht sicher war, ließ es sich dann und wann angelegen sein, die Seebäder Englands zu züchtigen – die Nester einer kriegshetzenden Plutokratie. Und selbst Lady Caroline hatte sich mit der neuen Zeit verändert und trug einen Stahlhelm, wenn sie ihre tägliche Ausfahrt im offenen Landauer machte.

»Liebe Miss Appleby«, sagte Lady Caroline auf den Stufen ihres bescheidenen, doch distinguierten Hotels, »haben Sie meinen Muff gesehen? Maidment hat sich früher immer darum gekümmert.«

»Nein, meine Liebe. Ich fürchte, Sie müssen sich nunmehr selbst darum kümmern. Und Sie dürfen Miss Maidment nicht zu sehr nachtrauern. Die Hilfsdienste leisten Wundervolles.«

»Zweifellos. Aber ich fürchte, Maidment war stark von dem Wunsche nach männlicher Gesellschaft beeinflußt.«

»Liebe Zeit!«

»Ich hatte es öfters schon bemerkt. Wo ist Bodfish?«

»Neuerdings, Lady Caroline, scheint er Maiglöckchen gerne etwas hin und her zu führen, ehe er uns fährt. Manchmal läßt er ihn hin und her *traben*. Aber da sind sie nun. Ist Ihnen aufgefallen, daß die Droschke nie ganz stillzustehen scheint?«

»Bodfish«, sagte Lady Caroline streng, »geben Sie gut acht!«

»Wie eilig es Maiglöckchen hat, fortzukommen!« sagte Miss Appleby. »Die Droschke schlägt einem richtiggehend in den Rücken.«

»Ich fürchte«, sagte Lady Caroline, »daß diese läppischen Bombardements eine unangemessene Nervolabilität der Bevölkerung verursacht haben. Ist Ihnen aufgefallen, wie nervös die Menschen auf der Straße zu sein scheinen? Unsere eigene bescheidene Fortbewegung könnte eine Kavallerieattacke sein. Haben Sie den Polizisten an der Ecke bemerkt? Er hat sich buchstäblich mit einem Sprung auf den Gehsteig begeben.« Lady Caroline lehnte sich mit gewissen Schwierigkeiten in ihre Ecke. »Man möchte meinen, daß die Federn dieses Landauers auch nicht mehr das sind, was sie einmal waren.«

»Ich stimme Ihnen zu.« Miss Appleby schwankte auf ihrem Sitz hin und her. »Aber es ist eine große Beruhigung, sich wieder eines ruhigen Pferdes versichert zu haben.«

»Ganz recht«, sagte Lady Caroline. »Ich muß sagen, es geht ein richtiger Wind; es ist mir vor unserem Aufbruch nicht aufgefallen. Und in was für einem schlechten Zustand diese Straße sein muß.«

»Wie rasch wir vorankommen! Hier ist schon die Stray.«

»In der Tat. Und der Verkehr ist beträchtlich. Ist Ihnen aufgefallen, wie rot Bodfishs Nacken zuweilen wird? Könnte es sein, daß er wieder dem Bier zuspricht?«

»Es *ist* eine Menge Verkehr. Und fällt Ihnen auf, wieviele Fahrzeuge uns erst im letzten Moment auszuweichen scheinen? Man könnte beinahe erschrecken.«

»Meine Liebe« – Lady Caroline schwankte und hüpfte und keuchte. »Meine Liebe, es ist heutzutage eine große Beruhigung, zu wissen: Man hat ein ruhiges Pferd.«

Inhalt

Richard Hey

Ein Mord am Lietzensee

Roman. 134 Seiten. Serie Piper 5558

Als in einer Parkanlage am Berliner Lietzensee ein alter Mann erschlagen aufgefunden wird, geht der Verdacht von Kriminalkommissarin Ledermacher zunächst in die gleiche Richtung wie die feste Meinung der anwohnenden Bürger: Als Täter kommen nur die Rocker in Frage, die seit längerem die Gegend terrorisieren. Bei ihren Recherchen jedoch stößt die couragierte Polizistin auf eine ganz andere Spur: Statt der schwarzbelederten »Lieblinge Luzifers« erscheinen ihr nun die Insassen eines Altersheims als besonders verdächtig. Derlei Vermutungen passen natürlich weder der Öffentlichkeit noch ihren Vorgesetzten ins geordnete Weltbild.

»Das Schöne an Heys Roman, der vielleicht der beste deutsche Krimi neueren Datums ist: daß er die Muster des Kriminalromans gleichzeitig erfüllt und unterläuft.«

Frankfurter Allgemeine Zeitung

Engelmacher & Co.

Roman. 188 Seiten. Serie Piper 5559

»Eine vordergründig spannende und hintergründig reißerische Geschichte.«

Walter Jens

Sara Paretsky

Blood Shot

Roman. Aus dem Amerikanischen von Anette Grube.
353 Seiten. Geb.

Deadlock

Roman. Aus dem Amerikanischen von Katja Münch.
246 Seiten. Serie Piper 5512

»›Deadlock‹ ist keiner dieser betulichen Hausfrauenkrimis à la P. D. James, sondern eine flott und stimmig abgespulte Story mit amüsant ironischen Untertönen ... Als Leser kann man nur auf Nachschub hoffen.«
Hamburger Abendblatt

Fromme Wünsche

Roman. Aus dem Amerikanischen von Katja Münch.
227 Seiten. Serie Piper 5517

»Mit Scharfsinn und hervorragenden Kenntnissen in der Wirtschaftskriminalität rollt sie, allein gegen die Mafia, den schmutzigen Chicagoer Aktienskandal auf und bietet durchaus all das, was auch Männern Spaß macht.«
Der Spiegel

Schadenersatz

Roman. Aus dem Amerikanischen von Uta Münch.
272 Seiten. Serie Piper 5507

»Ein Detektivspiel für Tüftler.« FAZ

Tödliche Therapie

Roman. Aus dem Amerikanischen von Anette Grube.
255 Seiten. Serie Piper 5535

Julian Rathbone

¡Carnival!

Roman. Aus dem Englischen von Mechthild Sandberg.
198 Seiten. Serie Piper 5550

Grünfinger

Roman. Aus dem Englischen von Hilde Stallmach.
227 Seiten. Serie Piper 5526

»Julian Rathbone hat das Kaliber eines Graham Greene.«
Publishers Weekly

Deutscher Krimi-Preis 1989

Der Katafalk

Roman. Aus dem Englischen von Hilde Stallmach.
205 Seiten. Serie Piper 5515

»Julian Rathbones Geschichten gehören zum Besten, was es gegenwärtig gibt.« The Daily Telegraph

Der Messerwerfer

Roman. Aus dem Englischen von Christine Penitzka.
158 Seiten. Serie Piper 5551

»Julian Rathbone hat die analytische Intelligenz eines Eric Ambler... In seinen besten Romanen nähert er sich John Le Carré.« Mordslust Magazin 2